Carmine Abate · Ballo Tondo

Carmine Abate

Ballo Tondo — Der Reigen

Roman

Übersetzt aus dem Italienischen
von Giuseppe de Siati

NEUER MALIK VERLAG

Die Deutsche Bibliothek — CIP-Einheitsaufnahme

Abate, Carmine:
Ballo Tondo . Roman = Der Reigen / Carmine Abate.-
Kiel : Neuer Malik-Verl., 1993
Einheitssacht.: Ballo tondo ‹dt.›
ISBN 3-89029-072-8

Titel der italienischen Originalausgabe:
Il ballo tondo;
1991 by Casa Editrice Marietti, Genua
Umschlaggestaltung unter Verwendung
eines Gemäldes von Henri Matisse
Lektorat: Meike Behrmann
Satz: Fuldaer Verlagsanstalt
Druck und Bindung: Clausen & Bosse, Leck
Printed in Germany
ISBN 3-89029-072-8

a Michele, naturalmente
natürlich für Michele
ne, Mikelit

Lojmë lojmë, vasha, vallen

Laßt uns tanzen, Mädchen, laßt uns tanzen, den Reigen von Costantino dem Kleinen, Bräutigam für nur drei Tage. Dann bekommt er Befehl vom Großen Herrscher, einzurükken und sich anzuschließen an das Heer. Er zieht los. Zieht selbstverständlich los und kämpft neun Jahre ohne Klagen, bis vergangen sind neun Jahre und neun Tage, ojeh! Da hat er einen Traum, der Costantino, einen furchtbaren Traum: e bukura, *die Schöne, war dabei, sich die Krone aufsetzen zu lassen mit einem anderen. Costantino seufzt; so laut seufzt er, daß es der Große Herrscher hört, der, sobald er den Grund für diesen Seufzer erfährt, folgendermaßen zu seinem getreuen Costantino spricht: „Nimm den neunten Schlüssel, öffne den neunten Stall, nimm den wilden Gaul, den olivenschwarzen, den, der schneller ist als der Milan; setz ihm den silbernen Sattel auf, nimm das Halfter aus Gold und begib dich in dein Hora, zu deiner Braut." Und Costantino eilt schneller als der Milan, ohne sich auszuruhen, weder bei Tag noch bei Nacht, bis er heimatlichen Boden berührt, bis er eintrifft in seinem Hora. Hier begegnet er* Zotin pjak, *dem alten Vater, der ihn aber nicht erkennt. „Wohin gehst du,* Zoti pjak?" *„Ich geh' mich von einem Felsen hinunterstürzen, denn meine Schwiegertochter setzt heute früh mit einem anderen die Krone auf." Darauf sagt der Sohn zum Vater: „Kehr um,* Zoti pjak, *denn ich bin Costantino." Und der Vater zum Sohn: „Costantino, mein Sohn, sporn dein schnelles Pferd, dann erreichst du sie am Kirchenportal." Und Costantino reitet weiter; da begegnet er* Zonjën pjakë, *der alten Mutter. Und die Szene wiederholt sich, die Worte wiederholen sich, und Costantino verliert keine weitere Zeit: er galoppiert, fliegt mit seinem Pferd,* *das schneller ist als der Milan, und erreicht sie in der Kirche, gerade noch rechtzeitig, um dem Priester zuzurufen, die Kronen wegzulegen, denn er sei Costantino, Costantino der ersten Krone.*

Prolog

Die von *Kostantini i vogël* war die einzige albanische Geschichte, die meinem Freund Costantino Avati bekannt war, bevor er sich mit seinem Großvater zum Viehmarkt nach Marina aufmachte. Es war eine der wenigen Rhapsodien, die wir als Kinder von den Hochzeitszügen hören konnten, nach dem Zeremoniell der Eheschließung. Wenn der Brautzug in Stimmung war, nahm man sich manchmal bei der Hand, Erwachsene und Kinder, und im Kreis tanzte man zu dem monotonen, aber heiteren Rhythmus der *vallja*, des Reigens: *Lojmë lojmë, vasha, vallen.* Und da die *valle* immer mit derselben, an die Mädchen gerichteten Tanzaufforderung begannen, blieb mir von der *vallja* von Costantino dem Kleinen die erste Strophe als einzige in Erinnerung. Costantino Avati dagegen wäre in der Lage gewesen, ganze Passagen auswendig zu rezitieren, und das aus zweierlei Gründen: weil die zentrale Gestalt Costantino hieß und weil Zonja Elena, seine Mutter, wenn sie den Gesang hörte, unermüdlich wiederholte, daß dieselbe schöne Liebesgeschichte auch sie und ihr Mann, Francesco Avati, erlebt hatten. Es war so, erzählte Zonja Elena: nach der Rückkehr vom Militärdienst sieht er, der zukünftige Bräutigam, sie mit ihren vierzehn Jahren, dem Alter, in dem sie wie eine Blume aufgeblüht ist. Im ersten Augenblick erkennt er sie nicht; sie war ein kleines Mädchen gewesen, als er eingerückt war, aber jetzt ist sie dort, im Haus Avati, das Schicksal präsentiert sie ihm auf einem silbernen Teller. Die Verwandten brauchen sie ihm gar nicht ans Herz zu legen. Er hat Augen, um zu sehen, und ein schlaues Köpfchen, um zu verstehen, und also verspricht er ihr, sie so schnell wie möglich zu heiraten. Aber jetzt noch nicht. Erst nach der Verwirklichung dessen, was er sich schon als kleiner Junge geschworen hat: einen geweihten Olivenzweig an der Stelle niederzulegen, wo der Vater gestorben ist, in einem Kohlebergwerk, im guten Merica. So schifft er sich, während fast alle seine Altersgenossen nach Frankreich zur Arbeit auswandern, in Genua ein, auf der Suche nach einem Grab aus schwarzen Trümmern. Er ist neun Monate und neun Tage lang weg, neun Monate, lang wie neun Jahre, und kommt gerade noch rechtzeitig zurück, um die neue Verlobung zu verhindern, die ihr Vater, Zoti Lissandro, gerade mit einem jungen Mann aus Puhërìu abmachen will. Ja, ebenso rechtzeitig wie *Kostantini i vogël*, um der *besa* treu zu bleiben, dem gegebenen Wort. In Hora, unserem Dorf, nennen sie ihn sofort den Mericano, wegen seiner Reise nach Amerika, über die der stolze junge Mann nie mit irgend jemand hat sprechen wollen; aber vielleicht auch wegen des gepflegten Schnurrbärtchens à la Clark Gable, dessen verlockende Sanftheit von der Leinwand des Kinos herunter alle Frauen von Hora überwältigt hatte, während der neun Vorstellungen von *Vom Winde verweht*.

Im Zeitraum von zwanzig Monaten brachte Zonja Elena zwei Mädchen zur Welt: Orlandina und Lucrezia. Dann erwarteten sie ungeduldig die Geburt eines Jungen, auch wenn alle sagten, daß sie den Jungen schon im Hause hätten, nämlich Lucrezia, eine leibhaftige *burraçë*, schon von klein auf. Sie spielte nur mit Jungen, und wie ein Junge pinkelte sie im Stehen, und sie pfiff, indem sie vier Finger in den Mund steckte.

Acht Jahre nach Lucrezia wurde endlich er geboren.

Im Gegensatz zu den Schwestern war Costantino nicht das Ebenbild der Eltern, denn er hatte weder die Körperfülle und die nachtblauen Haare der Mutter geerbt noch die chamäleonhaften Augen des Vaters von der Farbe gemaserten Marmors, mal smaragdgrün, mal grau geädert, je nach

Stimmung und Wetter. Costantino war zart und von olivfarbener Haut, mit großen kastanienbraunen und verträumten Augen. In der Wesensart glich er mehr dem Großvater mütterlicherseits; er hatte dieselbe Neigung zum Träumen und dazu, ohne Unterlaß stundenlang zu reden oder aber unerklärlicherweise tagelang zu schweigen.

Es war der Großvater gewesen, Nani Lissandro, der ihn zum sommerlichen Viehmarkt nach Marina mitnahm und auch darin den Mericano ersetzte, der sich nach der Geburt des Sohnes gezwungen gesehen hatte, nach Deutschland zu emigrieren. Und so kam es, daß sich von diesem Tag an die Augen von Costantino noch vergrößerten, so wie wenn man morgens plötzlich, von einem gebündelten Lichtstrahl überflutet, aus einem langen Schlaf erwacht. Dieser Lichtstrahl war die Erzählung von Nani Lissandro, die ihn seiner historischen und mythischen Wurzeln gewahr werden ließ, von denen er bis dahin gar nichts gewußt hatte.

Mehr oder weniger das gleiche ist vielen Kindern aus Hora widerfahren, auch mir. Bis zum Tag des Viehmarkts wußten wir sogar nicht einmal, daß Hora vor fünf Jahrhunderten von albanischen Flüchtlingen gegründet worden war, die sich den Türken, den in ihre Heimat eingedrungenen Eroberern, nicht unterwerfen wollten. Zu Hause sprachen wir *si neve*, wie wir, also Arbëresh, und später, in der Schule, im Alter von sechs Jahren, begannen wir *litisht*, das heißt Italienisch, zu lernen. Und das alles ganz selbstverständlich, ohne uns nach dem Warum und Wieso zu fragen. Zu unserem Glück gab es den Viehmarkt in Marina; und erst da, wer weiß warum, fühlten sich unsere Begleiter in die Pflicht genommen, uns annäherungsweise die Geschichte unserer fernen Vergangenheit zu erzählen.

Mein Freund Costantino wurde im Alter von neun Jahren zum Viehmarkt mitgenommen. Heute, wenn wir in den Ferien nach Hora zurückkehren, aus den fremden Städten, in denen wir arbeiten, dann spricht er zu mir über jenen Tag in dem epischen Tonfall, der den alten albanischen Rhapsoden zu eigen war. Wie soll auch einer sonst reden, der seine gesamte Freizeit damit verbringt, die alten arbëreshën Rhapsodien zu sammeln, zu ordnen, zu übersetzen und sie dann im Computer seines Büros in einem römischen Ministerium zu speichern? Ich lasse ihn frei erzählen, und er geht dabei über den Viehmarkttag hinaus und schließt mit „und dann?“.

Zu dem Zeitpunkt, an dem seine Geschichte beginnt, war ich acht Jahre alt und verkehrte nicht so regelmäßig mit ihm, wie ich es später tun sollte. Es war also ein Zufall, daß auch ich mich auf dem kleinen Platz seiner *gjitonia*, seiner Nachbarschaft, befand, als Costantino der Welt voller Stolz verkündete: „Ich habe den Adler mit zwei Köpfen fliegen sehen, gestern, in Marina!“ Und während er das Ereignis in allen Einzelheiten erzählte, erlebte ich die Szenen wie in einem wer weiß wie oft gesehenen Film mit und versetzte mich dabei sofort in die Hauptfigur.

Hora, 28. August 1985

Një

Als Costantino den Adler mit zwei Köpfen zum zweiten Mal auftauchen sah, war er achtzehn Jahre alt, und aus Angst, für verrückt erklärt zu werden, sprach er nicht nur mit niemandem darüber, sondern versuchte auch, sich selbst davon zu überzeugen, daß er mit offenen Augen geträumt hatte. Über das erste Auftauchen dagegen hat er keine Zweifel, und obwohl seitdem ein Vierteljahrhundert vergangen ist, sieht er immer noch einige, vielleicht etwas unverbundene, aber gestochen scharfe Bilder vor sich, auf dem starren Hintergrund der Farbe des Himmels: azurblau selbstverständlich, aber durchzogen von Wolkenschwaden.

An jenem Morgen hatte ihn die schrille und nervöse Stimme seiner Mutter plötzlich aufgeweckt, kurz bevor die Hähne der Gasse zu krähen begannen. Er solle sich beeilen, sagte sie ihm, wenn er mit Nani Lissandro zum Viehmarkt nach Marina gehen wolle. Ohne sich bitten zu lassen, wie sonst immer, wenn er zur Schule gehen mußte, sprang er aus dem Bett und schlüpfte blitzschnell in die Hose ohne Flikken und in das grüne Nylonhemd für die Festtage.

In der von der Morgendämmerung aufgehellten Gasse bellte der alte Baialardo zu den auf den Balkonen kauernden Katzen hinauf, und Nani Lissandro lud zwei Säcke getrockneter Feigen auf den Maulesel; er verwünschte den verdammten Teufel, der ihm die Kräfte genommen hatte: das Alter ist ein Aas, *një pjak ësht si një fjetë e thatë*, ein alter Mann ist wie ein welkes Blatt. Früher hatte er einen Sack Feigen mit einer Hand in die Luft geschleudert, wiederholte der Nani, aber jetzt, mit achtzig Jahren...

Als erstes begrüßte Costantino ihn mit einem lächelnden „*mirëdita*“, um ihm zu zeigen, daß er das glücklichste Kind der Welt war, danach half er ihm, die vier Ziegen, die der Nani in jenem Jahr aufgezogen hatte, am Sattel festzubinden.

Dann Dunkelheit.

Zehn Jahre zuvor hatte der Nani ebenfalls auf dem Viehmarkt in Marina etwa fünfzig Ziegen verkauft, die den schneereichen Winter und die sich anschließende Eiseskälte überlebt hatten, welche der verdammte Teufel damals beschert hatte. Hundertzwanzig Stück waren ihm gestorben: verhungert, erfroren oder zerfleischt von den aus dem Sila-Gebirge herabgekommenen Wölfen. Behalten hatte er nur Chicchinella und Gigina, die beiden fruchtbarsten und zahmsten Ziegen, und Baialardo, einen großen kaffeebraunen Hirtenhund mit weißen Flecken um die schwarzen Augen herum. Er hätte sich nie von ihnen getrennt, für nichts auf der Welt; sie waren alte Freunde, lebendige und warme Erinnerungen. Auf dem Viehmarkt verkaufte er nur die drei, vier Ziegenlämmer, die die fruchtbaren Chicchinella und Gigina zur Welt brachten, und zwei Säcke weiße Feigen, die er selbst erntete und auf seinem Stück Land am Dorfausgang zum Dörren legte.

Dann wieder Licht.

Auf dem Dorfplatz angekommen, spuckte Nani Lissandro auf das Portal des Palazzo von Don Morello, wie er es jedesmal getan hatte, wenn er dort vor Tagesanbruch vorbeigekommen war, um dadurch seine Verachtung gegenüber den Reichen von Hora zum Ausdruck zu bringen. Ja, früher einmal, zur Zeit der Landbesetzungen, als es so schien, als ob die Welt umstürzen wollte, da hatte er versucht, Feuer an das massive Nußbaumportal zu legen, aber er hatte sich einen Pistolenschuß eingefangen, der sein rechtes Ohr streifte, und dazu noch eine Woche in der Kaserne der Karabinieri, während der er sich für sich selbst geschämt hatte, weil er den Vorfall hatte leugnen müssen.

Außerhalb des Dorfes bogen sie in den Saumpfad ein, der steil und schmal zum Küstenstreifen von Marina hinabführte. Im Gänsemarsch hinter dem Maultier, das den Schritt bestimmte, trotteten die vier Ziegen, der alte Baialardo mit seinen großen, aufgerissenen Augen und dann der Nani, der seine schweren Füße nachzog, laut dachte, dem Maultier etwas zurief oder sich an Costantino wandte oder den Himmel betrachtete, die feuerrote Sonne, die langsam aus dem Meer hervortauchte und einen gelblich-roten Pinselstrich daraufsetzte. Es war genau zu dem Zeitpunkt gewesen, da auch Costantino auf den Horizont starrte, als der Nani begann, mit gewichtiger Stimme zu ihm zu sprechen, so als ob er ihm eine heilige Wahrheit offenbaren wolle:

„Jenseits des Horizonts, an einem Augusttag wie heute, das Meer ist ruhig, stechen drei Galeeren mit Flüchtlingen in See: die erste ist beladen mit jungen Männern, die zweite mit jungen Mädchen und die dritte mit Brot und Wein. Sie gehen beim Lido von Marina an Land, ihnen voraus fliegt der große Adler mit zwei Köpfen, der sie geführt und beschützt hat, Tag und Nacht, seitdem sie das Land Arbërìa verlassen mußten, in das die Türken eingefallen waren. Wir haben dasselbe *gjak*, dasselbe Blut wie jene Leute."

Er sprach mit einer anderen Stimme, gewichtig und ernst, mit melodiösen Nachklängen und einer derart fremdartigen Betonung, daß es Costantino schwerfiel, ihn zu verstehen.

„Skanderbeg persönlich hat seinen Leuten empfohlen zu fliehen. Ihm, zusammen mit einer Handvoll mutiger Männer, ist es gelungen, dem türkischen Heer jahrelang Widerstand zu leisten, dem mächtigsten und stärksten der Welt. Dann erkrankte er an Malaria, und nach der Begegnung mit dem Windschatten, der den Tod bedeutet, hat er zu seinem Sohn gesagt: Verlassene Blume, *lule e kësaj zëmër time*, Blume meines Herzens, nimm deine Mutter und drei Galeeren, die besten, die dir zur Verfügung stehen, und fliehe sofort von hier, denn wenn es der Türke erfährt, wird er dich töten, und deine Mutter wird Sklavin werden. Aber bevor du fliehst, binde, wenn du an den Strand gelangst, mein Pferd an eine Zypresse. Entfalte meine Fahne, und in ihrer Mitte binde mein Schwert fest. Wenn der Nordwind weht, wiehert das Pferd, der Adler mit zwei Köpfen auf der Fahne flattert, und das Schwert klirrt. Wenn der Türke das hört, wird er erschrecken und an den Tod denkend, der auf meinem Schwert schläft, wird er euch nicht auf eurem Weg verfolgen."

Im selben Augenblick wurde dieser Skanderbeg Costantino vertrauter als Garibaldi, der Held der zwei Welten, von dem er in der Schule gehört hatte. Er stieg auf das Maultier, als ob es das Pferd an der Zypresse wäre, und bemächtigte sich der Geschichte mit einem langen Seufzer und einem kreisenden Blick ins Leere. Erst viele Jahre später, während er arbëreshër Lieder und Rhapsodien sammelte, fiel ihm auf, daß die Erzählung des Nani eine Mischung aus den alten Rhapsodien war, den ersten Mosaiksteinchen der mythenhaften Wurzeln seiner Welt. Aber er hatte jetzt wenigstens verstanden, warum in Hora eine derart andere Sprache gesprochen wurde als jene, die Zorro im Fernsehen und der Lehrer in der Schule und die *litirj* aus der Umgebung sprachen.

Sie erreichten die Ebene und überquerten das trockene Flußbett, nachdem sie sich an einem Bächlein erfrischt hatten, das sich zwischen glattgeschliffenen, platten Steinen verlor.

Die Luft begann schwül zu werden. Der ohrenbetäubende Chor der Zikaden schwoll an mit dem Anschwellen der Hitze des Tages; die verrückt gewordenen Schmeißfliegen und Bremsen, gefolgt von Wolken von Mücken, ließen sich auf dem verschwitzten Rücken des Maultiers nieder, auf dem geifernden Maul der Ziegen, auf der Nase von Costantino, auf den feuchten Rändern der Augen von Baialardo, auf den mageren Händen des Alten. Unermüdlich ließen sie sich nieder und summten umher, wobei sie eine Zickzacklinie in die stickige Luft zeichneten.

Jetzt, wo das Meer nahe war, konnte Costantino es nicht sehen; es war verdeckt durch die Stämme riesiger Platanen und dahinter von den Kronen der Orangen-, Mandel-, Feigen- und Olivenbäume. Es war eben nichts zu machen. „Es ist nichts zu machen. Dem einen der Weizen, dem anderen der Schweiß", bemerkte Nani Lissandro mit lauter Stimme, und es war so, als ob er zu den Gärten von Don Fidele Morello gesprochen hätte, die zu seiner Seite lagen, oder zum Maultier, das er vor sich hatte, aber gewiß nicht zu dem Enkel, der sich hinter seinem Rücken befand und der diesen Satz durch die Schwüle hatte rollen hören.

Bei der Ankunft in Marina blieb Costantino der Mund offenstehen. Er richtete seine Augen auf das Meer, das er am Ende der geraden und staubigen Straße wogen sah. Er hörte nicht mehr die Stimme des Nani und die Glocken der Ziegen, bemerkte nicht den Kot, der aussah wie Oliven und Mandarinen, mit dem die Straße übersät war und in den er trat und dabei seine neuen Schuhe schmutzig machte. Nur flüchtig, wie aus einem schnell fahrenden Wagen heraus, nahm er die mit Krimskrams und Erdnüssen gefüllten Stände am Straßenrand wahr; die Zigeuner und die anderen Händler, die von weither gekommen waren, um mit Bändern geschmückte Maultiere zu verkaufen, Schweizer Kühe, Pflüge aus Stahl, Samtgewebe, Ferkel, Toscani-Zigarren, Statuetten des Heiligen Antonius. Er hörte nichts anderes als das Echo des hämmernden „Huè, huè! Frischer Fisch, Sardellen zum Einlegen" der Fischer oder das anlockende „Ohi, ohi! Schönes Salz" der Frauen oder die in Reimform gehaltenen Lockrufe des „Magier aus Rossano, der liest das Schicksal aus der mano". Costantino folgte dem Nani wie ein Roboter, hypnotisiert wie er war von dem Azurblau des Meeres und des Himmels. „Costantì, Costantì, wach auf", der Nani rüttelte ihn zwei-, dreimal am Arm. „Hast du gesehen, wir haben die Ziegen und die Feigen zu einem guten Preis verkauft! Welch ein Glück dieses Jahr! Jetzt gehen wir einen Bissen am Strand essen; gegen Abend, wenn die Preise fallen, kaufen wir die Sardellen und das Salz."

Am Strand angekommen, zog sich der Alte mühsam die Arbeitsschuhe und die Wollsocken aus; Costantino machte es ihm nach, immer noch etwas benommen von den Marktgeräuschen und der unendlichen Ausdehnung des azurblauen Wassers. Mit nackten Füßen näherten sie sich dem Meeresufer, gefolgt von Baialardo, der wie ein Welpe mit dem Schwanz wedelte. Einen Schritt vom Wasser entfernt kniete sich Nani Lissandro auf den nassen Sand nieder, stützte sich mit den Handflächen ab und küßte ihn mit geschlossenen Augen und derselben Zärtlichkeit, mit der ein kleines Kind die Mutter küßt. An diesem Strand seien seine Vorfahren vor fünf Jahrhunderten an Land gegangen, erklärte er Costantino, der ihn mit einem Blick voller Verwunderung nach dem Grund für diesen Kuß gefragt hatte. Einen Augenblick lang wurde Costantino von den schmalen Lippen des Nani angezogen, die mit glänzenden Sandkörnchen bedeckt waren. Aber dann konzentrierte er sich auf die kleinen Wellen, die zu seinen Füßen brachen; jede von ihnen brachte ihm einen Gedanken, eine Frage: Was mögen die Arbëreshër gefühlt haben, als sie das Land Arbërìa verließen? Hofften sie, früher oder später ihre Heimat wiederzusehen? Wie sahen sie aus? Welcher Arbeit gingen sie nach? Wo lebten sie die erste Zeit? Und wie? Als ob er in den Gedanken des Enkels gelesen hätte, sagte der Nani ruhig: „Essen war das erste, das sie getan haben; sie hatten Brot und Wein mitgebracht, das habe ich dir erzählt, oder nicht? Auch wir haben Brot und Wein. Also essen wir, möchtest du?" Und während sie Brot mit Ziegenkäse und frische Feigen aßen, sahen sie noch einen anderen Alten, mit weißen Haaren wie Nani Lissandro, das Kußritual wiederholen. Er war groß und dürr und bewegte sich hüpfend, als ob er bei jedem Schritt zum Flug abheben wollte. Der Nani bekam glänzende Augen: dieser Verrückte, sagte er, sei Luca Rodotà, der Rhapsode aus Corone, sein bester Freund, betonte er voller Stolz, den er seit über einem halben Jahrhundert am Tag des Viehmarkts treffe. Costantino achtete nicht auf das Gesicht des Alten, aber bestimmt war es mager und verstört, mit Augen von der Farbe des Himmels nach dem Regen. Er muß auch einen langen, weißen Bart gehabt haben und, um die Schultern gehängt, eine Art Mandoline mit einer einzigen Saite, die *lahuta*, die seine rote Weste zum Teil bedeckte und von der er sich nie trennte. So sollte er ihn einige Jahre später wiedersehen; so erinnert er sich noch heute an ihn.

Die zwei Alten umarmten sich brüderlich. „*Skumetiri se ki ësht Kustandini*", bemerkte der Rhapsode und umarmte Costantino, so als würde er ihn schon ewig kennen.

Innerhalb kürzester Zeit bildete sich eine kleine Menschenmenge um die drei. Es waren Arbëreshër aus anderen Dörfern der Bezirke Catanzaro und Cosenza. Sie kannten sich alle seit Jahren, und deshalb legten sie mit einem angeregten Geschwätz auf Arbëresh los, und wenn sie sich nicht verstanden, in einem etwas entstellten kalabresischen Dialekt. Obwohl er ihnen aufmerksam zuhörte, verstand Costantino nur teilweise, was die Männer sagten; jeder von ihnen sprach auf seine Weise, der eine sagte *katundi*, einer *hora*, einer *fshati*, der andere *u paisi*, um dieselbe Sache, das Dorf, auszudrücken. Aber die Probleme, die sie hatten und die sie ansprachen mit schallenden *po po po*, glichen eines dem anderen wie Meerwassertropfen: der Pachtzins für das Land, der von Jahr zu Jahr stieg, die vom Pilz befallenen Rebstöcke, die Lust, nach Deutschland zu gehen, wie es nunmehr viele taten. Er mußte sich also damit abfinden, daß niemand über den Adler mit zwei Köpfen sprechen würde oder über die sagenumwobene Vergangenheit, die ihnen gemeinsam war; die nüchterne Gegenwart erdrückte sie alle ohne Erbarmen. Stattdessen: „Gerade auf diesem verfluchten Stück Land mußte sich der Adler niederlassen!" rief mitten in das Gespräch ein Mann, der dem Akzent nach aus Puhërìu sein mußte.

„Sei still, fluche nicht!" wies ihn der Rhapsode aus Corone zurecht. „Das Land ist nie verflucht, die Menschen sind es, die verflucht sein können; sie sind sogar fähig, den eigenen Brüdern das Blut auszusaugen. Den Adler trifft keine Schuld." Und während er so sprach, fixierte er die Sonne, nachdem er mit einer langsamen, gut überlegten Bewegung das Gesicht zum Himmel erhoben hatte; und vielleicht hätte er mit derselben Langsamkeit wieder herabgeblickt, in einer Art Verbeugung vor der kleinen Gruppe von Bewunderern, die seine Meinung voll und ganz teilte, wenn nicht Costantino mit aufgeregter Stimme gerufen hätte: „Der Adler! Der Adler! Der Adler mit zwei Köpfen! Schaut nur, dort ist er!"

Alle blickten in die von Costantino gewiesene Richtung, und einen Augenblick später brachen sie in ein gemeinsames Gelächter aus. „Was für ein Adler mit zwei Köpfen, es sind zwei Möwen, die nebeneinander fliegen", versuchte ihn Nani Lissandro zu überzeugen, der neben ihm stand. Aber der Enkel kümmerte sich nicht darum und blinzelte weiter mit den Augen, um besser sehen zu können: der Adler schwebte langsam über dem Meer, durchquerte mit seinen gekrümmten Schnäbeln das tiefe Azurblau des Himmels und die vorbeiziehenden, wie Seifenblasen dahinschwindenden Wolken.

„Ist es denn möglich, daß ihr ihn nicht seht? Seid ihr blind? Es ist ein kleiner weißer Adler mit zwei Köpfen!"

brüllte Costantino verärgert, so als hätte er eine Schar höhnischer und lästernder Gleichaltriger um sich.

„Costantino hat recht“, sagte der Rhapsode aus Corone. „Der Adler ist in unserer Mitte. Er kann ihn sehen, weil er klein ist und keine Bosheit in sich trägt.“

Dy

Das Haus der Avati lag am Ende von zwei Häuserzeilen, die einen Halbkreis bildeten; die meisten Häuser hatten zwei Stockwerke, Außentreppen und kleine Veranden, die an einem kleinen, stets von Kindern bevölkerten Platz lagen; alte Häuser, eines an das andere gebaut, an einem steilen Abhang, so daß jenes der Avati so wirkte, als ob es sich dem Druck der anderen widersetzen müßte, damit nicht alle gemeinsam in die darunterliegende Schlucht stürzten.

Auf dem kleinen Platz der *gjitonia* rief die Nachricht der Erscheinung des Adlers mit zwei Köpfen die Wirkung eines in einen Teich geworfenen Steins hervor. Sie verbreitete sich in konzentrischen Kreisen unter den Kindern der weiteren Nachbarschaft und dehnte sich bis auf den *rahj*, den Dorfplatz, aus. Die kleineren Kinder waren fasziniert von Costantinos Erzählung, aber die größeren, die ungefähr Zehnjährigen, begannen zu stöhnen und ihn aufzuziehen, und beeinflußten damit letztendlich auch die kleineren. Die Erwachsenen der *gjitonia*, die zufällig die Nachricht gehört hatten, taten die Sache mit dem Satz: *„Ësht gji i jati“* ab. Und indem sie betonten, daß Costantino in allem dem Vater gleiche, bezogen sie sich auf den Ruf eines „Spaßvogels“, den der Mericano schon als junger Mann gehabt hatte. Allen war noch jenes Mal in lebhafter Erinnerung, als der Mericano mit Tränen in den Augen die Nachricht vom Tode des Papstes Johannes verbreitet hatte, der tatsächlich aber gesund und munter war. Oder als er sich die Haare ausgerissen und den Ausbruch des dritten Weltkriegs verkündet hatte und eine Schar von weinenden und verzweifelten Frauen es ihm nachmachte, darunter auch seine Frau, Zonja Elena. Sie war auch die einzige gewesen, die die Erzählung von

Costantino geglaubt hatte, ohne den geringsten Zweifel anzumelden, aber sie hatte auch nicht bis zum Ende zugehört. So war sie eben: sie folgte dem geradlinigen Strang ihrer Gedanken, auch während sie mit den anderen redete, und gab dann gefällige Antworten, zuckersüße und freundliche Antworten, von der Art wie: „*ne ne, mir mir, oh bukur bukur.*" Und genau das sagte sie dem Sohn, während sie in Gedanken schon die nächste Arbeit vorbereitete: das Einsalzen der vom Vater in Marina gekauften Sardellen. Die beiden Schwestern dagegen spürten, nachdem sie aufmerksam der Geschichte zugehört hatten, einen Schauer den Rücken herunterlaufen, besonders Orlandina, die die beeinflußbarere war. Aber sie erholten sich schnell, und Lucrezia, die jüngere, aber auch die gewitztere der beiden, sagte, daß sie die Boshaftigkeit der Leute gut kenne; sie riet ihm, die Erzählung bei niemandem zu wiederholen, weil er sonst der Dorftrottel würde und man ihn für verrückt im Kopf halten würde.

Aber Costantino war dickköpfig — darin glich er wirklich seinem Vater — und anstatt aufzuhören, wie es ihm die Schwestern rieten, fügte er der Erzählung immer genauere Einzelheiten hinzu: der Adler mit zwei Köpfen hatte grüne und blaue Federn, rote Fänge und kräftige, gekrümmte Schnäbel, und er schwebte langsam durch die Lüfte, mit würdevollen Bewegungen; eine Gruppe von Arbëreshërn, die sich am Strand befand, hatte ihn ebenfalls gesehen. Costantino war überzeugt, daß es derselbe Adler war, der die Arbëreshër aus dem Land Arbërìa nach Italien geführt hatte, ein unsterblicher Adler, der rätselhafterweise ab und zu über dem Meer auftauchte und dann zwischen den Gipfeln des Sila-Gebirges verschwand.

Als am ersten Oktober das neue Schuljahr begann, stürzte sich Costantino auf die neuen Landkarten, die die abbröckelnden Wände seines Klassenzimmers zierten. Tagelang suchte er alle europäischen und die am Mittelmeer gelegenen Länder ab. Den ganzen Sommer über hatte er sich das Land Arbëria als eine Landschaft von steilen und verschneiten Bergen vorgestellt, wo die Adler mit zwei Köpfen ihre Nester bauten und Männer, Frauen und Kinder Tag und Nacht gegen die Türken kämpften, geführt von den Urenkeln von Skanderbeg und Costantino dem Kleinen. Jetzt suchte er einen geographischen Anhaltspunkt, etwas Konkretes, Glaubhaftes, um seine Geschichte zu untermauern. Aber soviel Mühe er sich auch gab und obwohl er bei der Suche von einigen Klassenkameraden unterstützt wurde, entdeckte er keinen Staat oder kein Gebiet mit dem Namen Arbëria. Ähnlich klingende Namen, die ebenso verlockend waren, ja: Algerien, Albanien, aber von Arbëria nicht einmal ein Schatten.

Der Herr Lehrer Stratigò, ein älterer Arbëreshër aus Shën Kolli, richtete seine violett schimmernden Tränensäcke, die seine Augen wie auswattiert erscheinen ließen, zur Zimmerdecke, wenn ihn die Jungen fragten, wo sich das Land Arbëria befände, von dem ihre Großväter ab und zu sprachen. Die Botschaft des Lehrers war eindeutig: seid still, sonst werde ich wütend. Costantino wiederholte indes nicht nur die Frage, sondern erwähnte auch die Geschichte von dem Adler mit zwei Köpfen. Daraufhin wurden die veilchenfarbenen Tränensäcke bedrohlich, und der Lehrer, der voller Wut mit den Fäusten auf das Katheder schlug, schrie: „Was denn für ein Arbëria! Wir leben in Italien. Was denn für ein verdammter Adler! Maultiere seid ihr! Ihr könnt nicht einmal Italienisch sprechen. Daß es nicht in euren Schädel geht, daß ihr es nicht dürft, von Gesetzes wegen nicht dürft, zumindest in der Schule, in der Schule zumindest, dürft ihr nicht Albanisch sprechen. Maulesel seid ihr!“

Seit jenem Tag wurde der Herr Lehrer Stratigò noch kleinlicher in der Befolgung der Ministerialerlasse. Für denjenigen, der zu schmutzige Ohren zum Hören hätte, sagte er, gab es ein neben der Tafel aufgehängtes Schild, auf dem in Plakatschrift geschrieben stand: Es ist strengstens verboten, Albanisch zu sprechen. Über das Schild lachten hinter seinem Rücken sogar die *litirj* Lehrer. Sie konnten es sich nicht erklären, warum es sich der alte Kollege, auch er ein Arbëreshër oder *ghieghju*, wie sie sagten, in den Kopf gesetzt hatte, mit knallharten Stockhieben auf die Hände jene Schüler zu bestrafen, denen ein leises *gjé, qetu* oder *vre* zu einem Kameraden entfuhr. Das Krachen der Stockhiebe auf die Bänke, wenn die Kinder instinktiv den ihnen zugedachten Schlägen auswichen, hörte man bis in die anderen Klassenzimmer. Aber der Lehrer holte die verfehlten Stockhiebe nach, taub gegenüber den Wehklagen und den Rechtfertigungen der Schüler, die zu schreien begannen: „Es ist mir nur so rausgerutscht, ich habe es nicht absichtlich getan, *më vete goja*, es ist mir rausgerutscht!"

Die Geschichte mit den Stockhieben zog sich über einige Monate hin, bis der Lehrer in einem Wutanfall den Eichenstock auf Costantinos Kopf zerbrach, ihm dabei eine drei Finger hohe Beule beibrachte und außerdem seinem Banknachbarn, Michele, eine solche Ohrfeige gab, daß dieser einen ganzen Tag lang schluchzte.

Zwei Tage später erschien der Herr Lehrer nicht mehr in der Klasse. Nach amtlicher Darstellung aus Gesundheitsgründen. Tatsächlich hatte es sich aber so zugetragen, daß gegen acht Uhr morgens, ein Stück von der Konicella entfernt, eine kleine Gruppe von Männern, angeführt von Nani Lissandro und Micheles Vater, den weißen 600er Fiat des Herrn Lehrer abgefangen hatte. Sie waren bewaffnet mit schneidenden Blicken (manch einer behauptet, sogar mit Messern, aber man weiß ja, wie die Leute sind) und hatten ihn entschlossen aufgefordert (mit den spitzen Klingen auf seinen Körper gerichtet), keinen Fuß mehr nach Hora zu setzen, wenn ihm daran gelegen sein sollte, heil das Pensionsalter zu erreichen. Der Herr Lehrer hatte kein Sterbenswörtchen von sich gegeben; es war nur ein unanständiger Ton zu hören gewesen, der sich langsam entfernte, bis er ganz verschwand, und dann hatte ein heftiger Geruch nach Bohnen und faulen Eiern die Luft verpestet.

Carmelo Bevilacqua aus Belcastro, der neue Herr Lehrer, war ein rosiger und rundlicher junger Mann, dessen Brille mit dicken Gläsern eine rote Druckstelle auf seiner verschwitzten Nase hinterließ, wenn er sie abnahm. In Hora zog er in das Haus eines Germanesen, und als guter Lehrer wollte er sich als erstes um das soziokulturelle Milieu kümmern, in dem er unterrichten sollte. Was ihn am meisten neugierig mache, sei Hora als italo-albanische Gemeinde, als Frage-Aspekt-Problem-Phänomen, sagte der Lehrer zu seinen Kollegen. Das könne man nicht unbeachtet lassen für eine korrekte Ausrichtung des Unterrichts des Italienischen, das in gewisser Weise als Zweitsprache aufzufassen sei. Aber auch als etwas Wunderbares, Schönes, eine faszinierende Geschichte, wie er den Kindern und den Leuten sagte und diese mit Fragen überhäufte, wie, wann und warum die Arbëreshër in diese karge Gegend Kalabriens gekommen seien. Die Auskünfte, die er auf diese Weise bekam, um ehrlich zu sein, spärliche, übertrug er in zerknitterte kleine Notizhefte, die er immer bei der Hand hatte, in der Klasse und außerhalb der Schule.

Der Herr Lehrer Carmelo Bevilacqua war obendrein liebenswürdig, nicht nur Lehrer und „Studierter". Liebenswürdig und freundlich, *i mirë si buka*, gut wie das Brot. Und allein, der arme Sohn, mutterseelenallein, sagten Zonja Elena und die anderen Mütter mit Töchtern im heiratsfähigen Alter. Das Äußere des Herrn Lehrer entsprach überhaupt nicht dem eines Lehrers, im Gegenteil, es war ziemlich vernachlässigt. Schlecht gebügelte Hemdkragen, bedeckt mit Schuppen, und nie eine Krawatte, nie sorgfältig rasiert, auch nicht an den Festtagen. Der arme Sohn, mutterseelenallein. Aber er wirkte sympathisch, auch auf die *burra* von Hora, die alten und jungen, die ihn vielleicht für harmlos hielten, zu gut erzogen und somit unfähig, auch nur in Gedanken ihre *gra*, Töchter, Schwestern, Frauen, Verlobten oder wen auch immer anzurühren. Darüber hinaus sein Interesse für ihre Traditionen und für ihren Alltag, die Tatsache, daß er mit ihnen Karten spielte, daß er in kurzer Zeit viele Wörter auf Arbëresh kannte und in klarer und korrekter Weise aussprach, sein Notizbüchlein, in dem er viele Sprichwörter und Begebenheiten der Heimatgeschichte festhielt, all das schmeichelte ihnen und machte sie stolz. Und trug dazu bei, daß er zu einem der wenigen von oben geschickten *litirj* wurde, der wirklich in Ordnung war, zu „einem von uns, aus Hora“, wie sie ihm in der Überzeugung sagten, ihm dadurch wer weiß was für ein Kompliment zu machen.

Die Schüler der vierten Klasse liebten ihren Herrn Lehrer. Kein Vergleich mit dem vorherigen. Carmelo Bevilacqua war gutmütig und geduldig wie ein Engel. Eines morgens, als die Schüler die Aufgabe bekamen, einen in der Klasse befindlichen Gegenstand oder eine Person zu zeichnen, skizzierten fast alle ihn und alle auf die gleiche Art und Weise, mit einem rosafarbenen und rundlichen Gesicht wie das O von Giotto. Costantino ließ aus dem Rücken dieser Lehrer-Schablone weiße Engelsflügel hervorkommen. Im Grunde genommen waren diese Flügel ein Zeichen natürlich unbewußter Dankbarkeit gegenüber einem Lehrer aus einer anderen Welt, einem, der bereits am ersten Arbeitstag den verhaßten Eichenstock zerbrochen und in das Kohlebecken geworfen hatte, welches das Klassenzimmer heizte; der seine Schüler Arbëresh reden ließ, ohne sie zu bestrafen; der die Erzählung von Costantino ernst genommen hatte, über das, was er auf dem Viehmarkt gelernt und gesehen hatte, und vom Adler, von jenem Adler mit zwei Köpfen, und so weiter und so fort.

Eines Abends schnappte Costantino fast über vor Freude, weil seine Mutter den Herrn Lehrer zum Abendessen eingeladen hatte, wie auch viele andere Familien aus Hora vor ihnen. Zu Beginn, als sich der Lehrer im Hause Avati vorstellte, mit einer Nelke für Zonja Elena und zwei roten Rosen für die Schwestern, fühlte sich Costantino verlegen, er stotterte und lachte grundlos. Dann allerdings verhielt er sich wie ein perfekter kleiner Hausherr, bot dem Gast Marsala all'uovo an und stellte ihm alle Mitglieder der Familie vor: Mutter, Großvater, Orlandina, Lucrezia, Baialardo. Und einer durfte nicht fehlen, der Mericano. „Das ist mein Vater", sagte Costantino, und zeigte dem Herrn Lehrer ein eingerahmtes Foto an der Wand. Das war der Vater. Costantino hatte ihn seit neun Monaten nicht gesehen und so, wie es ihm immer während der Trennung erging, trübte sich das wirkliche Bild des Vaters und nahm die Gestalt jenes Fotos an, welches das große Schlafzimmer beherrschte: der Vater im Brustbild, gemeinsam mit seinem Bruder, beide um die fünfundzwanzig Jahre jung, mit hellen Augen und schmalen Schnurrbärten, beide mit einer auf der Jacke aufgenähten schwarzen Binde als Zeichen der Trauer um die Mutter. Als Costantino drei oder vier Jahre alt gewesen war, hatten ihn die Schwestern darauf aufmerksam gemacht, daß der Tata der schönere von beiden war, der auf der linken Seite, der mit dem feinen Gesicht, dem edleren. Aber sehr oft war Costantino durcheinandergekommen und hatte das Antlitz des Onkels geküßt, kalt wie das zerbrochene Glas, das das Porträt schützte. „Dieser links", hob Costantino hervor, und der Lehrer sah bei dieser Gelegenheit vielleicht noch weniger als sonst, denn er sagte, den glattrasierten Nacken seines Schülers streichelnd: „Du bist ganz dein Vater. Wie zwei

Tropfen Wasser gleicht ihr euch. Wirklich." Die Mädchen, eifrig dabei, den Tisch in der Küche zu decken, bewunderten den Zeigefinger des Lehrers, der in der Luft das Bildnis des Mericano nachzeichnete. Während des ganzen Abendessens sagten sie kein Wort, eingeschüchtert von dem so gebildeten Mann. Costantino dagegen sprach wie eine *mascìna*, meinte die Mutter. „Laß ihn in Ruhe essen, den armen Lehrer!" Und an den Gast gerichtet, wiederholte sie zum hundertsten Mal, daß er essen und sich keine Gedanken machen solle, daß alles naturbelassen sei, alles aus dem Gemüsegarten, alles hausgemacht. Der Lehrer konnte nicht nein sagen und aß. Aß und sprach und verschmähte auch nicht einige Blicke auf die beiden Mädchen, die ihm gegenüber saßen. Nani Lissandro war nicht in Stimmung; er hatte Sodbrennen, dennoch lächelte er und aß, um dem Gast Gesellschaft zu leisten.

Seit jenem Abend begann der Herr Carmelo Bevilacqua mit einem gewissen Eifer in dem bescheidenen Haus von Za Elena, wie er Costantinos Mutter nunmehr nannte, zu verkehren. Um seine Besuche zu rechtfertigen, sagte er häufig, daß er dort sei, weil er den kleinen Costantino ins Herz geschlossen habe, ein aufgeweckter Schüler mit klugem Kopf, der mit seinem Nachhilfeunterricht, so Gott es wolle und es die väterlichen Finanzen erlaubten, ein guter Lehrer oder sogar ein Studienrat, aber zumindest ein Buchhalter werden könne, da er ein As in Mathematik sei. Manchmal gestand er jedoch ein, daß er wegen der göttlichen Bohnensuppe mit Brot von Za Elena, der besten von Hora, dort sei, und wenn der Herr Alessandro ihn in der Werkstatt von Meister Giorgio zum Abendessen einlud, ließe er sich das nicht zweimal sagen. In Wirklichkeit suchte er die Augen von Lucrezia, jene „Sonnenaugen, die die schönsten der Welt sind, solche Augen habe ich noch nie gesehen, nie, nie", so sang er beim Einbiegen in die Gasse, um seine Ankunft und seine kurzsichtigen Blicke anzukündigen. Lucrezia senkte den Kopf zu der Decke, die sie gemeinsam mit ihrer Schwester Orlandina webte, und versteckte ihre graugrünen Augen mit dem marmornen Grund. Schön waren sie, gewiß, und leuchtend, aber von der Schönheit und Leuchtkraft des Marmors, nicht der Sonne. Die beiden Mädchen arbeiteten rasend schnell, führten kräftige Webkammschläge mit vier Händen aus, und dabei wechselten sie leise ein paar Worte, denen sich ein maliziöses Gekichere anschloß. Bevor der Lehrer ging, näherte er sich dem Webstuhl, kontrollierte mit der Geste eines großen Sachverständigen die antike Vorlage der bunten Decke, streifte mit den Fingerspitzen die kleinen stilisierten doppelköpfigen Adler von weinroter Farbe, und zum Schluß deklamierte er: „Ich habe noch nie eine so schöne Decke gesehen, so kostbar, so außerordentlich, sie gehört ins Museum, wirklich von unschätzbarem Wert." Dann warf er einen verstohlenen Blick auf Lucrezia, die umgehend ihren Kopf auf die Adler senkte, und verabschiedete sich in perfektem Arbëresh: *„Rrini mirë!"*

Tre

An einem schwülen Tag Ende Juli erschien der Mericano am Ende der mit Steinen gepflasterten Gasse des Palacco, angekündigt durch das Gewinsel von Baialardo und von einer Schar barfüßiger Kinder, die *„Merikani, Merikani"* riefen. Als er auf der Veranda des Hauses seine Frau und die Kinder sah, die ihn aufgeregt erwarteten, gelang es ihm nicht, seine Rührung zurückzuhalten. Feuchte Augen hatte er nur, wenn er ankam, nie wenn er abfuhr, weil diese Szene vierzig Jahre seines Lebens an ihm vorbeiziehen ließ und die Erinnerung daran wachrief, als er das erste Mal seinen Vater sah, bei dessen Rückkehr aus Amerika. Er hatte ungläubig, aber glücklich jenen Mann betrachtet, der weiß gekleidet und mit einem breitkrempigen Hut in der Schwüle näher kam, langsam, sauber und mit glänzenden Schuhen. Schön wie ein König. „Geht eurem Tata entgegen, Kinder", hatte die Mutter gesagt, während sie sich dabei mit nervösen Händen zurechtgemacht hatte, die *çipule*, ihre schönen Zöpfe in Form einer Zwiebel, und ihre *coha*, die für jeden Tag. Aber er und die zwei Brüder hatten sich mit den Schultern gegen ihren Rock gepreßt, eingeschüchtert von jenem riesigen und weißen Mann mit dem blonden, nach oben gezwirbelten Schnurrbart.

An der Seite des Mericano schlenderte ein fremder Lulatsch, der seine spitze Nase nach rechts und links auf die von Nelken und Begonien überquellenden Fenster richtete. Hinter ihnen trottete Giacomino der Nichtstuer, den sie auf dem Dorfplatz für eine Flasche Wein engagiert hatten; er trottete wie ein kleiner Maulesel dahin, vor einen kleinen wankenden Karren gespannt, auf dem unter anderen Gepäckstücken ein großer Koffer hervorschaute, ein smaragdgrüner, in der Farbe und im Glanz dem Überseekoffer ähnlich, den der Vater des Mericano aus Amerika mitgebracht hatte. Zwei Schritte vor seiner Familie breitete der Mericano die Arme aus, und einen Augenblick später umarmte er fest seine Frau und die beiden Töchter, während Costantino sich an ihn schmiegte wie ein nacktes Adlerküken, das unter den großen Flügeln Schutz sucht. Alle, auch die barfüßigen Kinder, Baialardo und ein Schwarm Fliegen, drängten in den kleinen Flur, nachdem der Mericano seinen alten Schwiegervater umarmt und ihm auf Italienisch geschmeichelt hatte, damit es auch der Gast verstand: „Ihr seid immer munter, Ta'. Ihr haltet euch wirklich gut." Im stickigen Gedränge des Zimmers wedelte sich der Fremde mit fuchtelnden Händen, die so groß waren wie Fächer, Luft zu und hielt sich die Fliegen vom Leibe. Er betrachtete mit einem verlegenen Lächeln die Kinder mit den kahlgeschorenen Köpfen, Flughäfen, auf denen azurblaue Fliegen landeten, die hellen, frisch getünchten Wände, die schon mit unzähligen schwarzen Pünktchen übersät waren, seinen Reisegenossen, der seiner Frau etwas ins Ohr flüsterte, und vor allem die schönen Zöpfe der Mädchen, die in dem blendenden Licht blau schimmerten. Was die Worte betraf, die in dem kleinen Zimmer umherschwirrten, so hatte er es aufgegeben, sie verstehen zu wollen; ihm war das Gesumme der Fliegen vertrauter als dieser unverständliche, „afrikanische" Dialekt. Nachdem die Kinder in ihren erweiterten Pupillen das Schauspiel der Ankunft des Mericano mit dem Fremden fixiert hatten, schwärmten sie in die Gassen aus, um die Nachricht zu verbreiten, und schleppten dabei den armen Giacomino mit, der es soeben noch geschafft hatte, zwei Gläser Wein zu kippen. „Dieser Herr hat mit mir in der Anelini gearbeitet, in derselben Farbenabteilung", erklärte der Mericano seinen Angehörigen, die ihm neugierig zuhörten. „Wir haben auch jahrelang in derselben Baracke gewohnt. Er ist ein junger

Mann, der mit beiden Füßen auf dem Boden steht, sparsam und tüchtig. Er wird einige Zeit im Dorf verbringen, als unser Gast." Abgesehen von Zonja Elena, die von ihrem Mann informiert worden war und über den Gast Bescheid wußte, dachten alle, daß der Fremde ein leibhaftiger Deutscher sei: blond, mit hellen Augen und derart groß, daß er die Würste an den Deckenhaken hätte aufhängen können, ohne auf einen Stuhl zu steigen. *„Piacere, me ciamo Valentini Narciso. Son d'en paesin en provincia de Trent"*, stellte sich der Fremde vor und enttäuschte somit alle ein bißchen. Er kam also aus dem Trentino, aus Norditalien. Aha, ein Trentiner, dachte Costantino, der flugs die Gelegenheit wahrnahm, um vor den Anwesenden (vor allem dem Vater) seine Geschichts- und Geographiekenntnisse unter Beweis zu stellen, und den Gast mit Fragen überhäufte: „Ach so, dann bist du ein Landsmann von Cesare Battisti? Wohnte er weit von deinem Dorf entfernt? Warst du schon mal bei der Campana dei Caduti? Und im Castello del Buonconsiglio? Und in den Dolomiten? Und stimmt es, daß es einen See mit rotem Wasser gibt, dort bei euch?" Der Trentiner antwortete einsilbig, mit einem mehrmals wiederholten „Ja", und gab damit sofort zu verstehen, daß er ein Mann von wenig Worten war. Aber schließlich fühlte er sich doch verpflichtet, Costantino für die hervorragenden schulischen Leistungen ein Lob auszusprechen. Auf diese Weise hörte der Mericano zum ersten Mal etwas über den Herrn Lehrer Carmelo Bevilacqua, der Costantino kostenlos Nachhilfeunterricht gab und der überzeugt war, daß sein Schüler Begabung genug hatte, um zu studieren. Der Lehrer sei zu den Ferien in sein Heimatdorf gefahren, war aber so nett gewesen, viele liebe Grüße an Herrn Avati zu bestellen, sagte Zonja Elena. Der Mericano hatte andere Pläne für den Sohn: er wollte ihm mit den Ersparnissen aus Deutschland Grund und Boden kaufen. Costantino sollte ein freier Bauer werden, ohne Herr, ein

Grundbesitzer wie Don Fidele oder zumindest ein guter Handwerker, einer von denen, die besser verdienen als die Germanesen und sich ihr Haus mit dem in Hora verdienten Geld bauen. Den Sohn studieren zu lassen, war so unvorstellbar für ihn, daß es ihm, realistisch wie er war, bis dahin nicht einmal im Traum eingefallen wäre. Das von Costantino in perfektem Italienisch gehaltene kleine Referat und die Überzeugung dieses Herrn Lehrer ließen seine Augen nun tiefgrün glänzen. „Na gut“, begann er feierlich auf Italienisch, „ich werde mich nicht lumpen lassen. Du wirst studieren, das verspreche ich dir! Aber zuerst habe ich die Verpflichtung, diese zwei Töchter mit zwei braven jungen Männern unter die Haube zu bringen.“ Und dabei schaute er Orlandina und Lucrezia in die Augen, die ihre Blicke senkten und erröteten. Dann holte er aus einer Hosentasche einen Schlüsselbund hervor, und mit dem kleinsten Schlüssel öffnete er das Vorhängeschloß des großen smaragdgrünen Koffers. Ans Licht gelangten T-Shirts aus Baumwolle mit unverständlichen Aufschriften, Röcke aus Samt, geblümte Sommerkleider, Hüte aus Stroh mit breiten Krempen, Messer, Feilen, Äxte aus bestem Stahl, gepunktete Krawatten und viele in der Hitze geschmolzene Tafeln Schokolade, Bonbons, Erdnüsse, Zigaretten, Nylonhemden, alles für die Familie und die Verwandtschaft. Die Augen des Mericano glänzten voller Stolz in einem diskreten Grün; seine schwieligen Hände wirkten leicht und zart wie die einer Frau, und seine Zunge war die Nadel eines Plattenspielers, verzaubert hängengeblieben auf dem Ton ehé, auf den das Echo eines Chores von oooh! Ehé, oooh, ehé, oooh folgte. Der Trentiner mußte lachen, hielt sich aber zurück. Die Gegenstände wanderten von Hand zu Hand, wurden gestreichelt oder zart berührt, voller Neugierde bestaunt und wurden dabei lauwarm, warm, lebendig, bis die letzte, die Zauberhand von Zonja Elena, sie verschwinden ließ in der Kammer, im

Schrank, in der Truhe und in den Schubladen der Kommode. „Alles an seinen Platz“, wollte Zonja Elena dem Gast verdeutlichen, weil sie Ordnung im Haus liebte; ihr Haus war ärmlich und klein, aber ordentlich und sauber. Außerdem würden bald die Nachbarn und Freunde und Verwandten kommen, um ihren, Zonja Elenas, Mericano zu begrüßen, den mit dem gepflegten Schnurrbärtchen, ihren König mit den smaragdgrünen Augen, der ihr Herz, wenn sie ihn nur ansah, schon mit Freude erfüllte, die Augen mit Tränen, den Kopf mit flatternden Schmetterlingen, vor- und rückwärts in der Erinnerung, nie ruhig bleibend die verflixten Schmetterlinge, nie ruhig.

In das große Zimmer strömte aus allen Gassen von Hora das erwartete Heer, welches den Mericano umarmen wollte und ihn umarmte, das Nachrichten von den Landsleuten aus Ludwigshafen hören wollte und sie bekam, das den Fremden kennenlernen wollte und ihn kennenlernte, das wissen wollte, ob etwa vielleicht, aber uns kannst du es ja sagen, wir werden schweigen wie ein Grab, kurz und gut, ob jener Herr der Verlobte der älteren Tochter sei. Der Mericano antwortete weder *ne* noch *jo*. Er lächelte und haute den Freunden kräftig auf die Schultern, kniff den Frauen und Kindern in die Wangen und streichelte seinen kleinen Costantino, der sich mit den Schultern an seine Beine drückte, und es schien fast so, als ob er ihn vor den Küssen und den Umarmungen der Eindringlinge verteidigen wollte. Der Trentiner fühlte sich jetzt mehr als je zuvor wie ein Fisch auf dem Trockenen, mit dem Kopf, der über dem Heer von Zwergen hin und her schwankte, die kleinen Augen wässrig, müde von der Reise und dem ständigen Eintauchen in Dutzende neugieriger und lächelnder Augen. In diesem ungewohnten, lauten Durcheinander gelang es ihm nicht mehr, die blauen Haare der Töchter von Francesco Avati auszumachen, der, soweit er verstehen konnte, der Mericano genannt wurde. Wer war Orlandina, die Tochter, von der ihm Francesco so viel erzählt hatte, das Mädchen, das ab und zu pfiff, oder die andere, die ernstere, die mit den traurigen Augen und den nervösen Händen? Was tat's? Hübsch waren sie beide, und er mit seinen vierzig Jahren konnte sich gewiß nicht den Luxus erlauben, wählerisch zu sein, dazu hatte er keine Zeit mehr, entweder jetzt oder nie. Als er jung war, hatte er ans Arbeiten und ans Sparen gedacht, dafür war er doch fortgegangen, oder nicht? Und er hatte nicht gemerkt, daß er auf der Bananenschale der Zeit ausgerutscht war und einen Sturz nach vorn gemacht hatte, ohne bei diesem Riesenrutsch etwas genossen zu haben, außer der leidlichen Befriedigung, zwei Wiesen in seiner Heimat gekauft zu haben, zwei Wiesen für die schon vergangene Zukunft. Er dachte immer wieder an die zwei Wiesen, heftete seinen wässrigen Blick auf lebendige und tote Punkte des Zimmers, erinnerte sich seiner Eltern, die auf dem kleinen Dorffriedhof in der Nähe seiner Wiesen begraben lagen; sieh mal an, an diese Nähe hatte er nie gedacht! Auf den Wiesen wollte er Apfelbäume pflanzen, Canada und Golden, wie es die Brüder getan hatten, ein Häuschen und einen Stall bauen, mit Kühen, Hasen, Kindern. Weil Kinder das Salz des Lebens sind, das hatte ihm immer seine arme Mutter gesagt; eine Auffassung, die auch sein Kollege Francesco Avati bekräftigte: „Wer ohne Kinder bleibt, ist wie ein erloschenes Feuer." Aber erwartete er etwa, daß ihm die Kinder vom Himmel fielen? Der *terrone*, der Südprovinzler, aus dem albanischen Dorf, mit dem er seit sechs Jahren das Zimmer teilte, war ganz eindeutig gewesen: „Ich habe eine Tochter von fast zwanzig Jahren, schön wie die Madonna und klug. Als Mitgift bringt sie eine Aussteuer mit, die sie selbst webt und stickt, und das Haus, in dem wir wohnen, oder den entsprechenden Wert in D-Mark. Ich spreche zu dir von Mann zu Mann: sie ist ein Mädchen, das man aus einem Glas Wasser trinken kann, der einzige dunkle Punkt ist, daß sie eine Geschichte mit einem gehabt hat, einem Scheißkerl, der sie heiraten wollte, und mit Worten hatte er sie auch schon geheiratet, aber dann, als er zur Tat schreiten sollte, hat er einen Rückzieher gemacht, weil gewisse Schlampen aus seiner Verwandtschaft, einschließlich der Mutter, meinten, daß meine Orlandina nicht gut genug für sie sei, weil sie zwei Hektar Land mehr hätten, Kühe und Häuser, und somit könnte der Sohn um eine der scheinheiligen Töchter des Gutsverwalters von Don Fidele werben. Wenn es dir paßt, kannst du sie sehen, meine Orlandina. Wenn du willst, kannst du mit mir ins Dorf kommen, ganz unverbindlich. Aber wenn sie nein sagt, dann bleiben wir Freunde wie zuvor. *Gut?*" *„Gut, gut"*, hatte er auf Deutsch wiederholt. Und bei diesem „gut", als seine Augen fast soweit waren, sich völlig zu verflüssigen und auf den Fußboden zu ergießen, hörte er die Stimme von Francesco Avati, die von einem Schlag auf die Schulter begleitet war: „Hast du gesehen, Valentini, wie viele gute Leute gekommen sind, um uns zu begrüßen? Von wegen wie in Deutschland! Hier kennen dich alle und schätzen dich, hier bist du kein *Itaker*, kein *Gastarbeiter*, hier bist du nie alleine! Los, jetzt wird gegessen, endlich!"

Inzwischen war nur noch die Familie übriggeblieben; sie versammelten sich um den überquellenden Tisch. Die Vermicelli-Nudeln dampften in der Mitte des Tisches wie ein Vulkan und dufteten nach Basilikum, Knoblauch, frischen Tomaten, Bauernwurst und Schafskäse. Der Trentiner kostete, diskret daran riechend, vor. „Peperoncino?" fragte ihn Nani Lissandro. „Um Gottes Willen", antwortete der Gast eingedenk der mörderischen Tomatensoßen des Mericano und schützte seinen Teller mit den Händen. Die anderen Tischgenossen dagegen begannen, die feuerroten Schoten zu zerkleinern, eine oder zwei pro Teller, sogar der Kleine, sogar die beiden Mädchen mit ihren zarten, rosafarbenen Mündern; sie alle verteilten rote Scheibchen und weiße Samenkörnchen auf dem Vulkan, die so scharf sind, daß sie dir die Zunge betäuben, Feuer im Mund entfachen, dem Arschloch Hämorrhoiden entlocken.

Katër

Dem Trentiner kam es vor, als ob man in diesem afrikanischen Dorf nur daran dächte, zu trinken, zu essen und sich vor der Hitze zu schützen. Vier Tage nach ihrer Ankunft war die Wallfahrt der Besucher noch nicht beendet. Friedfertig lächelnd, tranken sie Cognac oder Wein oder Mandelmilch oder Orangeade, und bis zum Mittagessen oder Abendbrot hingen sie an den sich unaufhörlich bewegenden Lippen des Mericano. Francesco Avati war wie ausgewechselt: nicht mehr der schweigsame Mensch, der Griesgram, der Unbeholfene, den der Trentiner in der deutschen Ausgabe kannte, so unsicher, daß er sogar um seine Hilfe bat, wenn er zum Einkaufen ging. Er war jetzt der Mericano: fröhlich, geschwätzig, überheblich, mit einer anderen Augenfarbe, einem leuchtenden Grün. Tag und Nacht im Unterhemd, aß und redete, trank und redete er. Allen wäre es lieber gewesen, wenn er von Deutschland erzählt hätte, aber es schien, als ob der Mericano als einzigen Zuhörer den Trentiner Freund gehabt hätte, der schon alles von Deutschland wußte. Und so sprach er über die Vergangenheit, und der Trentiner aß mit betrübtem Gesicht. Vielleicht hörte er ihm nicht einmal zu, vielleicht machte er sich auch Selbstvorwürfe wegen seiner Schüchternheit, weil er es bisher nur fertiggebracht hatte, ganze sechs Worte mit Orlandina zu wechseln: guten Tag, guten Abend, guten Appetit. Die Mahlzeiten waren die einzigen Augenblicke, in denen er ihr gegenübersaß; für den ganzen Rest des Tages hielt sie sich abseits, entweder unterhielt sie sich mit ihrer Schwester oder arbeitete am Webstuhl. Der Mericano aß, der Trentiner aß, und Costantino bewahrte in der Schatulle seines Gedächtnisses alle Besonderheiten jener so lauen Juliabende auf, den Kegelschatten des San-Michele-Berges, der sich über den Palacco legte, seine Erwähnung des Adlers mit zwei Köpfen, die Hühner, die die Krümel auf den roten Fußbodenfliesen aufpickten, das deftige Lachen des Mericano und das verhaltenere des Trentiners, Baialardo, der den salzigen Schinkenknochen abnagte, und den Vater, der redete...

„Du mußt also wissen, lieber Valentini, daß in einer Dezembernacht vor zehn Jahren, genau hier, über unseren Köpfen, die verkohlten Balken eines alten, verlassenen Hauses niederstürzten und dabei unsere Küche und die Hälfte der Wand, die dieses Zimmer von dem anderen trennt, zerstörten. Wir konnten wirklich von Glück sagen damals, nicht wahr, Elenuzza? Glück im Unglück. Der Himmel schüttete Wassereimer aus, und es blitzte und donnerte wie bei einem Feuerwerk. Wir saßen vor der Feuerstelle, um die letzten brennenden Holzkohlen zu genießen, und unterhielten uns über die Olivenernte, die in jenem Jahr ohne die Hilfe von Elenuzza, die im neunten Monat schwanger war, kein Ende nahm. Kurz und gut, wir unterhielten uns, bis wir uns plötzlich, vielleicht vom Schicksal bestimmt, entschlossen, schlafen zu gehen. Und wir waren tatsächlich gerade unter die Decken geschlüpft, als wir einen tosenden Lärm hörten, das Herunterprasseln von Steinen neben und einen Mörtelregen auf das Bett. Heilige Mutter Gottes, ein Erdbeben! Elenuzza begann zu schreien und zu weinen, und als die Mädchen ihre verzweifelte Mutter hörten, machten sie es ihr nach. Ich sagte mir, die Welt geht unter, aber ich versuchte, ihnen Mut zu machen, und schrie, daß nichts passiert sei. Sie umschlangen mich wie Efeu, um die Beine, um den Hals. Es gelang mir nicht, mich zu bewegen, ich war gefangen in einem Haufen *tijlli*, die vom Dach herabgestürzt waren. Ich dachte an die Folgen, die der Schreck für das Geschöpf, das meine Frau im Schoß trug, haben konnte. Ich wußte, daß es ein Junge war. Alle sagten es: dem runden Bauch nach und dem tiefsitzenden

Hintern, den sie bekommen hatte, konnte es nur ein Sohn sein. Und ich dachte an meinen Stammhalter, der tot geboren würde, und in meinem Innersten geriet ich in Verzweiflung; ich dachte nicht mehr an die Gefahr eines weiteren Einsturzes, an die gefährliche Lage, in der wir uns alle befanden. Eine Ladung Blitze und die verärgerte Stimme des Schwiegervaters, der mir zurief, dort herauszukommen, brachten mich zur Besinnung. Ich legte eine Decke über Elenuzza und die Mädchen, und im Lichte der Blitze räumte ich mit dem Alten die Trümmer beiseite. Dann rannten wir zum Haus von Caterina Fioravanti, einer Nachbarin, die so gut wie das Brot war. Meiner Frau ging es wirklich schlecht, sie krümmte sich wie eine Schlange. Caterina wußte, was bevorstand, ließ sich aber nicht entmutigen. Sie schickte die Mädchen mit dem Großvater in die Küche, mich ließ sie warmes Wasser zubereiten, holte saubere Laken, eine Schere, Faden und viele Leintücher und fand sogar Worte des Trostes: Nur Mut, mein Kind, denn es wird alles gutgehen. Ein langgezogener Wimmerlaut, lauter als das Dröhnen des Donners, ließ mich aus dem Alptraum erwachen. Der kleine Costantino war geboren, Costantino, mein Kleiner, war geboren, und ich scherte mich nicht um das eingestürzte Haus und umarmte die Alte, den Tata, die Mädchen, Elenuzza und sah dieses schwarzblaue Geschöpfchen, das schrie und schrie und mit geschlossenen Augen die Brust der Mutter suchte. Am nächsten Tag fand ich ein altes Haus zur Miete, eine Kate, eng und feucht. Drei Jahre lang hielt ich es aus, aber bei der ersten Gelegenheit packte ich die Koffer und fuhr nach Deutschland, in der Absicht, unser Haus mit den Ersparnissen wieder aufzubauen."

Costantino zufolge berauschte die Vergangenheit den Kopf des Vaters wie der starke Wein, den er reichlich trank, während die Gegenwart ihm nur den Bauch füllte.

In einer Sintflutnacht geboren zu sein und dazu noch an einem Freitag, das würde seinen Sohn vor dem bösen Schicksal bewahren, das seinem eigenen Vater, Gott hab ihn selig, dessen Name Costantino trug, widerfahren war; das war die tiefe Überzeugung des Mericano. Es war nicht nötig gewesen, die Füße des Bettgestells mit Lumpen zu umwikkeln, wie es seine Mutter getan hatte, als er, der Mericano, geboren wurde, aus Angst, daß die Feen mit den Mauleselfüßen sich beim Besuch des Neugeborenen weh tun und ihn verwünschen würden; auch hatten sie keinen reichgedeckten Tisch in eine Ecke gestellt, um die Feen mit Speisen zu erfreuen, denn dadurch, so glaubte man damals, hätten sie dem Neugeborenen Glück gebracht. In den modernen Zeiten, zu denen Costantino geboren wurde, war dieser Glaube fast völlig verschwunden, weil die Leute klüger geworden waren. Und wenn es wirklich Feen gegeben hätte, in jener Nacht der Sintflut, wären sie zu Hause geblieben, am Fluß oder in der Schlucht. Mit seinen Händen, durch seine Opfer würde er seinem Sohn eine glückliche Zukunft aufbauen. Er würde nicht in der Welt umherirren müssen, wie es der Großvater getan hatte und wie er selbst es auch tat, nur für ein Stück Brot. Sein Sohn würde ruhig zu Hause bleiben können, einen Beruf als Selbständiger ausüben können, wie dieser Herr Lehrer sagte, oder auch Bauer sein, aber zu Hause, unter seinen Leuten, und er würde etwas von seinen Kindern haben können, würde Zeit haben, sie zu streicheln, während sie aufwuchsen. Alle verstanden, worauf er hinauswollte, alle, außer dem Trentiner. Und tatsächlich, wie so oft, wenn er mindestens einen Liter Wein getrunken hatte, griff er die Geschichte des Vaters auf, der im guten Merica gestorben war, gestorben und begraben im selben Augenblick unter einer Kohlenlawine. Er selbst war vier Jahre alt gewesen, als er ihn das erste Mal sah, und hatte seine Liebkosungen für etwa drei Monate genießen können, dann war der Vater von Neapel aus losgefahren, für immer. Der italienische Konsul hatte ein Telegramm an den Bürgermeister von Hora geschickt, und dieser war mit dem gelblichen Papier zu ihnen nach Hause gekommen, um die schreckliche Nachricht zu überbringen. Was der Mericano nie vergessen können würde, waren nicht die verzweifelten Schreie der Mutter, die sich mit den Fäusten auf die Brust trommelte, sich die Haare in Büscheln ausriß und sich das Gesicht mit den Nägeln zerkratzte, sondern es war der *vajtim*, der Klagegesang, der erfolgte, als die Mutter weder Stimme noch Kräfte mehr besaß; der *vajtim*, von der Großmutter angestimmt, der alle Stationen im Leben des Sohnes *i ziu*, das heißt pechschwarz, unglückselig, schilderte. Er konnte sich unmöglich an den Inhalt erinnern, dazu war er zu klein damals, aber die Wirkung, die er auf ihn ausgeübt hatte, die trug er immer noch in sich. Es war eine Klage, die unter die Haut ging, ins Blut, ins Gehirn, und wenn er alleine sei, so gestand er, höre er sie immer noch. Um die Alte herum, mit ihren strohigen und auf die Schultern hängenden, aufgelösten Haaren, war ein Zimmer voller schwarzgekleideter Frauen und Männer mit langen Bärten. Anstelle der Sarges befand sich auf dem Küchentisch mit vier Kerzen an jeder Ecke das Porträt des armen Vaters: blond, mit dichtem, nach oben gezwirbeltem Schnurrbart, ungefähr dreißig Jahre alt. Aber mit verschwommenen Augen ohne Leuchtkraft, wie jemand, der dazu verurteilt ist, früh zu sterben.

Von jenem Tag an krempelte die Mutter des Mericano die Ärmel ihrer Trauer-*coha* hoch und arbeitete auf dem Feld ihr ganzes Leben lang wie ein Mann, sogar besser als ein Mann. Ihren Kindern ließ sie es nie an etwas fehlen, weder an Schuhen noch an Kleidung, weder an Brot noch an Zukost, und sie ließ die Kinder nie in den Dienst der Dorfreichen treten. Die Trauer-*coha* zogen sie ihr dreißig Jahre später aus, als ihre Söhne im Ausland arbeiteten, und kleideten sie, wie es Brauch war, wieder in die goldene Hochzeits-*coha*, die ihr viel zu groß war, wie sie da im Sarg lag, sie aber um zwanzig Jahre jünger aussehen ließ.

Pesë

Für die Nacht war der Trentiner in der Küche untergebracht worden, wo er auf einer mit Maisblättern gefüllten Matratze und unter handbestickten Leinenlaken schlief.

„Valentini wird sich damit zufrieden geben. In Deutschland haben wir auch ohne Laken und nur mit dem Mantel als Decke geschlafen, und das bei elender Kälte“, hatte der Mericano zu seiner Frau gesagt, die sich tausend Vorwürfe machte. Der Trentiner beklagte sich tatsächlich nicht, auch wenn aus dem improvisierten Lager seine nackten Riesenfüße herausragten, mit denen Baialardo manchmal spielte, und bei jeder kleinen Körperbewegung die trockenen Maisblätter zerbröckelten und die schwere Luft der Nacht durchschossen. Nein, der Trentiner beklagte sich nicht, aber es begeisterte ihn auch nicht, schlaflose Nächte und nutzlose Tage in diesem Loch am Ende der Welt zu verbringen, das dazu auch noch trocken und gelb wie die Kacke von Baialardo war, und auf eine Antwort zu warten, die für ihn lebenswichtig war.

Der Mericano konnte sich nicht entschließen, unter vier Augen mit der Tochter zu sprechen, um ihr die Absichten seines Freundes zu offenbaren. Er hoffte, die Tochter würde von selbst verstehen, und daß ihr, so Gott wollte, Valentini gefallen würde, wenigstens ein bißchen. Wahrscheinlich fand der Mericano nicht die passenden Worte, obwohl er doch ein eloquenter Redner war, wenn er wollte; er ließ die Angelegenheit von selbst reifen, in der Hoffnung, daß vielleicht seine Gewissensbisse nachlassen würden. Orlandina dagegen verstand nicht oder tat so, als ob sie die halben Sätze nicht verstünde, die vagen Anspielungen, die vorsichtigen Lobreden, die vor allem die Mutter über den Fremden führte:

„Ein Mann, der wie geschaffen ist, um eine Frau glücklich zu machen, ein Mann ohne Laster; er trinkt nicht, raucht nicht, verschwendet kein Geld, er besitzt zwei Wiesen, ein Haus im Dorf und eins in den Bergen und vierzigtausend Mark auf der Bank, eine ganz schöne Summe." Im Dorf sprachen alle über die bevorstehende Hochzeit von Orlandina, nur sie wußte nichts davon. Ihr Kopf und ihr Herz waren noch übervoll von Erinnerungen, von Empfindungen, von Haßliebe, die sie trotz aller Anstrengungen nicht abschütteln konnte. Dieser Judas (vielleicht nannte sie ihn so in ihren Gedanken), dieser Judas, dessen Namen auszusprechen sie verabscheute, hatte sie getäuscht, hatte ihr das Herz gebrochen und den Wölfen zum Fraß vorgeworfen. Warum hatte sie nicht auf ihre Mutter gehört? *„Gjaku ësht gjaku*, Blut bleibt Blut, es trügt nicht. Sippe bleibt Sippe. Die dort sind eine Sippe von Hurenjägern und Huren. Trau ihm nicht, *bijë*!" Warum hatte sie nicht Schluß gemacht, nachdem sie von der Mutter gewarnt worden war, vom Großvater und sogar vom kleinen Costantino? Warum hatten sie sie nicht totgeprügelt? Oh, wenn der Vater im Dorf gewesen wäre, er hätte sie bei lebendigem Leibe gefressen, und ihn, ihn hätte er für die Festtage ordentlich hergerichtet, grün und blau, zerbeult wie ein alter Topf. Die Mutter hatte jeden Tag geweint. Und sie, Orlandina, hatte sich mit der kühnen Unvernunft ihrer sechzehn Jahre, glühend im Gesicht wie ein Backofen, mit ihm getroffen, nachts in der von Sternen erhellten Gasse, morgens im Stall des Großvaters oder in der Höhle neben dem Schweinestall. Jede Gelegenheit war gut gewesen: Fernsehen gehen zu einer Freundin, den Kaninchen Gras bringen oder den Schweinen den Viehtrank. Er war immer auf Erden, im Himmel, immer gegenwärtig wie ein Christus, angelehnt an bröckelnde Mauern, die mit Löwenmäulchen bedeckt waren, lang ausgestreckt im mit Süßklee vermischten Stroh, auf der Lauer in der durch die Äste eines wilden Feigenbaums versteckten Höhle. Bruchteile von Sekunden waren es nur, in denen ihre Herzen so laut wie Donner schlugen, sich die Lippen mit aller Kraft aneinandersaugten, die Hände in der Kleidung die warmen und harten Vorgebirge erforschten, und das Stöhnen war unisono, erstickt und unaufhörlich für Bruchteile von Sekunden, die schienen, als ob sie das ganze Leben von Orlandina einschließen wollten, sie in einen Teufelskreis pressen, aus dem sie versuchen mußte auszubrechen, auszubrechen mittels eines Gebräus aus Agave, Mohn und Grünspan, sich endgültig zu befreien von diesem Judas, der sich plötzlich mit einer anderen verlobt hatte, wie ein Hund dem Befehl der Tanten gehorchend. Sie hatte erbrochen, grünliche Nudeln mit Bohnen, Mohnsamen und Schaum mit Grünspan, eine ganze Nacht lang, und die Mutter hatte geweint, sich die Haare ausgerissen und ihren Mann verflucht, der sie allein gelassen hatte in dieser Hölle, mit einer Verrückten, die reif war für die Zwangsjacke. Sie hatte Deutschland verflucht und jenen *bir putërjë*, diese Sippe ohne Herz, diese Sippe von Schweinen; sie hatte zu ihren toten Angehörigen gebetet, damit diese doch die glücklose Tochter retten mochten, während die Tochter dieselben Toten bat, sie sterben zu lassen und den Teufelskreis zu durchbrechen, in dem erstickende Erinnerungen schwammen. Die Toten hatten anscheinend auf die Mutter gehört, die für sie eine Messe hatte lesen lassen, und die Tochter schien gereinigt zu sein von dem Bandwurm, der ihr die Eingeweide zerfressen hatte. Sie schien aufgeblüht wie ein Kirschbaum im Frühling. Morgens, wenn sie ihre blauschwarzen Locken kämmte, das glatte und leuchtende Gesicht mit Pfefferminzwasser wusch und sich die weißen Zähne mit Asche putzte, hätte sich der Urenkel von Skanderbeg persönlich in sie verliebt, wenn er dort vorbeigekommen wäre. Die Mutter gab sich mit dem äußeren Schein zufrieden, auch wenn ihr weder der traurige Ring in der grauen Tiefe der Pupillen ihrer Tochter entgangen war noch die tiefen Furchen unter den Augenlidern: die Falte der Verzweiflung. *„Më të ligtit ka skuar, bijë*, das Schlimmste hast du hinter dir, Kind“, tröstete sie die Mutter, „aber bekanntlich glimmt eine von Asche bedeckte Glut weiter.“ Sie glomm tatsächlich; die Verletzung war tief und durchzog Orlandinas ganzes Leben.

Der Vorschlag des Vaters, den er ihr eine Woche vor seiner und des Trentiners Abreise unterbreitete, war der in den See ihrer Erinnerung geworfene Stein. Die konzentrischen Kreise vervielfachten sich während der Nacht, mal waren sie klein, mal groß, und sie umschlossen Trauben von Küssen, den Duft von Kleeblumen und Löwenmäulchen, und schließlich öffneten sie sich an der Seite des Fremden wie ein zur Welt aufgesperrtes Fenster, weit entfernt von diesem Dorf, das sie haßte.

„Ich will dir nicht meinen Willen aufzwingen“, hatte ihr der Vater gesagt, ohne ihr in die Augen zu schauen. „Ich glaube, daß es dir bei Valentini an nichts fehlen würde, ich würde dich in gute Hände geben. Entscheiden mußt du. Morgen wirst du mir eine Antwort geben. Ist es ein Ja, verlobt ihr euch, dann richtet er das Haus und den Hof in seinem Dorf her, und in einem Jahr heiratet ihr.“

Costantino war dabei an diesem Abend; er hörte die keuchenden Worte des Vaters, und noch heute erinnert er sich der tränenlosen Schluchzer der Schwester und ihrer rastlosen Bewegungen in der Nacht, im aufgewühlten Bett, in dem sie keine Ruhe fand.

Am nächsten Tag zogen Zonja Elena und eine Schwester des Mericano festlich gekleidet durch das Dorf und verkündeten die Verlobung von Orlandina mit dem Fremden. *„Me një burr të huaj“*, wie sie sagten, *„nga provinçja i Trentit.“*

Gjashtë

Die Haustür des Herrn Lehrer war tagsüber immer offen, wie es überall in Hora Brauch ist. Und so geschah es, daß nachmittags die Schüler die Wohndiele betraten, ohne anzuklopfen. Auf einen Tisch voller Bücher und Notizhefte mit zerknitterten Umschlägen stellten sie einen *kulaç* warmes Brot oder eine Flasche Wein oder zwei tagfrische Eier oder etwas Obst der Jahreszeit oder etwas soeben gemolkene Milch oder einen Frischkäse, dann rannten sie schnell hinaus. Sie wußten, daß der Lehrer diese Geschenke nicht angenommen hätte, weil er sich in Verlegenheit gebracht fühlte, und daß, wenn er sie mit den Geschenken in den Händen erwischt hätte, gesagt hätte: „Sagt euren Müttern, daß ich ihnen danke, sie sind sehr freundlich, aber ich kann das nicht annehmen!" Wenn sie ihm dagegen einen Hirschkäfer brachten, in Hora unter dem fälschlichen Namen *çikallë me brirat* bekannt, riefen sie ihn mit lauter Stimme: „Herr Lehrer, eine Zikade mit Hörnern." Er eilte dann aus seinem großen Schlafzimmer herbei, und glücklich und aufgeregt setzte er seine Brille ab, um den Käfer besser bewundern zu können. Er besaß eine Sammlung von über hundert Exemplaren, zum Teil lebendige und zum Teil tote, präparierte. Was er an diesen schwarzen und stummen Tierchen so interessant fand, das wußten seine Schüler nicht. Konnten sie nachvollziehen, was ein Lehrer fühlt? „Seht ihr denn nicht, welch ein elegantes Tierchen das ist? Es sieht aus, als ob es einen Frack trüge. Es läuft mit zierlichen Bewegungen und wiegt dabei seine wunderbaren Fühler, und für die weiten Strecken fährt es seine zarten Schmetterlingsflügel aus." Nein, das konnten sie nicht nachvollziehen. Die Erwachsenen lächelten über diese merkwürdige Vorliebe von ihm: die

Schrullen eines Studierten waren das. Nicht weiter verwunderlich. Die Schüler jedoch kamen nicht nur seinen Wünschen nach, sondern imitierten ihn sogar, indem sie ihrerseits die eleganten Zikaden mit Hörnern und noch seltsamere Tiere sammelten: Lockzikaden, Eidechsen mit zwei Schwänzen und Junikäfer ohne Pünktchen. Costantino seinerseits begnügte sich damit, neue Einzelheiten, die mit der Erscheinung des Adlers mit den zwei Köpfen zu tun hatten, zu sammeln, auch schriftlich, sobald ein Aufsatzthema ihm die Möglichkeit bot, sich darüber zu äußern. In einem Klassenaufsatz, zum Glück ein freies Thema, schaffte er es doch tatsächlich, über einen großen Adler mit zwei Köpfen zu schreiben, auf dessen Rücken ein bärtiger Mann saß, der einen Helm mit einem Ziegenkopf trug und ein riesiges Schwert ganz aus Gold schwang. Ein Mann, der in beeindruckender Weise jenem Bild von Skanderbeg glich, das ihm einmal der Herr Lehrer gezeigt hatte. Dieser las den Aufsatz von Costantino ganz ernsthaft laut vor, während die Mitschüler ihn auslachten und belustigt ausriefen: *„Po po po*, was für Räuberpistolen!" Aber Costantino schien sich nicht um sie zu kümmern. Am Urteil des Herrn Lehrer war ihm gelegen, nur daran. „Na ja, Skanderbeg auf einem Adler, scheint mir sehr unwahrscheinlich, sehen wir mal..., das heißt, so etwas würde ich wohl ausschließen, auch wenn manchmal die Wirklichkeit die Phantasie übertrifft. Aber...", sagte der Lehrer in aller Ruhe, „das heißt... sehen wir mal..." Er dachte eine Weile nach und massierte dabei seine Nasenflügel, nachdem er seine Brille abgenommen hatte. „Über den Adler mit zwei Köpfen gibt es aber nichts zu lachen. Während meines Militärdienstes habe ich in einem Museum in Rovereto ein ausgestopftes Kälbchen mit zwei Köpfen gesehen. Das heißt, es ist die Natur, die manchmal solche wundersamen Dinge vollbringt. Das heißt, es kann sehr wohl einen Adler mit zwei Köpfen geben. Das heißt, es kann ihn geben, oder es kann ihn gegeben haben zu anderen Zeiten. Ob er in der Lage wäre, mit zwei Köpfen zu fliegen, na ja, ehrlich gesagt, das weiß ich nicht..." Und Costantino streckte seine von frischen Walnüssen schwarzgefärbte Zunge in die Richtung seiner Mitschüler heraus, die ihn ausgelacht hatten, und nahm so, auf seine Weise, einen Teilsieg für sich in Anspruch. Wie viele schöne Dinge der Herr Lehrer gesehen hatte, wie viele schöne Bücher er gelesen hatte, und wie schön er sie erklären konnte! Er, *litir* aus Belcastro, wußte über die Arbëreshër besser Bescheid als alle Einwohner von Hora zusammengenommen, den Pfarrer und die anderen Lehrer mit eingeschlossen. Denn er las, er las ständig. Und er hatte endlich erklärt, daß es das Land Arbërìa wirklich gibt, und ob! „Es liegt gegenüber von Apulien und heißt jetzt Albanien. Arbërìa ist der alte Name des heutigen Albanien, auf Albanisch Shqipëria, das Land der Adler, das sich im Jahre 1912 von der Unterdrückung der Türken befreit hat. In Italien aber gibt es Dutzende Dörfer, in denen man das alte Albanisch spricht, das Arbëresh eben, und diese Dörfer, die sich in Molise, Apulien, Basilikata, Kampanien, Kalabrien und Sizilien befinden, bilden das ‚kleine Arbërìa'. Alle Unklarheiten beseitigt?" Costantino nickte mit dem Kopf, voller Bewunderung für den Lehrer, und abends, bei sich zu Hause, wurde er Costantino, der Kleine des Herrn Lehrer, an dessen Lippen er aufgeregt hing. Der kostenlose Nachhilfeunterricht war fruchtbar, trotz der ständigen Unterbrechungen durch den Lehrer, der, ohne daß ihn jemand darum gebeten hätte, auch die Aufgabe eines Sachverständigen für die Kunst des Deckenwebens übernommen hatte. Oft und gerne näherte er sich dem Webstuhl und bewunderte die stilisierten doppelköpfigen Adler, streichelte sie zärtlich mit seinen Fingerspitzen, während er aus dem Winkel seiner Brille verschlüsselte Liebesbotschaften sandte.

Costantino lernte, den Satz von Pythagoras anzuwenden, mit Kompaß und Atlas umzugehen, löste Aufgaben zu den Raummaßen und rezitierte auswendig: *„Silvia, rimembri ancora / quel tempo della tua vita mortale“*, während der Herr Lehrer mit seinen glühenden Pfeilen das Herz von Lucrezia durchbohrte, das unter ihrer Nylonbluse verrückt spielte. *Te zjarri i zëmërës*, im Feuer des Herzens, brannten Gefühlswallungen und Begehren, die sich als Farben in ihrem Gesicht niederschlugen, mal weiß, mal rosa, mal rot. Ab und zu entfuhr ihr ein Pfeifen wie ein Nachtigallenschlag, wenn ihr aus Verlegenheit die lächelnden und ausweichenden Augen überflossen, aber es war ein sanfter Ton, der aus ihren herzförmigen Lippen trillerte, nicht zu vergleichen mit dem wilden aus der Zeit, in der sie eine flegelhafte *burraçë* gewesen war: es war der Schlag einer verliebten Nachtigall.

Costantino begriff die feine Unterscheidung nicht, die der Herr Lehrer eines Abends vornahm, zwischen „Herz mit Kammern, das Blut pumpt“ und „Herz mit Flügeln, aus dem Liebe hervorsprudelt“. Zonja Elena allerdings entging nichts, obwohl sie ganz auf das Stopfen der groben Wollstrümpfe des Vaters konzentriert zu sein schien. Sie wußte es. Sie wußte es, und in ihrem Herzen freute sie sich. Sollten sie doch reden, die Nachbarinnen. Sie hatten es schon bei Orlandina getan, aber seit der Verlobung mit Narciso platzten sie förmlich vor Neid wie Trabekku. Sollten sie ruhig reden. Der Großvater war ja im Haus. Sie waren nicht ohne *burr*. Und Nani Lissandro war tatsächlich da: eingeschlummert neben dem brennenden Kamin oder damit beschäftigt, mit dem Beil und einem Messerchen Klötze aus Nußbaumholz oder Olivenholz zu bearbeiten, aus denen dann wie durch Verzauberung die großen Flügel und Köpfe mit krummen Schnäbeln von fliegenden Adlern hervorkamen, die er den Kindern der *gjitonia* schenkte. Der Großvater hatte die Funken der Verliebtheit allerdings nicht bemerkt, die in dem großen Zimmer unter den trockenen Schlägen des Webkamms sprühten. Für ihn war Herr Carmelo Bevilacqua ein wohlerzogener *litir*, allein und weit weg von zu Hause. Demnach also ein Mann, dem Gastfreundschaft gebührt, denn die Gastfreundschaft ist heilig.

An den lauen Sonntagen im Frühling schleppte Nani Lissandro den Lehrer mit in den Wald, gemeinsam mit dem Enkel und Baialardo. Und dann war er, Nani Lissandro, der Lehrer, und der Herr Bevilacqua ein gelehriger Schüler, der an seinen Lippen hing und sich Notizen über Notizen machte. Ungeachtet seines Alters und der ständigen Verwünschungen des verdammten Teufels, der ihm die Kräfte genommen hatte, ging Nani Lissandro schnellen Schrittes und besaß ein Erinnerungsvermögen und ein erzählerisches Talent, das wirklich „außerordentlich" war, wie der eigentliche Lehrer betonte, der in der richtigen Stimmung für anerkennende Worte war. Aber Nani Lissandro verstand manche Worte nicht einmal. Im Wald von Gioietto, in dem er jahrelang seine Ziegen geweidet hatte, fühlte er sich wie zu Hause, kannte die entlegensten Wege, die Verstecke in den Aushöhlungen der ältesten Eichen, die tiefsten Höhlen, die Quellen mit dem kühlsten und saubersten Wasser. Das war seine Welt gewesen, sein Merica, sein Deutschland. In der Freizeit hatte er auf seinem Stück Land gearbeitet, und der Familie hatte es nie an etwas gefehlt, weder an Öl noch an Wein noch an Brot. In aller Bescheidenheit — er verstand es besser, auf dem Feld zu arbeiten, als einer, der ausschließlich Bauer war, und die Krisma verpachtete Don Nico Morello immer ihm, weil er die Olivenbäume am besten beschneiden konnte. Die zartesten Ästchen des Beschnitts knabberten die Ziegen; ihm blieb das Holz zum Verbrennen und zum Schnitzen, und wenn der Jahrgang gut war, vielleicht auch einige Scheffel Öl, die er verkaufen konnte. Denn Don

Morello wollte keinen Widerspruch hören; die am Anfang der Blüte vereinbarte Ölmenge, die Hälfte der von seinen Fachleuten durchgeführten Schätzung, holte er sich ab, auch wenn wegen Frost und Hagel nur ein Viertel der geschätzten Oliven geerntet werden konnte. Der Lehrer blieb einen Augenblick auf einer der zahlreichen Lichtungen stehen, von denen der Wald durchzogen war, um mit dem Feldstecher die Berge der Sila zu bewundern oder den Wasserfall, der in der Ferne rauschte, mit bloßem Auge kaum sichtbar, und Nani Lissandro seufzte. Seufzte und sagte, daß ihm viele Erinnerungen durch den Kopf pfiffen. Erinnerungen an die Jugend in diesem Wald, viele Abenteuer, wirklich viele. Und da es keine Abenteuer für Kinderohren waren, schickte er eines Tages den Enkel, Baialardo zu suchen, den man schon seit einer Weile nicht mehr gesehen hatte und der, so sagte er, vielleicht glaubte, die verlorengegangenen Ziegen suchen zu müssen, so wie er es als junger Hund getan hatte, immer nahe daran, mit heraushängender Zunge vor Erschöpfung tot umzufallen. Dann begann Nani Lissandro in der Gegenwart zu erzählen, so wie er es immer tat, wenn die Erinnerung so stark und lebendig wurde, daß sie ihm das Zeitgefühl durcheinanderbrachte. Also, hierher kommen viele Frauen, um Reisig für das Backhaus zu sammeln. Frauen aus Hora und aus Shën Kolli. Er, der junge Lissandro, weidet hier seine Herde. Morgens früh schneidet er das Reisig, legt es fein säuberlich zusammen und bündelt es, so daß es fertig ist, um auf die Schultern geladen zu werden. Manch eine bedankt sich und sagt ihm, daß er ein *burr i mirë* sei, und er antwortet, daß er in der Tat ein guter Mann sei, aber vor allem ein *burr*, ein Mann. Manch eine versteht und geht auf das Spielchen ein, scherzt und lacht, weil die Frauen gerne über diese Sachen scherzen, und sagt, daß er ganz schön frech sei und daß sie einen Mann habe oder einen Verlobten oder einen Vater, der ihn bei lebendigem Leibe vierteilen würde, aber zum Schluß... Filumena bringt sein Blut in Wallung, wenn er nur an sie denkt. Sie ist verheiratet, hat aber keine Kinder, deshalb hält sie sich gut. Sie ist eine *grua me kripë*, eine Frau mit Salz. Dreißig Jahre oder etwas älter und er einundzwanzig. Sie packt ihn am Hals und will mit ihm kämpfen. Sie fallen eng umschlungen auf das Gras. Sie lacht. Mal sehen, wer stärker ist, sagt sie. Und faßt ihn im Kampf genau dorthin, so als ob sie es nicht absichtlich täte. Sie rollen bis zu der Eiche dort, und er läßt sich aufs Kreuz legen. Und sie dann, immer noch lachend, so als wäre alles ein Scherz, setzt sich auf ihn, knöpft ihm die Flanellhosen auf, nimmt seine Hände und legt sie auf die festen *sise*, und er sieht die Baumkrone der Eiche, die sich um ihn dreht wie eine *vallja*, und die Sonnenstrahlen und das Paradies, in dem er sich fühlt, lassen ihn mit Gewalt die Augen schließen.

Hinter einem Strauch verborgen, begann Costantino laut zu lachen. Der Nani lief hinter ihm her und schwang dabei einen Stock in der Luft. „Oh, *bir putërje*, wenn ich dich erwische!“ rief er schmunzelnd.

Auf dem Rückweg bekräftigte Nani Lissandro seine Vorstellung von Frauen mit und ohne Salz, *me kripë e pa*, und der Lehrer machte sich unermüdlich im Gehen Notizen.

„Ja, Filumena ist eine *grua me kripë*, eine wirkliche Frau, während der Großteil der anderen *pa* ist. Oh, *grat me kripë* sind lieb, gut und treu, aber auch gefährlich, weil sie Feuer im Herzen tragen, unter den festen *sise*. Filumena ist eine davon“, schloß Nani Lissandro und seufzte vor den riesigen Steineichen, die den Ortseingang von Hora zieren. Dem Lehrer lag die Frage schon seit einer Weile auf der Zunge: „Und Lucrezia, Herr Alessandro, wie ist Lucrezia Eurer Meinung nach?“ „Lucrezia?“ fragte Nani Lissandro. „Ja, Lucrezia, bei ihr merkt man, daß sie eine ist, eine *grua me kripë*, das sieht man an ihrem schneidenden Blick, klug und leidenschaftlich." Er, der Nani, stellte sie sich vor als das arbëreshër Mädchen, das eine Wette mit einem bösen Türken darüber abgeschlossen hatte, wer von den beiden beim Trinken mehr vertragen könne. Der Türke wollte dem gefangenen Arbëreshër, den er angebunden mitführte, die Freiheit geben, sie dem Türken das unbefleckte Jungfrauenbett. Mit einem Lächeln auf dem Gesicht schmausend, ließ sich das Mädchen, bevor es trank, insgeheim Schnee in den Becher geben, während der Türke von der gefährlichen Freude überwältigt wurde, die empfindet, wer sich siegesgewiß fühlt, und maßlos trank; völlig betrunken schlief er schließlich ein. Da befreite das Mädchen den Gefangenen, gab ihm die Waffen, und gemeinsam flohen sie mit einer Galeere nach Italien. Der Lehrer schrieb fleißig alles auf, aber gewiß achtete er nicht auf die Worte, die er schrieb. Hätte er wenigstens einen Augenblick darüber nachgedacht, hätte er sich Lucrezia gegenüber nicht mit derselben überheblichen Leichtfertigkeit wie der Türke verhalten, was er später bitter bereuen sollte.

Shtatë

Das Datum für Orlandinas Hochzeit war für den zweiten Oktobersonntag bestimmt worden. Aber der Mericano war schon in den ersten Julitagen in Hora. Er habe auch während der Freischichten gearbeitet, erklärte er, um dadurch die Ferien um einen Monat zu verlängern. Auf der Heimfahrt habe er einen Tag bei dem Trentiner Station gemacht. „Narciso hat aus dem alten Haus seiner Eltern eine Villa gemacht, aber was sage ich, einen Palast! Du wirst das Leben einer Prinzessin führen", sagte er zu Orlandina, die ihm zuhörte, ohne große Begeisterung zu zeigen.

Im Oktober würde auch der Lehrer Carmelo Bevilacqua wieder im Dorf sein, und Zonja Elena nährte die Hoffnung, dann die Verlobung der jüngeren Tochter in Anwesenheit des Ehemanns in die Wege leiten zu können, so daß dieser nach Orlandinas Hochzeit mit zufriedener Seele durch Italien hindurch nach Deutschland hätte zurückfahren können.

Lucrezia zählte die Tage an dem Muster der nicht enden wollenden weinroten Decke ab: jede fertige Reihe stilisierter doppelköpfiger Adler bedeutete anderthalb Tage weniger, bedeutete, daß der Oktober näherrückte und damit ihr am Webstuhl stehender Prinz mit den dicken Brillengläsern. Ab und zu schickte ihr dieser Prinz Briefe, die zwar an Costantino gerichtet waren — „Lieber kleiner Adler", begann er —, aber der Rest des Briefes bestand eigentlich nur aus einer Aneinanderreihung von Anspielungen auf sie — „Deine liebe Schwester Lucrezia" —, die, so könne er sich denken, bestimmt mit Weben beschäftigt sei. Er denke oft an... diese Decke mit den Adlern, unnachahmlich und kostbar, so schön wie die Venus von Milo; er könne kaum den Moment erwarten, da er diese Decke mit den Fingern berühren dürfe.

P.S. Er habe Sehnsucht nach den Abenden am Feuer und nach der Bohnensuppe mit Brot von Za Elena.

Der Mericano war am wenigsten begeistert von diesen Briefen. „Also, wer ist denn nun eigentlich dieser Herr Lehrer, über den ihr alle den Mund so vollnehmt? Ich meine, welches Ansehen genießt er in seinem Dorf, welche Absichten hat er?“ fragte er, während Frau und Kinder neugierig und aufgeregt den Briefumschlag öffneten. Sogar Baialardo wedelte glücklich mit dem Schwanz und wurde nicht müde, den Brief zu beschnüffeln, der nach Bergamotte duftete. Der Mericano wartete vergebens auf eine Antwort und wurde ungeduldig, weil seine Familie nicht einmal die Fragen verstand. Für sie war der Herr Lehrer Carmelo Bevilacqua der Herr Lehrer, was sollte er denn sonst sein? Und was interessierte es denn, welches Ansehen er in seinem Dorf genoß? Und was meinte er mit: „Welche Absichten hat er?“

„Hoffentlich ist das nicht noch so ein Hurensohn, dann drehe ich euch allen den Hals um“, machte der Mericano kurzen Prozeß und schickte sich an, zum Dorfplatz zu gehen. „Hoffentlich geht ihr nicht wieder Ähren im Schnee aufsammeln“, fügte er, bereits auf der Türschwelle, hinzu. Wie ins Herz getroffen von diesen grausamen ausgesprochenen und unausgesprochenen Kugeln, brachen die Mädchen in Weinen aus, und die Mutter tröstete sie, selber mit Tränen in den Augen. Baialardo war der einzige, der den Mut aufbrachte, einen Laut von sich zu geben, während der Nani sich zurückzog, um die Schnäbel seiner Adler glattzufeilen und sich aus der Sache herauszuhalten, und Costantino nicht wußte, ob er sich neben den Nani setzen oder dem Vater folgen sollte, den er schnell in Richtung Dorfplatz hinauflaufen sah, groß, von dort unten aus gesehen, groß und erhaben.

An einem jener Abende, an denen der Mericano das Haus mit ganz grauen Augen verlassen hatte, kehrte er freudestrahlend nach Hause zurück. Er rief die Familie zusammen, schloß die Tür und verkündete mit einer gewissen Feierlichkeit: „Der Grundbesitz des Castello del Piccolo gehört uns."

„Uns?" fragte die Ehefrau ungläubig und verwirrt, und die anderen taten es ihr mit fragenden Gesichtern nach. Der Mericano lächelte unter seinem gepflegten Schnauzbärtchen hervor und steckte die Daumen mit langsamer Bewegung in seine Westentasche wie ein großer Herr, mit grün leuchtenden Augen. Don Cesare sei aus Neapel eingetroffen, sagte er tief einatmend. Sein Wagen sei auf dem Dorfplatz geparkt gewesen, unter der großen Ulme. Er habe ihn gemeinsam mit dem Notar aus Marina aussteigen sehen. Also war er wohl gekommen, um zu verkaufen, wie man schon lange munkelte; die Hälfte des Palazzo an seinen Bruder Don Fidele und sicher auch das sogenannte Castello del Piccolo, das Schloß des Kleinen, mit dem dazugehörigen Grundbesitz, die letzte der vielen Ländereien, die er geerbt hatte. Nach dem Tod des Vaters hatte Don Cesare Länderei um Länderei eher verscherbelt als verkauft — die Hälfte der Domäne von Santa Vènnera — und war anschließend nach Neapel zurückgegangen. Zusammen mit seinen Töchtern im heiratsfähigen Alter, die dieses verlorene Dörfchen in Kalabrien haßten, die staubigen Straßen und die schwarzen jungen Männer, die bis tief in die Nacht hinein in der Bar gegenüber dem Palazzo in diesem fürchterlichen *ghieghiu*-Dialekt herumbrüllten. Don Fidele dagegen, der ledig war, hatte beschlossen, in Hora zu leben, nachdem er einen Großteil seiner Jugend in drei Universitätsstädten im Norden Italiens verbracht und nachdem er sich jeglicher Laster entledigt hatte, wie er sagte. Und es war ihm gelungen, als Don, der er war, zu leben, indem er seinen gesamten um das Dorf liegenden Grundbesitz als kleine Bauparzellen verkauft hatte und einen modernen landwirtschaftlichen Betrieb in der Küstenebene führte, in dem ein Verwalter und vier oder fünf Arbeiter aus Hora beschäftigt waren.

Der Mericano war Don Cesare bis zum Portal des Palazzo gefolgt, hatte sich vorgestellt und mit entschlossener Stimme gesagt: „Ich habe gehört, daß Ihr auch den Grundbesitz des Castello del Piccolo verkauft. Ich zahle bar, auch in D-Mark, wenn es Euch lieber ist." Don Cesare hatte ihn in den kleinen Innenhof eintreten lassen, ihn mißtrauisch gemustert und schließlich den Mund aufgemacht: „Vier Millionen, zusammen mit dem Schloß. Keine Lira weniger. Wenn du einverstanden bist, geh nach Hause, guter Mann, hol das Geld und kehre mit einem Zeugen zurück." *„Gut"*, hatte der Mericano auf Deutsch geantwortet und den Innenhof mit sicheren Schritten verlassen. *„Katër milliune! Ësht i regallarum!"*, wiederholte er den Familienangehörigen gegenüber.

„So billig ist es nun auch wieder nicht", widersprach ihm Nani Lissandro. „Der Boden ist steinig, und dort stehen grob geschätzt zehn edle Olivenbäume und zwei Dutzend wilde auf einem Hektar Land. Das, was ‚Castello' genannt wird, ist eine unbrauchbare, in einem Dornengebüsch versunkene Ruine. Aber es liegt nicht weit weg vom Dorf, und somit ist es die vier Millionen wert. Aber mehr auch nicht."

„Mit vier Millionen kaufst du dir in Deutschland nicht einmal den Platz, um dir dein Grab zu schaufeln, nicht einmal das kaufst du dir. Geschenkt ist es, jawohl!" antwortete verdrießlich der Mericano. „Und außerdem muß man was kaufen, weil das Geld davonläuft, aber Grund und Boden bleiben", fügte er hinzu. Der Schwiegervater antwortete ihm, daß er damit völlig einverstanden sei. Hut ab vor dieser Auffassung.

Zonja Elena nahm das Geld, das sie in der Matratze eingenäht aufbewahrte, und übergab es dem Ehemann, nachdem sie es dreimal gezählt hatte, während der Vater, der als

Zeuge auftreten mußte, ging, um sich Hut, Jacke und Schuhe anzuziehen. Der Mericano nahm Costantino beiseite, und die Tasche mit dem Geld ans Herz gedrückt, sprach er mit feierlichem Ton und grünem Blick: „Komm, *bir*, komm auch du mit. Das ist ein wichtiger Tag, *bir*, und du wirst ihn nicht vergessen, solange du lebst. Der Grundbesitz des Castello wird eines schönen Tages dir gehören, *bir*. Es ist richtig, daß du mit uns kommst."

So schritt auch Costantino durch das Nußbaumportal des Palazzo, stieg die Marmortreppen hinauf, stampfte über den Läufer eines langen Korridors, und schließlich trat er in ein Zimmer ein, in dem auf dem azurblauen Himmel der Zimmerdecke Engelchen pausbäckig und rosafarben lächelten. Hinter dem Schreibtisch voller Papiere standen Don Fidele und sein Verwalter; Don Cesare und der Notar saßen. Finster schaute Don Nico Filippo Morello von der Wand aus, an der sein Porträt hing, auf alle herab; machtlos beobachtete er den Zerfall seiner Domäne. „Ihr habt das Geschäft Eures Lebens abgeschlossen, Francesco Avati", sagte Don Fidele mit einem höhnischen Lächeln, als er den Kaufvertrag unterzeichnete. Und der Mericano, ohne die Fassung zu verlieren: „Don Fidele, man beginnt halt mit einem Stück steinigen Boden. Euer seliger Vater hat mit einem Esel und einem Hektar Wald begonnen, nicht wahr?" Don Fidele bemühte sich nochmals um ein Lächeln, das aber eher gequält ausfiel, und sagte mit gellender, näselnder Stimme: „Ja, damals gab es noch etwas zu kaufen, heute dagegen..." „Aber, wißt Ihr, seit der Zeit, als ich Kind war", mischte sich Nani Lissandro scheinheilig ein, „haben sich auf der Domäne von Santa Vènnera vier Familien von Grundbesitzern abgewechselt, die letzte war Eure, die der Morello. Die Familien gehen fort, aber Grund und Boden bleiben, Hora bleibt. Und wer weiß...", hier unterbrach sich der Nani plötzlich. Und wer weiß, ob wir das, was wir nicht erreicht haben mit den Landbesetzungen, jetzt erreichen mit dem Geld der Germanesen; vielleicht hätte er dies gesagt, wenn er weitergesprochen hätte. Weiter sprach dagegen Don Fidele, in versöhnlichem Ton, aber mit demselben höhnischen Lächeln wie zuvor: er gab Nani Lissandro recht und gestand zu, daß sich die Zeiten geändert hätten, alle seien ihm heute gleichgestellt, im Gegenteil, noch reicher, zum Beispiel die Germanesen, die aus einem Streichholz zwei machten, nur um zu sparen. Und während sein Bruder das Geld zählte und so tat, als ob ihn diese überflüssigen Diskussionen überhaupt nicht interessierten, rühmte sich Don Fidele, mit allen Freund zu sein, Taufpate vieler Kinder in Hora, wo er friedlich sein Leben lebe, und daß es ihm nichts ausmache, das Theater San Carlo nicht ein paar Schritte von seinem Haus entfernt zu haben.

Es war Don Fidele persönlich, der sie zum Portal begleitete, den Alten und den Mericano samt dem Sohn, der ihnen wie ein Schatten folgte. Bei der Verabschiedung sagte der Hausherr: „Francesco Avati, wenn Ihr Euch entschließt, in Hora zu bleiben, steht Euch mein Haus immer offen. Ich werde meinen Verwalter anweisen, Euch soviel Boden zu verpachten, wie Ihr haben wollt!“

Merkwürdigerweise reagierte der Mericano so, als ob ihn diese Worte beleidigt hätten. Und tatsächlich sagte er, den notariell beglaubigten Vertrag auf Don Fidele richtend: „Tut mir den Gefallen, geht...“, aber er vollendete den Satz nicht. „Oh, Don Fidele, Don Fidele!“ fügte er kopfschütteld hinzu. „Vielen Dank für die Aufmerksamkeit. Meine Hochachtung.“ Und sie machten sich auf den Weg nach Hause, wo die Frauen sie schon sehnsüchtig erwarteten, um den Anlaß zu feiern. Der Nani und Costantino gingen voran, der Mericano hinterher, die Notariatsurkunde ans Herz gedrückt, die Gedanken auf Don Nico gerichtet. Dessen Ankunft im Dorf vor vierzig Jahren, die Menschen auf dem Dorfplatz, um ihn zu feiern, freudig zu begrüßen als einen Befreier, wie es die Urgroßeltern mit Garibaldi getan hatten; die Männer tranken und prosteten auf die Gesundheit von Don Nico, die Frauen in der *coha* tanzten leichtfüßig eine *vallja*; Don Nico, der neue Grundbesitzer, ein bewundernswerter Mann, *çë burr*, vom Waldarbeiter zum Grundbesitzer; die Kinder klatschten Beifall, es lebe Don Nico Filippo Morello aus Cosenza, Don Morello, Bürgermeister und Grundbesitzer; der Pachtzins verdoppelt, die Abgabesteuer verdreifacht, die Landbesetzungen, Don Nico erschrocken, die Agrarreform, Don Nico sich über Wasser haltend, weiter, vor zehn Jahren, das eingestürzte Haus, Deutschland.

Am nächsten Tag begab sich die gesamte Familie Avati in aller Frühe zum Castello del Piccolo. Nani Lissandro und seine Tiere waren schon dort, wer weiß wie eingedrungen in den Wald des Castello, ein Baumgewirr, aus dem Steineichen, Eichen und Zerreichen hervorragten. Das sogenannte Schloß, das dem Grundbesitz seinen Namen gab, erhob sich weiter oben, auf der rechten Seite eines kuppelförmigen Hügelchens, aber von dem Saumpfad aus, den die Avati aufstiegen, konnte man nur eine kleine, von Gebüsch umwucherte Insel wahrnehmen, die von einem Meer trockenen Grases umgeben war, auf dem dichte Olivenbaumkronen schwammen.

„Da ist es, unser Schloß!“ rief der Mericano eindringlich aus und machte zehn Schritte vor dem Dorngebüsch halt. „Es ist klein, aber für uns wird es reichen.“ Die Bedeutung dieser Worte, die der Mericano, der sich auf der Bühne der Welt fühlte, nicht zufällig auf *litisht* ausgesprochen hatte, wurde allen sofort klar: das Schloß bewohnbar machen und bewohnen! Aber für den Fall, daß ihn jemand noch nicht verstanden haben sollte, erklärte er sein großartiges Projekt deutlicher, auf Arbëresh und mit ausholenden Gesten: ganz langsam, nach und nach, mit ein paar Jahren in Deutschland, mit einigen Opfern würde das Schloß zum Leben zurückkehren. Die Zinnen mußten wieder aufgebaut werden und vielleicht die Hälfte des Wachturms; Decken, Türen und Tore mußten erneuert, aber zuallererst das verfluchte Dornengebüsch verbrannt werden, oder besser doch nicht, der Schwiegervater hatte recht, man würde Gefahr laufen, noch irgendwelche brauchbaren Gegenstände mitzuverbrennen, versteckt in dem Gerank von Stachelgestrüpp, wilden Feigenbäumen, Palmen und Oleandern; zuallererst also roden und retten, was zu retten ist, gute Maurer bestellen und nach und nach, mit viel gutem Willen, ja, der Wille ist alles... und selbstverständlich Rebstöcke pflanzen und den Wein verkaufen, unter dem Namen „Vino Castello del Piccolo“, dann, ja dann könnte man zu einem menschenwürdigen Leben in Hora zurückkehren. Und während der Mericano das Einverständnis der anderen Familienmitglieder einholte, pfiff Lucrezia das Echo der Nachtigallen, die erschrocken waren über das viele menschliche Gezwitscher. Zum Schluß gab sich der Nani mittels eines Sprichwortes als weiser Großvater zu erkennen: „Der Tag bricht spät an, wenn viele Hähne krähen“, und der Mericano wiederholte abschließend, daß zuallererst das Gestrüpp ausgerissen gehöre, sofort, augenblicklich, *nanì nanì*.

Der Schnitt „gegen den Strich“ der struppigen Baumkronen am Schloß dauerte etwa zehn Tage. Zu guter Letzt gelang es sogar Costantino und den Mädchen, geschickt mit dem Gartenmesser umzugehen. Sie sangen aus voller Kehle: *„Fatti mandare dalla mamma a prendere il latte“*, entfernten dornige Brombeersträucher, stopften Brombeeren und schwarze Feigen in sich hinein, schlugen mit dem Messer zu, verletzten sich an den Dornen, saugten an den Fingern und sangen weiter: *„digli a quel coso che sono geloso“*. Die Erwachsenen dagegen waren verschwitzt, und manchmal fluchten sie, weil sie, noch bevor sie die erste Arbeit zu Ende gebracht hatten, schon an die tausend anderen Dinge dachten, die es noch zu tun gab. Allein bei dem Gedanken daran schwitzten sie noch mehr: die auf dem Grundstück verstreuten Steine und der harte Boden, der seit Jahrzehnten brachlag, *ohi Krisht i bekuar!* Endlich leuchteten die großen Steine der Außenmauern des Schlosses in der Sonne; das Eingangstor war offenbar zu Staub geworden, von den Zinnen waren nur einige Brocken übriggeblieben, dem Turm schien der Hut zu fehlen. Das Gebäude wirkte mit seiner massiven Struktur gar nicht wie ein Schloß, sondern war wahrscheinlich einer jener Wehrtürme gewesen, die zu Zeiten der Sarazenenüberfälle Verteidigungszwecken gedient hatten, aber für die Avati war es das Castello del Piccolo, so wie es im Dorf genannt wurde. Sie fraßen es fast mit den Augen auf, ihr Schloß; dort stand es, in all seiner Größe, vielmehr Kleinheit: über den Daumen gepeilt zwanzig Schritte breit und ebensoviele lang. „Das kleinste Schloß der Welt", so hatte es der Nani mit einem hämischen Lächeln auf den Lippen bezeichnet. Der Mericano ärgerte sich über diese überflüssige Ironie, denn genau betrachtet, war das Schloß größer als zwanzig mal zwanzig Schritte, seinen Kopf würde er darauf verwetten.

„Mein lieber Mericano, das war ein Zwergenschloß, nicht das Schloß von Costantino dem Kleinen, der ein Pferd besaß, das größer als dieses Tor war." Während er sprach, versetzte der Alte einem Birnbaum, der an der Stelle des Hauseingangs stand und durch die dornigen Fangarme eines Brombeerstrauchs erstickt wurde, einen Axtschlag. Der hohle Stamm spaltete sich in zwei Teile und setzte einen Schwarm sehr verärgerter Wespen frei, die den Störenfried zwangen, den Abhang hinunter zu flüchten, das Gesicht mit den Armen zu schützen und sich, unten angekommen, flink wie ein Junge, auf der Suche nach Schutz, der nicht vorhanden war, auf der staubigen Wiese zu wälzen. Als der

Mericano feststellte, daß sein Schwiegervater lebendig und wohlauf war, schon wieder auf den Beinen stand, um sich den Staub aus den Kleidern zu klopfen und sich die schmerzenden Stellen abzutasten, rächte er sich auf seine Weise: durch ein schallendes Gelächter, das die Schlucht in der Ferne donnernd vervielfachte.

Tetë

Dem Mericano war der Herr Lehrer Carmelo Bevilacqua nicht besonders sympathisch. Ihn störte seine Art zu reden, die ständigen Einschübe: das heißt, sehen wir mal, auch wenn; sein ununterbrochenes Hervorkramen der Geschichte der Albaner in Kalabrien und die dicken Brillengläser, die immer leicht fettig waren wie die Haare. Auf jeden Fall war da irgend etwas, das ihm unsympathisch war. „Das heißt", sagte Carmelo Bevilacqua mit dem Ton und Gehabe eines Lehrers, „ich erzähle euch Tatsachen und keine Märchen", und korrigierte dann die Schußlinie mit zwei gut plazierten „auch wenn", „auch wenn, auch wenn im Grunde genommen an Märchen oft mehr Wahres dran ist als an den Tatsachen."

Bei der Rückkehr aus den Sommerferien hatte der Herr Lehrer einen Stapel Papiere und Bücher aus Neapel mitgebracht, die die gesamte Geschichte der Albaner in Kalabrien enthielten. Und sie, die Avati, kämen sogar in diesen alten Papieren vor, wirklich, sein Ehrenwort! Aber das sei ja noch nichts Besonderes, die große Überraschung käme noch: die Avati seien zeitweise eine Familie von Herzögen gewesen, jawohl, die Herzöge d'Avati — das war die große Überraschung. Es folgte ein mehrstimmiges, langgezogenes Oooooh, mit einem Finale, das sich fast wie ein Miauen anhörte, in das hinein eine herzhafte Lachsalve des Mericano platzte. Dann war seine Stimme zu hören: „Daß ich nicht lache! Wir sind schon immer eine Familie von Hirten gewesen. Hirten, aber doch keine Herzöge! Und außerdem stammen wir aus Campana!" Der Herr Lehrer war sichtlich verwirrt über die ernüchternde Enthüllung, aber er ließ sich nicht davon abbringen, allen die „Beweise" für seine Behauptung, wie er sagte, vorzulegen; hier stand es schwarz auf weiß geschrieben. Alle betrachteten aufmerksam die glänzenden Fotokopien, mit weit aufgerissenen Augen und hochgezogenen Augenbrauen, aber niemand konnte die kleine, dichtgedrängte Schrift entziffern. Costantino wendete die Kopie vorsichtig hin und her, so als ob sie aus Kristall wäre, und zum ersten Mal in seinem Leben hoffte er, daß sein Vater unrecht hätte, daß der Mericano in dieser Papierschlacht unterliegen würde. Ärgerlich legte der Herr Lehrer die Blätter und Bücher auf den Küchentisch und befahl der Familie Avati, sich hinzusetzen und aufmerksam zu sein, so wie er es in der Klasse mit seinen Schülern tat. Er hielt sich die Blätter unter die Nase und begann mit lauter Stimme zu lesen und zu kommentieren: *„Die dominico 15 Julii 1543... Venimus a Terra Ypsigro et ivimus in casale Crisme seu Hora...* Sehen wir mal... sie notierten 21 Feuerstellen mit einer Gesamtzahl von 81 Einwohnern. Von diesen besaßen nur fünf *vineam et boves*, Pietro Macrì, Yonna Masci, Basilio Caloyera, Domenico Scandrissa und — hört, hört — Kustandino von den Herzögen d'Avati, Kämmerer des Gehöfts, der einzige, der ein Haus aus Mauerwerk bewohnte." Die Anwesenden blickten sich erstaunt in die Augen, während Lucrezia aus allen Poren Bewunderung versprühte für diesen gebildeten und azurblauen Mann, Lehrer und Prinz ihrer geheimen Gedanken, der es zwischen einem „Sehen wir mal", einem Satz auf Lateinisch, einer Jahreszahl und einem Namen noch fertigbrachte, sie mit den Pfeilen eines Kurzsichtigen zu durchbohren. „Sehen wir mal... Jahr 1596, Feuerstellen 80, Einwohner 170, *cum graeco sacerdote*, was uns zeigt, daß sich Hora zu jener Zeit noch nicht dem lateinischen Ritus gebeugt hatte... Sehen wir mal... Nachnamen der Familienoberhäupter: Basta, Biase, Brasachia und so weiter, keine Avati..." Aber der Lehrer gab nicht auf; er durchstöberte die fotokopierten Dokumente und verglich sie mit dem Buch eines gewissen Zangari: im Jahre 1633 waren es 36 Familien, 119 Einwohner, die in Strohhütten und in ärmlichen Lehmhütten lebten, aber von den Avati keine Spur; auch nicht in den folgenden Aufzählungen, aber sehen wir mal, sehen wir mal. „Sehen wir mal... aha, endlich! Siehe da: 1842, hier erscheint erneut der Nachname Avati, aber ohne das Adelsprädikat, Avati Francesco, 56 Jahre alt, Kuhhirte, geboren in Campana, verheiratet mit Candreva Marneza, 21 Jahre alt, geboren in Hora. Das heißt, ich glaube, daß die Avati Hora damals verlassen haben, weil sie verarmt waren, aber wenigstens drei Jahrhunderte später aus Heimweh in ihr Dorf zurückkehrten, das sie nie ganz vergessen hatten." Wie war er doch romantisch, der Herr Lehrer, phantasievoll und überzeugend! Fast hatte er auch den Mericano überzeugt: „Es könnte sein, ich sage ja nicht, daß es nicht sein könnte. Aber ich weiß, daß alle meine Urgroßeltern aus Campana stammen. Da bin ich sicher. Aber alles ist möglich!" Dann sagte er zu den Frauen gewandt, in dem vornehmen Ton eines perfekten Hausherrn: „Meine Frauen, habt ihr eure Pflichten dem Gast gegenüber vergessen? Mögen wir auch Adlige sein, aber das Gesetz ist für alle gleich: dem Gast muß man Ehre bezeugen und ihm Brot, Salz und das Herz anbieten." Und mit einem durchdringenden, allwissenden Blick auf Lucrezia fügte er hinzu: „Aber nicht nur das Herz, von dem Herzen lebt man nicht; Wein, Schinken, Brot und gesalzene Sardinen müssen her!" Die Frauen eilten lächelnd davon, und der Mericano ließ den Lehrer ans Kopfende des Tisches rücken: „Bei uns sagt man: Dem Gast überläßt man immer den besten Platz."

Sie sprachen in aller Ausführlichkeit, der Mericano und der Lehrer, über die Zukunft von Costantino und über das Castello del Piccolo, und auch Nani Lissandro mischte sich ab und zu ein. Er machte allerdings Bemerkungen, die völlig fehl am Platze waren, so daß alle merkten, daß er ein wenig abwesend war, wie es ihm in letzter Zeit häufiger passierte. Die Frauen und Costantino hörten schweigend und langsam kauend zu. Der Lehrer und Lucrezia sprachen lange miteinander, mit den Augen. Aber am längsten von allen sprach der Mericano, der angeheitert sein mußte, nicht nur von dem süßen und starken Wein, den er nicht mehr gewöhnt war, sondern auch von den bitteren Erinnerungen an seine Emigrantenzeit, die er nun auskramte und dabei die Brotkrümel von seinem gepflegten Schnauzbärtchen leckte. „Denn wenn du dort lebst, alleine, ohne deine Lieben, ohne deine Kinder, die dein brennendes Feuer sind, ohne deine Lebensgefährtin, die dich tröstet, alleine und weit weg von zu Hause, ein *Itaker* unter vielen, ohne ein genaues Ziel, ohne zu wissen, weshalb du es tust, warum du dich jahrelang wie ein Maulesel aufopferst, dann ist es besser, dir die Kehle mit einer Rasierklinge durchzuschneiden oder dich von einer Brücke zu stürzen." Nach dieser Einleitung wechselte der Mericano jedoch umgehend das Thema: „Das sind Geschichten, die alle kennen, und letztlich ändert sich ja nichts dadurch, daß man sie erzählt. Es heißt dann nur: Jetzt beklagt er sich schon wieder. Es ist wirklich besser, sie nicht zu erzählen. Alle kennen sie schon. Sagt mal, habt ihr den Herrn Lehrer schon zur Hochzeit von Orlandina eingeladen? Sie heiratet am zehnten Oktober. Morgen kommt Valentini aus dem Trentino."

Nendë

Also, in letzter Zeit war Nani Lissandro zerstreut. Eher abwesend als zerstreut, tief in Gedanken versunken, die dahinzuschwinden schienen wie Seifenblasen. Wenn die anderen mit ihm sprachen, antwortete er erst nach langen Minuten, wenn er von seinen Reisen ins Leere zurückkehrte. Sein einziges Interesse schien der Schnitzarbeit zu gelten. Ab und zu arbeitete er mit geschickten Bewegungen an den Olivenholzscheiten, aber es kamen nur Mißgeburten von unförmigen und verzerrten Adlern dabei heraus, die er in einer Ecke des Treppenabsatzes stapelte. Wenn man Costantino nicht mitzählte, der noch zu klein war, um es zu verstehen, dann dachten alle Avati, daß es mit Nani Lissandro nicht mehr so werden würde wie früher. „Er ist alt, und die Alten, daß weiß man...“, bemerkte die Tochter mit einem mitleidigen Seufzer. „Vielleicht ist der Großvater krank und will es nur nicht sagen“, vermuteten abwechselnd Orlandina und Lucrezia. Und ohne Umschweife schlußfolgerte der Mericano, Nani Lissandro sei wohl unwiderruflich auf dem Weg in die Senilität. Aber in Wirklichkeit waren es Sätze, die nur so dahingesagt wurden und die sich im Staub des Castello del Piccolo verloren, wo der Mericano von morgens bis abends arbeitete, oder im Durcheinander der kleinen Küche im *Kënga e brumit*, wo die Nachbarinnen mit voller Stimme sangen, während Orlandina den Hefeteig vorbereitete: *„Nga t'ënjtën ndaj mbrëma / na bëmi brumin / moj ti, Zonja nuse / tihj të kan martuar / se mir ësht të martuarit / me një dial të nderuar.“* Orlandina befand sich im Mittelpunkt der Welt; ihre Freundinnen wiederholten singend, daß es eine gute Sache sei, sich mit einem jungen, ehrenhaften Mann zu verheiraten; es ist eine gute Sache, *Zonja nuse,*

Fräulein Braut, Orlandina. Aber sie wußte, daß die Freundinnen sie hinter ihrem Rücken kritisierten und im Grunde beneideten; sie klatschten über ihre Vergangenheit, sie, die *bëri hamur me një kupil i bukur si drita / e nanì ka martuar një arvull pa fjeta*, die verliebt war in einen Jüngling, so schön wie das Licht, und jetzt einen Baum ohne Blätter heiraten würde. Die Freundinnen lachten über den langen Trentiner, der großgewachsen und deshalb blöd war, betagt und ohne Blätter, kaum noch Patronen im Gewehr hatte, aber viel Geld; Orlandina habe Glück, daß sie so weit weggehen könne, zu einer guten Schwiegermutter, die ihr ein feines Hemd anziehen werde, der Glücklichen, aber Geld sei nun mal nicht alles im Leben. Orlandina ahnte es. Sie hätte an ihrer Stelle dieselben Gedanken gehabt. Und dennoch, das, was weder sie noch ihre engsten Freundinnen hatten voraussehen können, war das Gefühl von Zärtlichkeit, welches sie für Narciso empfand. Keine Liebe, das nicht. Auch keine körperliche Anziehung. Sondern reine Zärtlichkeit. Narciso kam ihr vor wie eine verträumte Giraffe aus weichem und zartem Plüsch. Weich war seine rechte Hand die wenigen Male gewesen, als er sich getraut hatte, sie unter irgendeinem Vorwand zu berühren. Zart der Blick, der sich vor allem auf die Wände oder auf die Teller heftete, auf den an der Decke hängenden Schinken oder, wenn sie die Augen senkte, auf ihr Haar. Sie hatte recht, die Mutter: *„Kështu do shortja, bijë“*, so wollte es das Schicksal. Orlandina hatte den Heiratsantrag aus Trägheit angenommen, ihr Kopf hatte nickend zugestimmt, gedrängt von der starken Hand der *shortja*. Auf daß du ein ehrenhaftes Schicksal haben mögest, *bijë*. Der Bräutigam ist wie ein leuchtender Stern, arbeitsam, sparsam, von deinem Vater geprüft, und die Braut wie eine Aprilblume. Der Bräutigam gleicht einem Kristall, ist freundlich, wohlerzogen und besitzt Land, *bijë*, Braut, so frisch wie Bergschnee. Er ist gut wie das Brot, der Trentiner.

Er ist dein Prinz. *„Fati i bardhë i nuses“*, wünschten ihr die Verwandten beim Betreten der Küche. Ein sehr schüchterner Prinz, auch wenn Schüchternheit gewiß kein Fehler sei, bemerkte Orlandina und dachte an das freche Schwein, das sie sofort betatscht hatte, sobald sie alleine waren, und das sie in aller Öffentlichkeit mit seinen milchigen Augen angestarrt hatte, vor denen sie sich jetzt im nachhinein ekelte. Bei den Festen hatte er immer nur mit ihr tanzen wollen und sie dabei so stark an sich gedrückt, daß sie errötete. Wie anders war doch Narciso! Vor seiner Abreise nach Taio hatte er ihr seine weiche Hand gegeben und sie mit auf halber Höhe entgegengestrecktem Gesicht stehen lassen, blaß und rot vor Scham. Er hatte zu ihr gesagt: „Ciao, Orlandina“, und dabei eine azurblaue Fliege betrachtet, die im Zickzack durch den Himmel des Zimmerchens flog. Er hatte ihr mehr als fünfzig Ansichtskarten geschrieben, eine pro Woche, und alle mit derselben Gebirgslandschaft, aus verschiedenen Blickwinkeln aufgenommen und in verschiedenen Jahreszeiten, immer mit demselben Glockenturm einer Kirche, der ins Blaue emporragte. Kurz angebunden schrieb er, der Narciso: „Einen Gruß an Euch alle und an meine Verlobte.“ Und in der Wiederholung: „Einen Gruß an meine Verlobte und an Euch alle.“ Bei der Rückkehr aber hatte er sie geküßt, *te gjaku e faqevet*, auf das Blutrot ihrer Wangen, und sie hatte die Zärtlichkeit seiner Lippen gespürt und den nach Pfefferminz duftenden Atem. Er trug einen blauen Nadelstreifenanzug, der ihn noch größer wirken ließ, und ein hellblaues Hemd, zugeknöpft bis zum Hals. Er habe ihr ein kleines Geschenk mitgebracht, eine Kleinigkeit, um genauer zu sein; kaum der Rede wert, wie er sagte. „Es ist ein Ring“, schloß er, „ich hoffe, daß er dir gefallen wird.“ Der Ring war aus Gold, veredelt mit einem kleinen leuchtenden Smaragd, wunderschön, eine kleine große Kostbarkeit, ein Traum. Orlandina gelang es nicht, ihre Freude zurückzuhalten, und sie umarmte ihren Verlobten, fiel ihm um den Hals und küßte ihn, wo sie gerade noch hinreichte, zuerst aufs Kinn und dann, weiter unten, auf die Brust. „Oh, danke, danke“, und er brummte verlegen: „Oh, keine Ursache, keine Ursache.“ So war es ihnen also dank des Ringes gelungen, das Eis zu brechen. Und wenig später, als er ihr eine Stiege roter Äpfel schenkte, von der Sorte „Stark“, wie er betonte, aus seiner Heimat, dem Nonstal, gesunde und leuchtende Äpfel, verführerische Äpfel, da gelangen die folgenden Umarmungen und Küsse schon besser und dauerten länger. *„Ngë del illi o mos ngë del / ngë bën ditë o mos ngë bën / se na kemi kë na bën ditë“*, begannen die Freundinnen wieder zu singen, jetzt wo der Hefeteig fertig war, die klatschsüchtigen Freundinnen, die von dem Trentiner nicht mehr wußten, als daß er groß war.

Und singend hielten sie sich bei den Händen und tanzten vor der Haustür einen Reigen. Der Gesang breitete sich in den Gassen aus, die Frauen kamen aus den Häusern, und die Kinder bewegten sich auf den Gesang zu. Der Mericano, Costantino und Narciso kehrten gerade vom Castello del Piccolo zurück, in Arbeitskleidung und staubig, genau rechtzeitig, um Orlandina mit ihren blauen, auf die Schultern fallenden Locken zu bewundern, die inmitten des Reigens mit einem an den Arm gebundenen Seidentuch im Mittelpunkt der Welt leichtfüßig tanzte. Und sie dachten: Wie zauberhaft sie aussieht, wie blau ihre Haare sind, wie schön sie ist, wie ein Juwel! Die um sie herumtanzenden Freundinnen wünschten ihr gute Gesundheit, ein langes Leben, lang und reich, einen vollen Bienenstock und ein freundliches Schicksal.

Und Nani Lissandro? Nani Lissandro blickte unbewegt auf das Honiggebäck in Schlangenform, das schön auf dem Tisch ausgestellt war.

Ihm waren Chicchinella und Gigina gestorben, seine beiden Lieblingsziegen, eine nach der anderen, innerhalb einer Woche. Und einige Tage später war Baialardo davongelaufen, mit zwei angetrockneten Schleimspuren unter den Augen.

„Vielleicht ist er von einer giftigen Schlange gebissen worden", hatte der Nani zu Costantino gesagt. „Baialardo wird sich im Wald selbst Heilkräuter suchen; wenn er keine findet, wird er sterben."

„Nein, er wird nicht sterben!" hatte ihm Costantino heftig widersprochen, ihn dabei flehentlich angestarrt und das feuchte Maul von Baialardo gestreichelt. Aber der wedelte nicht mit dem Schwanz, bellte nicht, fraß nicht, trank nicht. Dann hatten sie gesehen, wie er langsam aufgestanden war, sich mit einem schlickigen Gähnen gestreckt und sich winselnd entfernt hatte, ohne sich umzublicken, mit schleppendem, unsicherem Schritt. An jenem Abend warteten sie gemeinsam auf ihn, Großvater und Enkel, zusammengekauert auf der Treppenstufe des Hauseingangs. Und auch an den zwei folgenden Abenden. Der Hund kehrte nicht zurück, und der Nani bemerkte seufzend: *„Ka dekur."*

„Nein, er ist nicht gestorben", schrie Costantino unter Tränen. Da holte der Alte aus und versetzte ihm einen Schlag ins Genick, um ihn daran zu erinnern: *një burr ngë qan.* Wie sonst sollte er ihm sagen, daß ein Mann nicht weint, etwa mit Gitarrenbegleitung? Und dann gab er ihm eine Ohrfeige, die noch besser saß als der erste Schlag, denn Costantino hockte mit gesenktem Kopf da und bemühte sich erfolglos, die Tränen zurückzuhalten. „Du sollst wissen", sagte der Nani, „daß ich in meinem Leben nie geweint habe. Nicht einmal, als Sidonia gestorben ist. Dabei hätte ich Tränen genug in mir gehabt, genug, um unser Jonisches Meer über die Ufer treten zu lassen."

Die Anspielung auf den Tod der Großmutter ließ Costantino auffahren; er heftete seine feuchten Riesenaugen auf die schmalen und glatten Lippen des Nani. Zonja Elena hatte ihm nie von ihrer Mutter erzählt, vielleicht weil sie selbst wenig über diese Frau mit dem seltenen Namen wußte, die gestorben war, als Elena selbst eine *vajzarelë* von zwei, drei Jahren war. Vielleicht hatte sie auch Angst, ein Gespenst aufzuwecken, das noch bei ihr schlief und sie mit riesigen, toten Armen festhielt. Auch Nani Lissandro liebte es nicht, über seine Frau zu sprechen, und die wenigen Male, da er es doch tat, schien es so, als ob er über einen Menschen spräche, der nicht schon fünfzig Jahre tot war, sondern erst seit gestern; aber auch nicht wirklich tot, sondern nur eingeschlafen im Zimmer nebenan, im Bett seiner Tochter. Und tatsächlich, sprach er immer in der Gegenwartsform von ihr: „Sidonia wäscht die Wäsche mit Asche. Sidonia lacht so laut, daß man es auf dem Dorfplatz hört. Sidonia fügt der Wurst viel gemahlenen scharfen Paprika bei“, und manchmal sogar in der Zukunft: „Morgen wird sie vierundsiebzig Jahre alt, auch sie wird eben langsam älter.“

Aber nach dieser so aufschlußreichen Vorbemerkung bewegten sich die Lippen des Nani nicht in die von Costantino erhoffte Richtung. „Gehen wir essen, es ist spät“, sagte er und stieg schwer atmend die Stufe zum Hauseingang hoch, so als ob er einen Berg besteigen würde. Trotz des Stechens, das Costantino in Magen und Nacken verspürte, aß er mit Appetit, während der Nani die ganze Zeit über an demselben Bissen Brot mit Wurst herumkaute, ohne ihn hinunterzuschlucken. Er war völlig eingeschlossen in den Speichelbläschen seiner leeren Gedanken, die auf die Wand zielten und sie im Nu durchbohrten.

Obwohl sie das Verschwinden von Baialardo an den traurigen Gesichtern von Nani Lissandro und seinem Enkel ablesen konnten, schien die kleine geschäftige Runde im Hause Avati keineswegs traurig zu sein. Dies lag nicht nur an der Festtagsluft, die alle atmen konnten, sondern eher an den beruhigenden Worten des Mericano: „Ohi Ta', das mit Baialardo nehmt Ihr Euch so zu Herzen? Es geht doch nicht um einen Menschen! Bei Costantino kann ich das ja verstehen, er ist schließlich noch klein, aber Ihr, Ta'! Außerdem bin ich sicher, daß er zurückkommt, der ist nicht tot, der gönnt sich Urlaub, der hat sieben Leben wie Ihr, Ta'!"

Na ja, dachte Costantino, schön wäre es, aber eine Woche war schon vergangen, und wenn es das Heilkraut gegeben hätte, müßte es Baialardo bereits gefunden haben. Baialardo war schlau, der Schlaueste von allen Hunden. Und so hielt sich Costantino, so oft er konnte, beim Nani auf, um die Trauer zu teilen, die nur sie beide trübsinnig stimmte. Manchmal erstattete er ihm Bericht über die Arbeiten am Castello del Piccolo: mit den auf dem Grundstück ausgegrabenen Steinen war ein Einfriedungsmäuerchen errichtet worden, der jahrhundertealte Brunnen war instandgesetzt worden, und jetzt konnte ein Stück Erde als Gemüsegarten bepflanzt werden. Aber Nani Lissandro schien eher damit beschäftigt, seinem Schweigen zu lauschen oder den Olivenholzscheiten kraftlose Schläge mit dem Beil zu versetzen. Ab und zu fuhr er zusammen, runzelte kaum merklich die weißen Augenbrauen oder seufzte vor sich hin, seine Seufzer mit einem unverständlichen Gemurmel begleitend. Vielleicht sagte er: *„Jeta ësht si fjeta"*, das Leben ist wie ein Blatt.

Meist geschah es zur Dämmerstunde, daß Nani Lissandros abwesender Blick und seine langsamen Bewegungen in ein nervöses Rotieren der Pupillen übergingen, in einem plötzlichen Wiedereintritt unter die menschlichen Wesen — er bemerkte den Enkel, betrachtete die Sonne, die sich zwischen den Gipfeln des Sila-Gebirges verlor, drehte und wendete die Holzscheite in seinen Händen, warf sie in eine Ecke und verließ das Haus, ohne etwas zu sagen. Dieses unmerkliche abendliche Wiederaufblühen war allen entgangen, nur nicht dem achtsamen Blick von Costantino, der ihm eines Abends aus Neugierde und Langeweile folgte (der Dorfplatz und die Bar waren menschenleer, die Freunde im Kino, wo zum vierten Mal *Für eine Handvoll Dollar* gezeigt wurde). Der Nani durchquerte mit kurzen, schnellen Schritten die Gassen des Palacco und bog in einen Feldweg, der sich dunkel und schmal zwischen den Gemüsegärten hindurchschlängelte. Plötzlich tauchte eine weibliche Gestalt vor ihm auf, die eilig und mit gesenktem Kopf lief, wahrscheinlich, um besser sehen zu können, wohin sie ihre Füße setzte. Der Nani holte sie ein. Costantino hörte ihre Stimmen, aber es gelang ihm nicht, die Worte aufzuschnappen, schwache Töne, die sich in den abendlichen Geräuschen verloren. Als die beiden unter einer Holunderhecke stehenblieben, bemerkte Costantino, daß die Frau größer war als der Nani und ihrem Lachen nach zu urteilen, das an der Hecke abprallte und dabei in seiner ganzen Frische widerhallte, vielleicht auch jünger. Sie hockten sich hin und verrichteten ihre Notdurft, so wie es noch viele Leute in jenen Jahren taten, entweder aus Gewohnheit oder weil sie kein Klo im Hause hatten. Costantino hatte sich lautlos hinter eine Agave geschlichen, und jetzt, von diesem Standort aus, gelang es ihm, einen Blick auf die beiden gekrümmten Silhouetten zu werfen, ohne jedoch die Gesichter unterscheiden zu können. Dann knöpfte sich der Nani die Hosen zu, und die Frau zog sich den Rock der *coha* herunter. Die beiden gestikulierten, dann sprachen sie erregt miteinander. Teilweise war es möglich, einige Worte zu verstehen. Die Stimme des Nani, flehend: „Ich bitte dich, wenigstens heute abend." Die Stimme des Nani, enttäuscht: „Aber warum nicht, warum?" Die Stimme der Frau, leise und zärtlich: „Hör auf, das geht doch nicht. Du bist verrückt, du bist... das ist doch lächerlich, wir sind alt." Die Stimme des Nani, entschlossen:

„Auch der alte Vogel hat Fleisch und Knochen." Schließlich hatte er sie bei den Schultern gepackt und an sich gedrückt. Die beiden Silhouetten verschmolzen zu einem einzigen schwarzen Körper; die Frau machte einige schwache Versuche, sich ihm zu entwinden, und schwach flüsterte sie ihre *jo, jojò, atì jo*. Dann führte der Nani sie weiter weg, unter den Feigenbaum eines Gemüsegartens. Costantino schlüpfte lautlos hinter einen Oleanderbaum. Jetzt hatte er sie genau gegenüber, die zwei schwarzen Gestalten, die sich auf dem Gras wälzten, stumm und mit langsamen Bewegungen, eingewickelt in die *coha*, auf dem dunklen Gras des Gemüsegartens, bis sich der Nani den Hut absetzte und sich mit dem Arm über die Stirn fuhr.

Costantino ahnte sehr genau, was die beiden dort im Dunkeln getrieben hatten, aber er erfuhr nie, wer die Frau war, die plötzlich aufgetaucht und ebenso plötzlich in der kleinen, dunklen Straße verschwunden war, weil er dem Nani am nächsten Abend nicht mehr folgte. Genauer gesagt, folgte er ihm bis zu der Stelle, wo ihm Baialardo rennend den Weg abschnitt, ihm mit den Pfoten an die Brust sprang und mit hochgezogenen Lefzen zulächelte. Er hatte ein schmutziges Fell, völlig verklebt von Lehm und Moos, und wirkte wie ein Cirneco-Welpe, so mager und klein war er, die Ohren vor Aufregung steil aufgerichtet. Die Augen jedoch waren eindeutig seine: schwarz und traurig. Zu Hause wurde er festlich empfangen; sie wuschen ihn mit Wasser und Seife und fütterten ihn mit *dijunelet*, den feurigscharfen Spießen aus Lammdärmen, die der Trentiner trotz allen guten Willens einfach nicht hinunterbrachte.

„Na, was hatte ich euch gesagt?" meinte der Mericano triumphierend.

Djetë

Am Vorabend der Hochzeit trafen sie in Hora ein, die drei Brüder des Trentiners mit den dazugehörigen Ehefrauen und Kindern, den Schwiegertöchtern, den Schwiegersöhnen und den Enkeln: insgesamt waren es sechsundzwanzig Leute aller Altersstufen. Der Kleinste, auf dem Arm der Mutter, wurde sofort zum Mittelpunkt der allgemeinen Aufmerksamkeit, das kleine Opfer, das dazu bestimmt war, das Eis zu brechen. Die Fremden fühlten sich erstickt in dem von dem großen Ehebett beherrschten Zimmer, denn die Brüder und ihre ältesten Söhne waren noch größer und kräftiger als Narciso; sie schwankten im Zimmer hin und her und ließen es durch den Umfang ihrer Körper kleiner wirken, als es eigentlich war. „Ihr werdet müde sein, was kann ich euch zu trinken bringen, was kann ich euch zu essen bringen?“ wiederholte Zonja Elena aufgeregt. „Ach nichts, gute Frau, machen Sie sich keine Umstände, es reicht etwas kühles Wasser, machen Sie sich keine Umstände“, antworteten die Gäste der Reihe nach und blickten sich suchend nach der zukünftigen Braut um, die sie bisher nur auf einem Schwarzweißfoto gesehen hatten. Lucrezia und Costantino verteilten Orangeade, Bier und Coca Cola in Dosen, während der Mericano reichlich Hände schüttelte und allen ein gastliches Lächeln spendete. Dann stieg Orlandina aus dem oberen Zimmer hinab, in ihrem neuen, mit roten Blümchen bestickten Kleid. Die Trentiner rissen bei ihrem Anblick die Augen auf; sie sah noch hübscher und jünger aus, als sie es sich vorgestellt hatten, und nur mit Mühe hielten sie ein Oh! der Bewunderung zurück. Orlandina stand lächelnd unter der Deckenlampe, umhüllt von einem blau-grünen Lichtschein. Als Narciso feststellte, welche Wirkung der Auftritt seiner Verlobten hervorrief, fühlte er sich wie der glücklichste Mann der Welt. Im Nu war er von dem Minderwertigkeitsgefühl befreit, daß er mehr als zwanzig Jahre wie ein Kreuz mit sich herumgeschleppt hatte, und er war Gott dankbar, daß er ihn auf einen Schlag in den siebten Himmel aufsteigen ließ. Er war dermaßen in seiner Glückseligkeit versunken, daß der Mericano ihn mit Gewalt aufrütteln mußte. „Wir müssen hier jetzt Hand anlegen", sagte er, „denn wenn wir alle wie angewurzelt den Fliegen zuschauen, wird es Abend werden, ohne daß das Haus für das Fest hergerichtet ist!" Dann forderte er die Frauen auf, mit Orlandina in das obere Zimmer zu gehen, um die auf dem Bett ausgebreitete Aussteuer zu bewundern, während er und die Männer den Empfang vorbereiten wollten. Aus dem größten Zimmer ließen sie das Bett, den Schrank und die Kommode verschwinden und stellten in schöner Ordnung alle im Haus befindlichen und die von den Nachbarn geliehenen Stühle entlang der Wand auf; neben die Tür kam das Tischchen mit dem Plattenspieler, und auf den Küchentisch stellten sie Flaschen mit altem Wein, Spirituosen und einen Korb mit Gebäck.

Am Abend kamen dann, nach den vom Mericano abgefeuerten drei Gewehrsalven, vor allem die Verwandten und viele junge Leute, weil getanzt werden sollte. Orlandina und Narciso eröffneten den Tanz, indem sie in einer etwas unbeholfenen Weise einen Tango im Walzerschritt aufs Parkett legten. Der Tango wurde von einem langanhaltenden Beifall und einem Regen aus Zuckermandeln und Geldmünzen, die wie Feuerwerk durch die Luft knallten, erstickt. Die zukünftigen Brautleute wirkten wie Wurfkreisel, steif und völlig aus dem Takt. Sie wurden aber von allen voller Sympathie bewundert, vor allem Orlandina mit ihrem rotgeblümten, flatternden Kleid und den blaugelockten Haaren, die bei jeder Drehung um ihre Schultern schwangen. Den darauffolgenden Walzer tanzten dann auch die anderen Paare.

Der Herr Lehrer Carmelo Bevilacqua traf auf dem Höhepunkt des Festes ein, wie üblich nachlässig gekleidet: er trug einen hochgeschlossenen dunkelblauen Pullover, der übersät war mit Schuppen und Haaren, und eine an den Knien abgewetzte blaue Cordhose. Nani Lissandro und der Mericano, die in der Küche für die Älteren Getränke ausschenkten, gingen ihm lächelnd und schon leicht angeheitert mit Wein und Taralli, den typischen Gebäckkringeln, entgegen. Mehr als alle anderen verhätschelte ihn Zonja Elena, die aufhörte, zwischen Küche und Tanzzimmer hin und her zu pendeln, um Gebäck und scharfe Getränke anzubieten, und ganz für ihn da war. „Sagt mir, Herr Lehrer, wollt Ihr ein Bier, eine Orangeade oder vielleicht ein Törtchen, einen kleinen Tarallo, ein...?“ Er wollte nur tanzen? „Nur zu, Herr Lehrer, geht tanzen, hinein ins Vergnügen, denn Ihr seid jung.“ Carmelo Bevilacqua suchte die Augen von Lucrezia und fand sie blitzschnell. Ab dem folgenden Tanz wurden sie für den ganzen Abend ein festes Paar, obwohl sie kein Wort miteinander wechselten. Sie hielten sich so eng umschlungen, daß Costantino, um nicht vor Scham zu erröten, bis zum Ende des Festes in der Küche verschwand, wo er dem Vater und dem Nani half.

Am nächsten Morgen kündigten drei in die Luft abgefeuerte Gewehrsalven die Hochzeit an. Unmittelbar danach überflutete das gesamte Dorf das Haus Avati, den Treppenabsatz, den Eingang und sogar die Treppen der Nachbarhäuser. Die Frauen bevölkerten das Zimmer, in dem die weißgekleidete Braut thronte, und kommentierten mit lauter Stimme: „Oh, wie schön sie ist, wie eine Prinzessin, eine Puppe, eine Madonna!“ Die eine oder andere ältere Frau stimmte dann den *Kënga dasmore* an: *„Ulu nuse, e lumja nuse / T'erth hera ç'vete nuse.“* Aber der Chor der Männer folgte nicht (wer erinnerte sich denn noch an den Hochzeitsgesang!), so daß die drei, vier gutturalen Stimmen, die einem Katzengejammer glichen, durch ein Machtwort des Mericano zum Schweigen gebracht wurden: „*Rrini qetu*, bitte!“ Es war offensichtlich, daß er mit diesen unzusammenhängenden Überbleibseln aus der Vergangenheit keinen schlechten Eindruck bei den Trentinern machen wollte. Als das Kommen und Gehen der Leute endete, die die Umschläge mit den Glückwünschen, der gut lesbaren Unterschrift und einem Geschenk in Banknoten in einen Weidenkorb legten, verließ die Braut am Arm des Vaters das Haus.

Ungeachtet der erdrückenden Menge und des Verbots des Mericano, hatte der Lehrer den Chor der älteren Frauen eingeholt, und nun übertrug er inmitten des Hochzeitszuges die Übersetzung des Hochzeitsgesangs in sein Notizbuch. „Jedenfalls das Wenige, was uns in Erinnerung geblieben ist“, hatten die Frauen voller Bescheidenheit gesagt.

Es war ein auf das Notwendigste beschränktes Zeremoniell, dort in der neuen, feuchten Kirche, ohne Gesänge und tote Punkte, begleitet von Windstößen und Fliegenschwärmen, die durch das weit geöffnete Portal eindrangen und durch die Fenster mit den zerbrochenen Scheiben hinausflogen. Der Pfarrer ertrug das Hin- und Herlaufen und das Gekreische der Kinder, dic Unterhaltungen und das Gelächter der Männer im Hintergrund der Kirche, die empörten oder vergnügten Gesichter der Trentiner, und zum Schluß wiederholte er sein beliebtestes Gleichnis: „Die Ehe, liebes Brautpaar, ist wie eine Schiffahrt auf dem Meer des Lebens. Der Bräutigam ist der Steuermann, die Braut ist das Schiff.“

Später bewegte sich der Hochzeitszug zum Haus von Demetrio, einem Verwandten des Mericano, der ebenfalls ein Germanese war. Es war ein neues Haus, leer und geräumig, ideal, um dort das Hochzeitsmahl auszurichten. Die Gäste setzten sich um die in den vier Zimmern ohne Türen aufgestellten Tische, und in Erwartung der Speisen begannen sie dem Brautpaar mit hocherhobenen Gläsern zuzuprosten. Auf den Gesichtern von Narciso, Zonja Elena und dem Mericano stand mit den winzigen Falten eines zufriedenen Lächelns um die Augenpartie geschrieben: „Es ist vollbracht!“ Auch Orlandina wirkte jetzt fröhlich, mit ihrem vom Wein und der Erregung erhitzten Gesicht, dem Gesicht einer Puppenprinzessin, das in der Kirche noch traurig und ausgelöscht gewirkt hatte, ja fast düster, als sie nach dem Tausch der Ringe die Mutter umarmt und dabei ihr verzweifeltes Schluchzen unter den Gipsfiguren der Heiligen hatte ertönen lassen, so wie die Braut im *Kënga dasmore:* Was habe ich dir getan, oh, meine Mutter, daß du mich davonjagst, von deiner Brust und deinem Herd?

Der Mericano hatte keine Kosten gescheut und für den Hochzeitstag den renommiertesten Koch der Gegend angestellt, einen Hirten aus Savelli, der mit Hilfe von fünf Verwandten der Braut das Menü vorbereitet hatte: Tagliatelle mit Steinpilzen, gebratenes und gekochtes Kalbfleisch, scharfes Gulasch, *dijunele* vom Milchlämmchen, Huhn nach Teufelsart, Ziegenlamm nach Jägerart, Römer- und Tomatensalat und eine riesige Hochzeitstorte mit einem Brautpärchen aus Honigkuchen obendrauf. Weitere Verwandte begannen, die Gerichte zu servieren, und sie taten es mit derartiger Meisterschaft und Selbstverständlichkeit, daß sie den Trentinern wie Berufskellnerinnen vorkamen. Die Gäste aus Hora wurden nicht müde, dem Koch und dem Mericano Komplimente auszusprechen und dem Brautpaar zuzuprosten, während die Trentiner den Empfang, der ihnen bereitet worden war, mit schönen Worten ausschmückten. Was für eine Gastfreundschaft, unglaublich! Was für gute und tüchtige, saubere und arbeitsame Leute. Also seien das doch Märchen gewesen, die Geschichten, die man dort oben erzählte, über den ins Nonstal ausgewanderten *terrone*, der in seiner mit Erde gefüllten Badewanne Basilikum und Petersilie zog, da er ihren eigentlichen Zweck nicht kannte. Ammenmärchen — möglicherweise wird es eine solche Person gegeben haben, eine einzige, weil es in allen Familien ein schwarzes Schaf gibt. Die Trentiner betonten also ihre Anerkennung, ihre Überraschung und die Entdeckungen, die sie in den letzten zwei Tagen gemacht hatten, und sie tanzten mit den anderen, nachdem sie die Tische, auf denen noch die Teller voller kleiner Knochen und die halbleeren Weinflaschen standen, an die Wände gerückt hatten. Verschwitzt und erschöpft, tanzten sie schließlich sogar eine kalabresische Tarantella, den entfesselten Bräutigam nachahmend, der zum Rhythmus des gemeinsamen Händeklatschens wie ein betrunkenes Pferd ausschlug und in die Luft hüpfte. Am späten Abend begleiteten die letzten Gäste das Brautpaar nach Hause und durchbrachen auf ihrem Weg mit einem halb gesungenen, halb gepfiffenen *lojmë lojmë, vasha, vallen / Kostantini i vogëlith* die dichte Stille der Gassen. Diese *vallja*, nach der auch die vergnügten Trentiner tanzten, war eines der wenigen Zeichen der durch die Zeit noch nicht ausgelöschten Tradition gewesen; sie war es deshalb wert, von dem Lehrer in sein zerknittertes Notizbuch aufgenommen zu werden, zwei Reihen vor der Bemerkung über die Serenade.

Elf

Der Reiter tauchte plötzlich und lautlos aus dem Dunkel der engen Gasse auf. Am Halfter zog er einen knochigen Maulesel hinter sich her, dessen Hufe mit Lumpen umwickelt waren, um keinen Lärm zu verursachen. Er näherte sich der Gruppe von jungen Leuten, die unter den Fenstern des Hauses Avati das erste Lied der Serenade klimperten, und grüßte in ihrer Sprache. *„Mirëmbrëma"*, sagte er mit einem breiteren Akzent als der ihnen eigene. Er war alt und knochig wie sein Maulesel, eingehüllt in einen düster wirkenden Umhang aus Wolle, aber die Augen von der Farbe des Himmels nach dem Regen versprühten im Licht der gelb leuchtenden Laterne lebhafte und jugendliche Funken. Als er aus der Satteltasche vorsichtig eine Art kleine und rundliche Mandoline herauszog, hatten die meisten aus der Gruppe keine Zweifel mehr: der Reiter, der mit der einen Hand die *lahuta* und mit der anderen den halbkreisförmigen kleinen Bogen festhielt, war Luca Rodotà, der Rhapsode aus Corone. Allen war der Grund für sein unerwartetes Erscheinen klar. Er wollte Nani Lissandro, seinem Freund seit ewigen Zeiten, die Ehre erweisen. Der Rhapsode begann eine einfache Melodie zu spielen, geschickt die einzige Saite der *lahuta* mit dem Bogen kratzend. Der Griff hatte die Form eines Adlers mit zwei Köpfen, mit vier klaren Augen wie die des Rhapsoden und demselben funkelnden Blick. Mario rüttelte Costantino kräftig, weil er nun schon eine Viertelstunde zu ihm sprach und dieser völlig verzaubert schien, mit offenen Augen schlafend, wie Mario zu ihm sagte. Der Rhapsode richtete seinen Blick zum Himmel, um sich zu konzentrieren, und dann stimmte er ein *ohj* an, das mit hohen und tiefen Trillern verziert war: *„Ohj vashë ti vjen te fera me* *mua / e si u vinjë ti çë më bjen.*“ Dies war ein sehr bekannter Gesang, so daß auch die Jungen einstimmten. Die Melodie tauchte in die schlafenden Gassen ein und besaß die Kraft, die Lichter anzuzünden und die Fenster zu öffnen. Die gesamte Nachbarschaft wachte auf, als das Mädchen aus dem Lied den Ring des Burschen angenommen hatte, sehr zum Ärger von Mama und Papa. Bestimmt wälzte sich Nani Lissandro im Bett hin und her, mit dem frevlen Wunsch, einen Sprung nach draußen zu machen. Und es stampfte ungeduldig auch Narciso, der schon seit einer Weile wach war und den Eßkorb zu seinen Füßen bereithielt, der dem Trauzeugen übergeben werden sollte, sobald die Serenade zu Ende wäre. Aber sie hatte gerade erst begonnen. Der Rhapsode rezitierte mehr, als daß er sang, und begleitete die Verse mit einer traurigen Melodie. Er erzählte seltsame Geschichten, von Pferden, die der Frau Gattin den Heldentod ihres Mannes verkündeten, der im Kampf gefallen war, nachdem er ein Blutbad unter den Feinden angerichtet hatte. Und von der Flucht zweier Verliebter, die von ihren Verwandten verfolgt und getötet wurden, im Frühling aber aus dem gemeinsamen Grab wiederauferstanden: der Verlobte als ein Zypressenbaum und das junge Mädchen als weiße Rebe, die sich um ihn schlang. Und von dem Heimweh eines Mädchens nach dem weit entfernten Vaterland, wo Vater, Mutter und Bruder begraben liegen; von der Sehnsucht nach ihrer Heimaterde, die sie schon so lange nicht mehr wiedergesehen hat: *Moj e bukura Morè / si të lé u më ngë të pé.*

Zwischen den einzelnen Rhapsodien und Gesangsdarbietungen brachte der Alte Instrumentalstücke zu Gehör, und die Jungen im Kreis lobten flüsternd seine Bravour. Sie verstanden nicht jedes Wort der Geschichten, aber sie begriffen den Sinn und wurden davon mitgerissen, während der Rhapsode beruhigende Blicke um sich warf, so als ob er ihre Erregung gespürt hätte.

Am Ende der Serenade trat der Bräutigam auf den Treppenabsatz hinaus, im Arm den übervollen Korb mit Wein- und Cognacflaschen, Schinken, Salami, Sardellenpaste, Käse und Brot. Die Jungen luden den Rhapsoden ein, mit ihnen zu gehen, um ein Glas zu trinken, unter *vëllezer*, unter Brüdern. „Ich danke euch, aber es ist schon spät für mich", wehrte er ab. „Mein Heimweg wird die ganze Nacht dauern."

Schließlich blieb nur Costantino mit dem Rhapsoden zurück; er schaute ihn mit verlegener Miene an und traute sich nicht, ihn anzusprechen. Er hätte sich gerne vorgestellt, ihm gesagt: „Ich bin der Enkel von Nani Lissandro, erinnert Ihr Euch noch an mich?" Aber er schaute nur schweigend zu, wie der Rhapsode in seinen Umhang schlüpfte, dem Maulesel die Stirn kraulte und ihm leise ins Ohr sprach, als ob er ihm Mut machen wollte für den langen Weg, der sie erwartete. Der Maulesel gab ein verhaltenes, zärtliches Wiehern von sich und nickte mit seinem großen, mageren Kopf. Beide schienen mit sich und der Serenade zufrieden zu sein. Die Nacht war zu dieser Stunde außergewöhnlich still, das Echo des Gelächters, die Grillen und die Atemzüge der Gasse waren von der Dunkelheit verschluckt. „Ich wette, du bist der Enkel von Lissandro", sagte der Rhapsode zu Costantino und legte ihm eine Hand auf die Schulter. „Wie groß du geworden bist, seit wir uns am Meer gesehen haben."

Costantino hatte es geschafft, zu nicken und zu lächeln, aber jetzt schienen ihm seine Füße durch das fortwährende Drücken gegen den Kiesboden wie festgeklebt, und er wiegte sich unbeholfen hin und her wie eine bis zu den Knien mit Wasser gefüllte Plastikpuppe. Nur mit Mühe konnte er sich bewegen, wie ein Automat folgte er der Einladung des Alten, ihm wie ein echter Arbëreshër die Ehre des Gastgebers zu erweisen und ihn noch ein Stück die Straße hinunter zu begleiten. *„Poka je i nipi i Lisandrit"*, und von der dunklen

Gasse aus, die zum Dorfplatz führte, öffnete sich ein nachtblaues Rechteck, durchzogen von leuchtenden Spuren.

„Oh, Lissandro... ich habe es ihm immer gesagt, als wir jung waren, daß Träumer wie wir lange leben. Daß sie sogar nie sterben, weil sie rückwärts und vorwärts blicken. Das erste Mal haben wir uns staunend beobachtet: wir sprachen mit unterschiedlichem Akzent, kamen aus weit entfernten Dörfern, aber küßten beide das Meeresufer, denn es verbanden uns die Wellenschläge des *gjaku jonë i shprishur*, unseres versprengten Blutes, das uns durch die Adern floß, genau wie unter Brüdern. Ich griff die *lahuta* wie ein Schwert und fühlte mich wie ein Prinz unter den neugierigen Blicken der Arbëreshër und der *litirj*. Geschenkt hatte sie mir ein Albaner, ein echter Rhapsode, der oft durch Corone kam. Er war aus Albanien geflohen, weil er einen Anschlag auf das Leben eines Vezir verübt hatte. Er zog von einem Arbëreshërdorf zum anderen, und die Leute beherbergten ihn herzlich gerne, wie man einen obdachlosen Bruder beherbergt. Als Gegenleistung spielte er die *lahuta* und sang. Er war immer umringt von einer Schar junger Burschen so wie ich, denen er mit unendlicher Geduld beibrachte, das Instrument zu spielen. Er ist nach Albanien zurückgekehrt, als er erfahren hat, daß die Fahne der Freiheit über Vlora wehte. Seine *lahuta* hat er mir überlassen, aber ich wollte sie nicht annehmen, und als er darauf bestand, habe ich ihn gefragt: Warum gerade mir? Und er lächelte: Weil du der Sonne in die Augen schauen kannst. Na ja, ich habe nie verstanden, was er damit sagen wollte, aber von diesem Tag an änderte sich mein Leben von Grund auf. Ich begann umherzuziehen, wie es der Albaner getan hatte, zum Klang der *lahuta* die alten Weisen zu singen. Ich wechselte von einem Fest zum anderen, vergnügte mich und bereitete anderen Vergnügen, und gleichzeitig erinnerte ich daran, wer wir sind, denn schon damals begann man zu vergessen. Ich fühlte mich wichtig und nützlich. Aber in meinem Dorf nannten sie mich Nichtstuer, Don Quijote, diese Schulmeister. Mich, der, um die Familie satt zu kriegen, sich den Rücken krumm arbeitete auf dem Stück harten Boden! Es juckte ihnen der Bauch, wenn sie mich spielen hörten, ich weiß nicht warum. Sei vorsichtig, sagte mir Lissandro, die Ziege, die sich von der Herde entfernt, wird vom Wolf gefressen, aber ich war nicht allein, und ganz alleine bin ich auch heute nicht. Jedes Jahr, das verging und wir uns in Marina trafen, bemerkten wir, daß jemand fehlte. Sie gingen nach Merica, flogen fort. Für eine Weile hatten wir uns eingebildet, Merica in unseren Dörfern verwirklichen zu können; Merica bedeutet Arbeit und Wohlstand, oder nicht? Denn wenn wir das Land besetzen, wie es die Roten empfehlen, und es unter uns aufteilen, wiederholte dein Großvater, dann ist Merica hier; es ist sogar besser, weil hier unsere Toten begraben liegen, weil hier unsere Heimat ist. Und es stimmt auch, wie der Albaner sagte, daß eine Seele soviel wert ist wie die andere, daß jeder von uns 400 Goldtaler wert ist; zwischen den Menschen besteht kein Unterschied, oder? Also ist es nicht gerecht, daß zwei, drei Familien pro Dorf den gesamten Boden besitzen, tausende von Hektar fruchtbaren Landes, während wir den Ausschuß zur Pacht bearbeiten. Wir haben das Land besetzt, aber sie haben uns mit Schüssen davongejagt und uns die kargsten und steinigsten Felder bei der Agrarreform gegeben. Dein Großvater und ich, wir sahen uns weiterhin beim Viehmarkt in Marina, mit schon ergrauten Bärten und Haaren, beide mit der schwarzen Krawatte der Witwerschaft, die Söhne oder Schwiegersöhne schon im Ausland oder in Norditalien. Heute? Na... ich singe weiter, solange die Kräfte reichen. Singe und spiele. Und dann?“

Dann verabschiedeten sie sich bei der Kreuzung des Padreterno. Der Rhapsode löste die Lumpen von den Hufen des Maulesels und ging noch ein Stück auf dem Saumpfad zu

Fuß, bevor er in den Sattel stieg. Erst jetzt bemerkte Costantino, daß der Rhapsode einen hüpfenden Gang hatte, so als ob er bei jedem Schritt zum Flug ansetzten wollte.

Den Weg zum Dorfplatz legte er rennend zurück, aufgewühlt und im Bewußtsein, unvergeßliche Stunden erlebt zu haben. Mario ließ seine Erzählung verschlafen gähnend über sich ergehen. Die Serenadensänger hatten sich auf den Zementmäuerchen ringsum ausgestreckt; sie schnarchten oder sangen mit fröhlichen Gesichtern vor sich hin, die leeren Flaschen neben sich auf dem Boden, bis der erste Sonnenstrahl ihre Gesichter traf.

Etwas später fuhren Orlandina, mit feucht-grauen Augen, der Mericano und die verschlafenen Trentiner mit dem Fünf-Uhr-Postbus ab und ließen Tränenströme von Zonja Elena und Dutzende winkende weiße Taschentücher hinter sich zurück.

* * *

Vú spërvjeret Skandërbeku

Skanderbeg breitete die Zelte aus, im Schatten gewaltiger Eichen. Essend und trinkend lagerten die Krieger am Ufer eines klaren Flusses, als sie von türkischer Seite einen Boten kommen sahen.

„Zu dir, Prinz der Albanesen, schickt mich der Große Herrscher. Wo werdet Ihr mit ihm den Kampf aufnehmen?“

„Geh, und sage, er solle selbst kommen.“

Sowie der Bote zurückkehrte, sprang Mehmed auf die Füße, ließ die Trommeln schlagen und versammelte seine Schildknappen.

„Nun, meine Minister, wessen Herz ist so mutig und bringt mir Skanderbeg hierher, tot oder lebendig?“

Alle hörten es, und keiner antwortete. Dann fragte Ballaban, der albanische Verräter: „Und was wird meine Belohnung sein?“

„Neunhunderttausend Dukaten und die Provinzen Albaniens.“

„Heute abend wirst du ihn haben, entweder tot oder gefangen.“

Sie stürzten sich in den Kampf. Und Skanderbeg schneidet Ballaban den Weg ab und postiert sich vor ihm, dem verräterischen Hund.

„Jetzt, du verräterischer Hund, wirst entweder du meinen Kopf überbringen oder ich deinen...“

Da spürte Skanderbeg einen Schlag, und es fielen ihm die Zügel aus der Hand. Er hatte auf ihn gezielt, der Verräter, ihm den Arm verwundet, den Arm und das Pferd. Skanderbeg sprang auf die Beine, und die Muselmanen brachen in ein gellendes Freudengeschrei aus und umzingelten ihn.

Gen Himmel richtetete der Held die Augen:

„Jetzt steh mir bei, Herr Christus, der du mich als Knabe den Händen deiner Feinde entrissen hast!“ Und stellte sich zum Kampf, im Rücken nur den Stamm einer Eiche als Schutz. Und da war keiner, der es gewagt hätte, seinem Schwert zu nahe zu kommen.

Endlich kommen sie; es kommen zweitausend tapfere Kämpfer, ausgesuchte junge Männer aus Albaniens Bergen, angeführt von Dukagjin, Dukagjin und Liveta. Rollten an wie eine Lawine, fegten alle hinweg, die sich ihnen in den Weg stellten. Als Skanderbeg sie sah, lachte er voller Freude auf und rief:

„Du, Dukagjin, deck nur meine Schulter, denn ich will kämpfen gegen diesen Hund. Er soll sehen, wie ich das Schwert führe, ob ich die Fahne schwenken kann.“

Sprach's, bekreuzigte sich und stürzte sich in den Kampf, packend und verzehrend wie das Feuer auf einem trockenem Stoppelfeld. Straßen und Gräben füllten sich mit Köpfen ohne Rumpf und Körpern ohne Köpfe; nur einen einzigen nahm er gefangen und verschonte ihn. Ballaban, den Verräter, damit er die Nachricht der Niederlage überbringe; das rechte Ohr ritzte er ihm ein, um sein Zeichen zu hinterlassen.

Als Mehmed ihn so sah, sprach er:

„Ballaban mit dem hängenden Kopf, was ist mit deiner Prahlerei, du würdest mir Skanderbeg bringen, lebendig oder tot?“

„Oh, mein Herrscher, Großer Herrscher, wenig gibt es zu berichten, nicht sein Arm ist es, der ihm hilft, sondern die Hand unseres Herrgotts.“

„So nähere mir dein Haupt, das verräterische Treue verbirgt; auf daß ich meinen Zorn besänftige.“

Und sie ergriffen ihn, zwangen ihn an den Richtblock und schlugen ihm ab den Kopf.

Die Feen-Viatrice

Der Zweifel, ob er am Tag des Viehmarkts zwei Möwen nebeneinander oder einen Adler mit zwei Köpfen hatte fliegen sehen, begleitete Costantino erst auf dem Rückweg nach Hora, als er auf dem Maulesel hockend über jene azurblaue Szene nachdachte und mechanisch die Augen zum Himmel hob. Jedes Mal, wenn er hochschaute, war er überrascht, daß der Himmel mit Millionen kleiner Lichter gesprenkelt war, ohne Sonne, ohne Möwen oder Adler, mit einem gelben Mond, der aussah wie eine Melonenscheibe.

Am nächsten Tag erzählte er auf dem kleinen Platz der *gjitonia*, daß er einen kleinen weißen Adler mit zwei Köpfen kreisen gesehen habe. Zweifel? Keine Spur! Und so waren seine Freunde, zumindest im ersten Augenblick, völlig verblüfft. Aber dann kamen sie zu sich und brachen in tosendes Gelächter aus, nachdem Vittorio gesagt hatte: „Ja, ich habe auch einmal einen fliegenden Esel gesehen." Costantino war zu dickköpfig, um sich angesichts einer solchen Bemerkung zu ergeben. Im Gegenteil, es verging kein Tag, an dem er nicht jede Gelegenheit wahrgenommen hätte, den Freunden die unglaubliche Geschichte erneut vorzusetzen und sie mit immer glaubwürdigeren Einzelheiten auszuschmücken. Sie begannen schon zu vermuten, daß er ein bißchen verrückt sei, und in einem Augenblick größten Verdrusses verpaßte ihm einer den Spitznamen „Adler". Dazu trug auch sein scharfer Blick bei, der bei den anderen Unruhe hervorrief. Und so war Costantino im Dorf für alle der Adler. Er war nicht beleidigt, wahrscheinlich schenkte er diesem Spitznamen, den er an seinem Körper haften fühlte wie einen maßgeschneiderten Anzug, gar keine große Beachtung. Es war sein Gewand, darüber bestand kein Zweifel, ein Gewand, das er sich selbst ausgesucht hatte und das die anderen ihm angelegt hatten. Inzwischen waren drei Jahre seit dem Tag des Viehmarkts vergangen, aber er hatte sich nur äußerlich verändert: er hatte ein hübsches ovales Gesicht, war größer und sehr viel kräftiger geworden, und die kastanienbraunen Haare begannen kraus zu werden wie seine Gedanken. Seit einem Jahr besuchte er die Mittelschule in Shën Kolli, und sein Ruf als Adler hatte sich auch unter den neuen Mitschülern verbreitet. Diese mußten ihn allerdings nur in der Schule ertragen, während die Jungen aus Hora ihn nie los wurden, weder auf dem Sportplatz noch in der Bar, wenn sie mit den Felgen alter Fahrräder durch die Gassen rannten oder mit Holzkreiseln, *rassi e squigli*, Maueranschlagen, mit Knöpfen oder *ika* spielten.

Costantino hatte den Ruf, damals wie auch heute noch, alle Ereignisse festzuhalten, auch ganz gewöhnliche wie die Serenade des Rhapsoden; indem er sie aufschrieb und wiederholte, wurden sie zu einer Denkwürdigkeit. Es war, als ob er intensiver lebte als die anderen, weil er seine Erlebnisse vertiefte, indem er ihnen sofort etwas Sagenumwobenes gab. Seine engsten Freunde waren zugleich fasziniert und verdrossen über dieses Verhalten eines erwachsenen Kindes, das manchmal etwas großspurig, vielleicht tatsächlich etwas verrückt war, das auch für sie Antworten suchte, während sie einfach nur zufrieden gelassen werden wollten, ihre Zeit mit Spiel und Faulenzerei verbringen, so als ahnten sie, daß die Zeit der Muße die Antworten in sich birgt. Wenn sie schlechte Laune hatten und er auf seinen Erzählungen beharrte, dann wurden sie böse, so wie es manchmal eben unter Freunden ist, und schleuderten ihm ein „Adler“ an den Kopf und legten alle nur mögliche Verachtung in diesen Spitznamen. Eines schönen Tages hörte sie der Mericano, als er die Bar betrat. Früher oder später hatte es passieren müssen.

„Und nun zu uns“, begann der Vater in drohendem Ton, und Costantino wurde das Blut zu Wasser. Es war ein Abend Ende Oktober, lau und still, und der Vater hatte seinen Satz gegen die antike Mauer des Kurrituri prallen lassen, gegen die er gerade ausgiebig pinkelte. Sie hatten gemeinsam vor drei Minuten die Bar verlassen und waren auf dem Weg nach Hause, um das Abendessen einzunehmen. Costantino war hinter den Schultern des Vaters stehengeblieben und betrachtete den Abendhimmel, der ebenso rot leuchtete wie sein Gesicht. „Schluß mit diesem Quatsch von dem Adler mit zwei Köpfen! Ich sage es dir zum ersten und zum letzten Mal. Ich sage es dir nur zu deinem Besten“, polterte der Mericano, während er sich die Flanellhose zuknöpfte. „Sonst wirst du noch zum Dorftrottel werden, und die Leute werden dich für verrückt halten“, und er wiederholte damit, ohne es zu wissen, Lucrezias Worte. Aber zusätzlich zu dem, was seine Tochter immer wieder zu Costantino gesagt hatte, nannte er einen Namen, der widerhallte wie ein weiterer Urinstrahl: Sciales. *„Një paçë nga kroca si Viatriçe Shales“*, sagte er. Als Costantino diesen Namen hörte, verstand er und wurde kreidebleich.

Viatrice Sciales wohnte in derselben *gjitonia* wie Costantino, in einem Häuschen mit einem einzigen Zimmer, das sie mit ihrer alten Mutter teilte. Sie war noch nicht vierzig Jahre alt, wurde aber von allen als alte Jungfer betrachtet, trotz ihrer glatten Haut, ihrer kräftigen weißen Zähne und des schlanken Körpers einer jungen Frau. Als kleines Mädchen hatte sie aus dem Hügelchen des Ciccotto drei wunderschöne Frauen herausschlüpfen sehen, mit blauschwarzen gewellten Haaren, die bis auf den Rücken herabfielen. Sie trugen die leuchtend bunte Festtags-*coha* und begannen zu lachen und einen Reigen zu tanzen, als sie Viatrice erblickten. Aus drei wurden sechs und aus sechs neun, und alle tanzten, ohne zu singen. Sie nahmen sie in ihre Mitte und sagten ihr *fatin e mirë* voraus, ein freundliches Schicksal. Erst da bemerkte Viatrice ihre Mauleselhufe, die die Süßkleeblumen auf dem Ciccotto zertraten. *„Ke par fatat, bijarè“*, hatte ihr die Mutter bestätigt, und daraufhin war Viatrice durch das Dorf gezogen, um allen mitzuteilen, daß sie die Feen gesehen hatte. Sie wurde nicht müde zu wiederholen, was sie gesehen und gehört hatte, bis es nach einigen Monaten soweit kam, daß sie *Viatriçe e fatevet*, Feen-Viatrice, genannt wurde. Aber sie kümmerte sich nicht um diesen Spitznamen und sprach, auch als sie schon ein Mädchen im heiratsfähigen Alter geworden war, immer noch über die Feen und mit den Feen. Und so kam es, daß kein seriöser junger Mann aus Hora um ihre Hand anhalten wollte, obwohl sie sehr hübsch war. In all den Jahren hatte sie nur zwei Heiratsanträge bekommen, von zwei Witwern aus Nachbardörfern, die sie aber, gegen den Willen ihrer Mutter, entrüstet zurückgewiesen hatte. In der Nacht, in der sie den zweiten Witwer abgewiesen hatte, hörte man sie weinen und schreien, aber am folgenden Morgen saß sie auf dem Treppenabsatz des Hauses und kämmte, als ob nichts geschehen wäre, ihre kastanienbraunen Haare. Sie versuchte nicht einmal, die Kratzer im Gesicht und die bläulichen Blutergüsse auf den Armen und unter den Augen zu verbergen. Das seien die Feen gewesen, *„kan qënë fatat“*, wiederholte sie, ohne müde zu werden.

In der Nervenheilanstalt von Girifalco behielten sie sie etwa vier Monate. Als sie nach Hora zurückkehrte, hatte sie die verträumten Augen eines kleinen Mädchens. Sie sprach nur noch Italienisch und redete alle mit Sie an, Verwandte, Nachbarinnen, .Kinder, sogar die Mutter. „Gnädige Frau, verehrter Herr, liebes Kind“, sagte sie ehrerbietig, und natürlich sprach sie immer noch von den Feen. Auf Italienisch. So wurde auch ihr Spitzname geändert: *Viatrice delle fate.* „Dumme Feen“, spottete Nani Lissandro, der diese nicht ausstehen konnte. „Sie hatten ihr ein freundliches Schicksal vorausgesagt, und jetzt schau nur, was aus ihr geworden ist!“

So zu werden wie die Feen-Viatrice — Costantino legte beide Hände auf die Augen, um diesen unangenehmen Gedanken zu vertreiben. Der Vater hatte recht, er durfte wirklich nicht mehr über den Adler mit zwei Köpfen sprechen. „Denn an diese Dinge glaubt man nur, wenn sie vom Vater an den Sohn weitergegeben werden“, sagte der Mericano noch, „das heißt, nur wenn es sich um etwas Vergangenes handelt, und man glaubt nicht wirklich an die Existenz von Feen, wie es die Magierinnen tun, oder an die Wiedergeburt eines Toten im Körper einer Schlange, so wie deine Mutter. Nein, eigentlich glaubt man nur, um zu glauben, aus Tradition eben, aber nicht wirklich, denn es gibt nun einmal keine Feen mit Mauleselhufen, keine sprechenden Schlangen und erst recht keine Adler mit zwei Köpfen.“ Aber Costantino war, dem Vater zufolge, noch zu retten, es war noch nicht zu spät, wenn er es nur wollte.

Costantino war erleichtert, dies zu hören, und von diesem Augenblick an begann er die Einsamkeit der Träumer zu erleben, ohne darunter zu leiden. Ihm war klargeworden, daß die anderen ihn nicht verstehen konnten, wenn ihn nicht einmal der Vater verstand. Und so wartete er geduldig darauf, daß das, was er gesehen hatte, „etwas Vergangenes“ werden würde, um es dann seinen Kindern weitergeben zu können. Aber zunächst befreite er sich dank der Einmischung des Vaters in kürzester Zeit von dem Ruf eines etwas verrückten Bürschchens und eroberte alle seine Freunde zurück, indem er wieder über Fußball oder über das letzte Abenteuer von Lassie sprach.

Seit diesem Tag fühlte sich Costantino der Feen-Viatrice jedoch sehr nahe und schämte sich, daß er sich wie die anderen so oft über sie lustig gemacht hatte. *„Vre, Viatrì, vre fa-*

tat", hatte er zu ihr gesagt und auf die Außenwand des Häuschens gezeigt, an der zwischen den Steinen Büschel von Löwenmäulchen wuchsen.

Das Rebhuhn mit den grünen Augen

Seitdem er begonnen hatte, die Haare zu verlieren, schützte der Herr Lehrer Carmelo Bevilacqua seinen Kopf mit einer dunkelblauen Baskenmütze, die er schräg über dem linken Ohr trug und die er weder in der Klasse noch bei Tisch absetzte. Das Dunkelblau der Baskenmütze und die schwarze Brille verdüsterten ihn, ließen ihn wie einen Kauz mit einem großen, runden Kopf und großen Brillen-Augen aussehen. Und tatsächlich begannen sie im Dorf, ihn *gurgullea* zu nennen, hinter seinem Rücken versteht sich, denn wenn sie ihm gegenüberstanden, bezeugten sie ihm ihre Hochachtung und redeten ihn mit „Ihr" oder „Herr Lehrer" oder „Herr Professor" an. Lucrezia schenkte ihm eine rote Wollmütze, die sie mit ihren eigenen Händen gestrickt hatte; sie war nicht nur modisch, sondern würde seinem Gesicht vielleicht etwas mehr Farbe geben und vielleicht sogar diesen häßlichen Spitznamen verdrängen. Aber der Herr Lehrer war den düsteren Farben zugeneigt, und ihr herzlich dankend, meinte er: „Mir ist die Baskenmütze lieber, sie ist nicht so auffällig, meine Liebe." „Deine Mütze werde ich als Andenken behalten", fügte er noch hinzu und gab ihr nicht einmal die Genugtuung, sie wenigstens anzuprobieren. Lucrezia weinte auch in dieser Nacht über ihren *gurgullea*-Prinzen, der so dickköpfig war wie ein Maulesel. Der Vorfall mit der Mütze war das letzte und das geringste der Kümmernisse, die ihr Carmelo zufügte. Er behauptete, sie zu lieben, widmete ihr glühende Gedichte, versprach ihr ewige Liebe, aber den wichtigen und ernsten Schritt, den entscheidenden, den einzig wirklich bedeutenden, den hatte er noch nicht getan: er war noch nicht ins Haus gekommen und hatte noch nicht um ihre Hand angehalten. Der Mericano war deswegen seit dem vierten Oktober in Hora und erfand für die Leute aus dem Dorf den Vorwand der Arbeiten am Castello del Piccolo. Aber der Lehrer setzte seit Sonntag, dem dritten Oktober keinen Fuß mehr in das Haus, weder seinem ehemaligen Schüler noch der Bohnensuppe mit Brot von Zonja Elena noch den schönen grünen Augen von Lucrezia zuliebe. Der Mericano wurde der Sache langsam überdrüssig und zum zigsten Male hatte er bemerkt: „Ich sage nichts weiter dazu. Hauptsache, ihr versucht nicht wieder, Ähren im Schnee zu sammeln."

Schließlich war er nach Allerheiligen nach Ludwigshafen zurückgefahren.

Gleich am darauffolgenden Abend platzte der Herr Lehrer wie ein Kauz in die kleine Küche des Hauses Avati, lächelte allen zu und gab ihnen die Hand, auch Baialardo. Lucrezia und Zonja Elena waren sehr verlegen über den unerwarteten Besuch und wußten nicht, ob sie lächeln oder weinen sollten. Nani Lissandro dagegen, der gerade beim Essen saß, rührte mit dem Löffel in seinem mit Wein gekochten Weizenbrei, blickte ihm scharf in die Augen und sagte mit strenger Stimme: „Junger Mann, wir sagen: *Kur zogu vete e vjen, o stisën o ka fulen*." Und da er davon ausging, daß ihn der Lehrer nicht verstanden hatte, wiederholte er auf *litisht*: „Wenn der Vogel kommt und geht, baut er entweder sein Nest, oder er hat schon eines. Entscheide dich, junger Mann, entscheide dich schnell."

Der Lehrer deutete ein gequältes Lächeln an und antwortete: „Er baut, Herr Alessandro, er baut." Dann nahm er das zerknitterte Notizbuch, schrieb diese Weisheit auf, die er, wie er bemerkte, noch nie gehört habe, und sprach dem Herrn Alessandro ein Lob aus für das Sprichwort, das man sich merken müsse. „Ich hoffe es für dich", sagte Nani Lissandro, keineswegs besänftigt durch die dreiste Schmeichelei des Lehrers. Besänftigt wirkte nur Lucrezia, die mit roten Wangen und Feuer im Herzen vor der Feuerstelle saß. Zonja Elena hielt den Kopf gebeugt, und schweigend tat sie so, als sei sie in Gedanken versunken, die nicht den Gast betrafen. Da fiel dem Herrn Lehrer nichts besseres ein, als sich an seinen ehemaligen Schüler zu wenden. Er legte ihm ans Herz, zu lernen, „weil dein Vater viele Opfer im Ausland für dich bringt", und vor allem mit Methode zu lernen, „denn wenn einer weiß, wie man lernt, nimmt er mehr in sich auf, das heißt, er lernt besser." In der Zwischenzeit nahm er geschickt die weichen und zarten Blickkontakte mit Lucrezia wieder auf, die in letzter Zeit zu kurz gekommen waren. „Wenn du Bücher brauchst, um etwas nachzuschlagen, oder Hilfe bei den Hausaufgaben, sag es mir nur. Du weißt, daß ich dich sehr gern habe und alles für dich tun würde", endete der Herr Lehrer, wobei er den letzten Satz besonders betonte und seine Augen eines *gurgullea*-Prinzen auf das Mädchen heftete. Lucrezia schmolz dahin wie Schnee in der Hitze der beiden Feuer, die ihre Wangen und ihr Herz trafen. Glücklicherweise verabschiedete sich kurz darauf einer der beiden Glutherde, der Herr Lehrer, und hinterließ im Raum einen unerklärlichen Mandelgeruch.

Seit jenem Abend begann Lucrezia wieder zu hoffen. Carmelo liebte sie, seine Augen logen nicht. Früher oder später würde er das Haus als Brautwerber betreten. Die Mutter ermahnte sie, vorsichtig zu sein, *bijë*, denn zum Schluß käme sie sonst noch ins Gerede, wie es ihrer Schwester ergangen sei. Jeden Tag kam Carmelo vorbei, unter dem Vorwand, Costantino oder Nani Lissandro besuchen zu wollen. Es gab seltene Augenblicke, in denen es ihnen gelang, sich alleine zu treffen, und dann sprachen sie über sich. „Aber hast du wirklich ernste Absichten?" fragte jedesmal Lucrezia, um in ihrer Hoffnung bestätigt zu werden. Er antwortete: „Vertrau mir, Liebling, vertrau mir!" Wenn nicht gerade Zonja Elena oder Costantino oder Nani Lissandro oder Baialardo oder irgendein anderer Störenfried aus der Nachbarschaft ausgerechnet in diesen Augenblicken auftauchte, dann zog er sie an sich, und sie küßten sich, ihre Lippen so fest aufeinandergepreßt, daß ihre Zähne gegeneinanderstießen. Sie drangen in die Kleidung des anderen ein, mit flinken Fingern, die sich ineinander flochten, verhaspelten, berührten, streichelten, kniffen, drückten, bis ein Schritt oder ein Husten, die Stimme von irgend jemand sie plötzlich auseinanderfahren ließ. Die Küsse und Hände logen nicht. Samstagnacht, in ihrem Bett zusammengekauert, erwartete Lucrezia voller Sehnsucht die Serenade. Drei Lieder, das Symbol der Liebe, durchbrachen die Stille der Gasse: „Rebhuhn, das du hinabgeflogen bist vom Berg / und gekommen bist, dich niederzulegen neben mir / hast mich angeschaut mit diesen Augen und meine Sinne erfüllt / hast dich eingenistet in mein Herz." Er ist es! Er war es, der auf Italienisch die uralten *vjershë* sang und von einem Freund auf der Gitarre begleitet wurde. „Erst dann verlaß ich dich, güldene Krone / wenn man mir die Augen bedeckt mit Erde." Er ist es. Lucrezia seufzte und umarmte heftig ihr Kissen. Da begann Baialardo zu bellen und weckte alle auf, wenn sie nicht sowieso schon wach geworden waren. „So viele Steine und Sand in diesen Mauern sind / so stark ist meine Liebe zu dir, junges Mädchen." Die Lieder lügen nicht, dachte sie, während sie einschlief.

Am nächsten Morgen saß sie bei ihren Freundinnen und stickte, mit verquollenen Augen, tauben Ohren und erfüllt von dem Verlangen, ihn so schnell wie möglich wiederzusehen.

So ging das einen ganzen Winter lang.

„Frühling um uns / glänzet in der Luft und frohlocket auf den Feldern / und wie er einem beim Betrachten seiner Pracht das Herz erregt", deklamierte der Herr Lehrer vor

Costantino, seinem einzigen Zuhörer. Im Frühling gebe es seiner Meinung nach keinen schöneren Ort als Hora. Vom Balkon seiner Wohnung aus bewunderte er das Dorf, umsäumt vom Grün der Steineichen, das mit dem Gelb der stachligen Ginsterbüsche gesprenkelt war, und drumherum die Felder mit den Kirsch- und den Mandelbäumen, dem blühenden Hagedorn. „Das ist wahrhafte Poesie, Costantì", sagte er, während er seine Brust mit tiefen Zügen der reinen Luft füllte. „Schau, schau nur, welch ein Paradies!" Vor den Augen des Jungen lagen Ecken des Dorfes mit den moosbedeckten Dächern der alten Häuser, während hier und da die neuen, flacheren Häuser der Germanesen hervorschauten; aus dem letzten Stockwerk ragten noch die nackten Betonträger, ausgestreckte Arme, die mit ihren sechs Eisenfingern den Himmel kitzelten; weiter unten Gestrüpp und Schluchten, die zu einer baumbewachsenen Mulde abfielen, und zur linken Seite Olivenhaine, Weingärten, nackte und öde Hügel, die den Eindruck erweckten, als ob sie sich auf der Stelle ins Meer stürzen wollten. Costantino verstand überhaupt nicht, woher die sprühende Fröhlichkeit des Herrn Lehrer kam, aber er ließ sich gerne davon anstecken. Er besuchte ihn jeden Tag nach der Rückkehr aus Shën Kolli und brachte ihm ein warmes Brot oder eine Flasche Wein oder einen Frischkäse oder die ersten reifen Kirschen vom Castello, Aufmerksamkeiten der Mutter und der Schwester. Der Herr Lehrer tat noch mehr, als Costantino nur bei den Hausaufgaben zu helfen: er leitete ihn an, erklärte ihm die Methode und stellte ihm sein Lexikon zur Verfügung. Und während Costantino lernte, zog er sich in eine winzige improvisierte Werkstatt zurück, um wieder und wieder auszuprobieren, wie die Kadaver winziger Vögel ausgestopft werden, das geöffnete Buch mit der Anleitung vor sich auf dem Tisch. Es waren vor allem Spatzen und Rotkehlchen, die seine Schüler mit ihren Fangeisen erwischten, manchmal noch lebend und an einem Fuß verletzt. Die Ergebnisse seiner Bemühungen waren enttäuschend, und da der Herr Lehrer bei allem, was er tat, zur Perfektion neigte, warf er die halbausgestopften Körperchen mit ihren zerzausten Federn und zwei schwarzen Löchern an der Stelle der Augen in den Mülleimer. Dann wusch er sich die Hände und widmete sich seinem Gast, den er mit dem seltsamen Geruch nach frischen Mandeln umhüllte.

Als er überzeugt war, endlich ein erfahrener Präparator geworden zu sein, wollte er, daß Costantino ihm bei der Arbeit zuschaute. An diesem Tag hatte er ein weißes Rebhuhn mit braungefleckter Brust auf dem Tisch liegen. Costantino sah ihm zu, wie er mit dem Seziermesser einen Schnitt machte, vom Brustbein bis zur Höhe des Schwanzes das gesamte Fleisch herauslöste und den Schädel einritzte, aber dann schloß er angeekelt die Augen. Er öffnete sie erst wieder, als der Präparator-Lehrer verschwitzt, aber befriedigt begann, den Gerbstoff aufzutragen, ein dickflüssiges Öl, das er Arsensalbe nannte und das stark nach Mandeln roch. Am nächsten Tag hockte das weiße Rebhuhn auf einem dürren Ast, der von der Decke hing, und blickte aus seinen grünen Glasaugen traurig in die Leere der Wohndiele.

Wie konnte Costantino vor den anderen und sich selbst das Werk des Vögel ausstopfenden Lehrers besser rechtfertigen als mit dessen eigenen Worten? „Ausstopfen ist eine Kunst; die Kunst, etwas unsterblich zu machen, das zum Sterben verdammt ist; ein schönes weißes Rebhuhn ewiglich leben lassen, während alles Übrige zu Staub wird, Staub zu Staub, vom Winde hinweggefegt." Wie ein lebendiger Papagei wiederholte er diesen Gedanken, der größer war als er, selbst gegenüber seinen Freunden, die ihn nicht verstehen konnten. Wenn er sich beharrlich als kleiner Lehrer aufspielte, fühlten sie sich belästigt und versuchten, ihm eins auszuwischen, indem sie sagten: „Sei bloß vorsichtig, daß du früher oder später nicht auch ausgestopft wirst, wo du doch der Adler bist." Oder noch boshafter: „Und dann vernascht er unter deinen gläsernen Augen diese *copë lesh*, diesen steilen Zahn, deine Schwester." Woraufhin der Adler sie samt ihren unschuldigen Eltern und mit Schaum vor dem Mund zum Teufel schickte: *„Ecni e mirrni te bitha ju e kush ju ka bënë!"*

Die Tatsache, daß sie im Dorf schlecht über seine Schwester sprechen könnten, ließ ihm keine Ruhe, und auch, daß seine Freunde das wissen könnten, was er wußte, ohne etwas dazu zu sagen, es in ihren Augen also zuließ. Aber was ließ er denn schon zu? Der Herr Lehrer kam abends zu ihnen; im Winter saß man um die Feuerstelle und im Frühling draußen auf dem Treppenabsatz vor dem Hauseingang, und man sprach über dieses und jenes. Was war daran Schlechtes? Oder an den nächtlichen Serenaden am Sonnabend, die Baialardo zum Bellen brachten?

Das kleinste weiße Schloß der Welt

Der Mericano kam nachts an, mit einem klapprigen Taxi, das ihn am Bahnhof von Crotone aufgenommen hatte. Sie hätten ihn doch erst am nächsten Tag erwartet, sagten die Familienangehörigen fast im Chor, schlaftrunken und nicht ganz sicher, ob sie nicht träumten. Baialardo wedelte langsam mit dem Schwanz, winselte und jaulte, aber er hatte nicht mehr wie früher die Kraft, ihm entgegenzuspringen und ihn freudig zu begrüßen. Costantino wurde vom Vater ins Bett zurückgebracht, der ihn auf den Arm genommen hatte, ohne gleich zu bemerken, daß sein Sohn fast so groß wie er selbst geworden war. Bevor Costantino wieder einschlief, hörte er noch Nani Lissandro, der bereits wieder schnarchte, und die angeregten Stimmen der Eltern und der Schwester, die das Stampfen der Maulesel in den Ställen übertönten.

Am Morgen wachte er von einem Pieksen auf seinen Wangen auf, das von dem stachligen Bart einer unbekannten Gestalt stammte, die ihm Angst machte. Er öffnete die Augen und bemerkte, daß es der Vater war. Er schluckte den dickflüssigen Speichel, den er im Mund hatte, hinunter und zwischen Glückseligkeit und Verlegenheit schwankend, küßte er dem Vater die Hand und schluchzte eine Weile ohne Tränen. *„Ç'ke, biraré?"* fragte ihn der Mericano gerührt. Aber er begriff. Auch er kannte die nur halbwegs bezwungene Angst, die dich im Traum ergreift, wenn du einen schönen Schimmel am Schweif packst und ihn einen Augenblick lang festhältst, mit der Gewißheit, daß er dann fortgaloppieren wird. Ein Traum oder die Erinnerung an denselben Handkuß, den er seinem eigenen Vater gegeben hatte, der aus Amerika zurückgekehrt und fünf Monate später in den Tod galoppiert war? Der Mericano gab einen langen

Seufzer von sich, dann löste er sich von seinem Sohn wie von einer bittersüßen Erinnerung und begann das alte Ritual des Öffnens der Zauberkoffer, bevor Verwandte, Nachbarn und Freunde das Haus überfluten würden.

Dieses Mal kam auch die Feen-Viatrice, um ihn zu begrüßen, von Kopf bis Fuß schwarz gekleidet, da ihre Mutter gestorben war. Der Mericano begann, ihr Beileidsbekundigungen auszusprechen, aber sie schnitt ihm das Wort ab: „Verehrter Herr Francesco Avati", begann sie, „da ich nunmehr alleine bin und nicht einmal mehr die paar Groschen der Rente meiner Mutter bekommen werde, habe ich mir überlegt, nach Deutschland zum Arbeiten zu gehen. Ihr habt ein gutes Herz, das wissen alle. Ihr müßt mir eine Stelle besorgen, und dann komme ich nach. Ich weiß, daß Ihr es tun werdet, und ich danke Euch im voraus." Geschmeichelt antwortete der Mericano mit derselben Höflichkeit: „Fräulein Viatrice Sciales, eigentlich habe ich nicht die Absicht, ins Ausland zurückzugehen. Ich möchte versuchen, hier zu leben. Aber wenn ich aus irgendeinem Grund zurückgehe, seid ganz beruhigt, dann werde ich eine Stelle für Euch finden. Das verspreche ich Euch bei meinen Toten."

Als sie spät abends wieder alleine waren, begann der Mericano seine Pläne darzulegen: vor allen Dingen wollte er für immer im Dorf bleiben, wie er es der Feen-Viatrice gesagt hatte: Schluß mit dem Einsiedlerleben — das war sein ehrgeizigster Plan; das Castello del Piccolo wieder herrichten, was viel Geld schlucken würde, dann einen Wagen kaufen, eventuell gebraucht, und wirklich wie die feinen Leute Urlaub machen, am Strand von Marina, und schließlich die Tochter unter die Haube bringen: das sei der größte Kummer, ein Dorn im Auge, ein schwerer Brocken, eine wirkliche Sorge, sagte der Mericano, wenn er in den einsamen Stunden in der Baracke an die Seinen dächte.

Lucrezia hätte lieber in den Erdboden versinken wollen,

als wieder diese Standpauke zu hören, die sie schon auswendig kannte. Aber der Vater ging noch weiter an jenem Abend: „Ich habe erfahren, daß dieser euer Lehrer Carmelo Bevilacqua ein echter Hurensohn ist; Leute aus seinem Dorf, die in Ludwigshafen arbeiten, haben es mir erzählt. Die Mutter war sehr jung, als sie diesen Sohn bekam, der Vater war ein Tourist aus Irland. Später hat sie sich von einem alten Anwalt aus Reggio aushalten lassen, der dem Bastard das Internat bezahlt hat, und ist schließlich mit einem aus Vibo durchgebrannt. Nach Beendigung seiner Ausbildung hat sich der Sohn dann eine Stelle gesucht, möglichst weit entfernt von seinem Heimatdorf, wo alle so viel Achtung vor ihm haben wie vor einem durchlöcherten Lirastück."

In diesem Moment haßte Lucrezia ihren Vater mit einer Heftigkeit, die einem Angst machen konnte; aus ihren stahlgrauen Augen quollen Tropfen puren Grolls. Der Mericano schien in keiner Weise beeindruckt von den Tränen der Tochter. Er hatte seine Vaterpflicht erfüllt; er hatte über diesen Mann Erkundigungen eingezogen, den er schon vor seiner Abreise für wenig anständig gehalten hatte, und jetzt die Ergebnisse seiner Nachforschungen der Tochter aufgetischt, um ihr zu sagen: „Papas Liebling, ich habe dich gewarnt, sag mir später nicht, daß du es nicht gewußt hast." Zonja Elena hatte Mitleid mit Lucrezia, und zum ersten Mal in ihrem Leben widersprach sie offen ihrem Mann, der ihrer Meinung nach zu sehr dem Geschwätz der Leute glaubte. Und außerdem, selbst wenn die Informationen richtig wären, welche Schuld träfe denn dann den Herrn Lehrer, diesen armen Sohn ohne Familie, diesen jungen Mann, der so gut sei wie das Weizenbrot?

Alle erwarteten eine wütende Reaktion des Mericano, der in der Familie und im Dorf für seinen Jähzorn bekannt war, wenn man ihm auf die Hühneraugen trat. Stattdessen sagte er in versöhnlichem Ton: „Na gut, vielleicht habt ihr ja recht. Streiten wir also nicht. Meinetwegen kann sie heiraten, wen sie will." Und fügte etwas säuerlich hinzu: „Auch den Sohn von Sorrarello, den Ärmsten von Hora."

„Wenn das Schicksal es so will...", beendete Zonja Elena die Angelegenheit mit ihrer fatalistischen Weisheit. Der Mericano deutete ein ironisches Lächeln an und wechselte nur zu gerne das Gesprächsthema, zärtlich über die blauen Lokken der Tochter streichend. Er sprach über die Wiederinstandsetzungsarbeiten am Schloß, die er Meister Cenzo anvertrauen würde, dem einzigen Maurer im Dorf, der ihm ehrlich erschien. „Aber zuerst", sagte er, „muß was in den Bauch. Ein leerer Sack steht nicht aufrecht!"

Die Aufforderung zum Abendessen wurde von allen mit einem Lächeln aufgenommen, sogar Nani Lissandro lächelte. Nur Lucrezia nicht. Sie lächelte an jenem Abend überhaupt nicht, sprach nicht, aß nicht. Ihrem Mund entfuhr nur ein röchelndes Pfeifen, wie man es schon lange nicht mehr gehört hatte.

Es war ein frenetischer Sommer für die Avati gewesen. Der Mericano hatte mit seinem typisch germanesischen Tatendrang sogar das alte Murmeltier von Nani Lissandro angesteckt, der jetzt nicht nur bei abnehmendem Mond wach blieb, sondern auch unter der glühenden Sonne. Einige Tage lang halfen Vater, Sohn und Nani Lissandro Meister Cenzo und seinen Maurergehilfen dabei, das nach zwei Jahren Verwahrlosung erneut verheerend aussehende Schloß von innen und außen zu säubern, es von Unkraut, Gestrüpp, Dorngebüsch, Efeu, Zaunwinden, Heckenrosen und Löwenmäulchen zu befreien. Dann begannen die Maurer, das Gerüst aufzubauen und das Material für die Wiederinstandsetzung heranzutransportieren. Ein Stockwerk zunächst, drei Zimmer, Küche und Bad, hatte der Mericano gesagt, der aus dem Stegreif Bauzeichner geworden war, und hatte dabei auf seinen kleinen Entwurf gezeigt, den er auf eine Heftseite gezeichnet hatte. Innenraumaufteilung, Rohputz und neue Fußböden, an der Außenfassade einen schönen Zierputz aus weißem Zement, um die Risse abzudichten, durch die das Regenwasser eindrang; alles übrige im nächsten Jahr. Nani Lissandro und der Enkel jäteten das Unkraut rund um die Olivenbäume, während der Mericano die Arbeit von Meister Cenzo kontrollierte und nebenbei einen Gemüsegarten anlegte, den er so stark düngte, daß es ausgereicht hätte, eine Wüste fruchtbar werden zu lassen, wie er bemerkte. Die Frauen kamen täglich mit dem Frühstück; *„po po po, ç'ësht i bukur nanì"*, riefen sie schon von weitem, und unter ihren Augen wuchsen und blühten die Pflänzchen — Tomaten, Paprika, Auberginen, Gurken, Zucchini —, während die Wohnung und der umliegende Garten Gestalt annahmen. *„Po po po*, wie er ißt, der Costantino, die Arbeit tut ihm gut, das mit Schweiß verdiente Brot schmeckt süßer." „So lernt er, wie man sich sein Brot verdient", mischte sich der Mericano, unermüdlich und überhaupt nicht verschwitzt, ein, der mit seiner Launenhaftigkeit die Stimmung vorgab — Sonnenschein oder Donnerwetter. Costantino aß mit Appetit, arbeitete mehr als der Großvater und bewunderte diesen Mericano, der sein Vater war, tatendurstig und flink bei der Arbeit und beim Kartenspiel, der sich von niemandem auf die Hühneraugen treten ließ. Er selbst hatte an einem Abend in der Bar gesehen, wie der Vater Patrù, dem Falschspieler, die Karten ins Gesicht geworfen hatte; er hatte ihn Meister Cenzo anbrüllen hören, daß es so nicht gehe, daß er dem Bauplan folgen solle und nicht seinem eigenen Kopf: diese Wand dort solle er wieder abreißen und sie auf seine Kosten noch einmal hochziehen, weil das ein Flickschusterwerk sei. Und der gutmütige Meister Cenzo hatte zugegeben, daß er einen Fehler begangen hatte, und um die Lage zu entspannen, hatte er gesagt: „Na gut, ich mache sie neu, aber nur, wenn du uns vorher ein kühles Bier spendierst."

Der Mericano hatte ein Zeichen mit dem Kopf gegeben, und der Sohn war förmlich ins Dorf geflogen, um das Bier zu kaufen, wie er es jeden Tag tat. Es gefiel ihm, von den Freunden in Arbeitskleidung gesehen zu werden, und er tobte seine Freude darüber aus, indem er den drei Kilometer langen, staubigen Weg in einem Wahnsinnstempo rannte, betäubt vom Chor der Zikaden und von der stickigen Hitze des frühen Nachmittags.

Als dann der Vater auf dem Dorfplatz eintraf, mit einem gebrauchten Auto, das er in Crotone gekauft hatte, wußte Costantino nicht, wie er seine unermeßliche Freude bremsen sollte; fremde Leute scharten sich um den schönen, khakifarbenen Fiat 124, und er stand erstarrt da, so als ob er eine außergewöhnliche Anstrengung vollbrächte, mit bis zum Zerreißen angespannten Beinmuskeln. Glücklicherweise ließ ihn der Vater in den Wagen steigen, und mit höchster Konzentration und Befriedigung steuerte er den Wagen bis zum Palacco. Es genügten zwei Hupzeichen. Die Nachbarn und Verwandten eilten herbei und sagten im Chor: *„Vrè, ç'ësht e bukur"*, und warfen Zuckermandeln, Bonbons, Reis und Geldmünzen zur Fahrerseite hinein, als Zeichen ihrer Glückwünsche. Den ganzen Sommer über fuhren sie jeden Sonntag ans Meer, die Serpentinenstraße hinab, die so voller Schlaglöcher war, daß sich Zonja Elena übergeben mußte. Bei der Ankunft war die arme Frau meist mehr tot als lebendig. Aber das Meerwasser, in das sie die Füße tauchte, ließ sie sofort aufleben. Costantino war der einzige, der schwimmen konnte: er hatte es im Wald des Canale gelernt, in einem steinernen Becken, das jahrelang das Schwimmbad für die Kinder aus Hora gewesen war. Aber sobald er sich etwas vom Ufer entfernte, mußte er einen Chor von: „Sei bloß vorsichtig, geh nicht zu weit hinein, sonst ersäufst du, und dann setzt es obendrein noch was“, über sich ergehen lassen. Wenn er diesen unfreiwilligen Kalauer hörte, lachte Costantino, sprang flink zwischen den Füßen seiner Angehörigen umher und spritzte Lucrezia, die Angst vor dem Meer hatte, Wasser ins Gesicht. Sie war schön, seine Schwester, ihr fester, schlanker Körper im Bikini, die mit salzigen Tröpfchen beperlte Haut: wie eine Schauspielerin aus der Werbung. Die Mutter dagegen versteckte unter einer ärmellosen Kittelschürze aus Nylon die üppigen Fleischmassen einer früh gealterten Dörflerin. Es gelang ihnen, auch Nani Lissandro ans Meer mitzuschleppen, und es war rührend, ihn in der Badehose unter dem Sonnenschirm zu sehen, mit seinen Beinen, die krumm und dünn wie Eisendraht waren, und dem Körper, weißer als Milch.

Am Abend kehrten sie nach Hause zurück, alle auf den Schultern und der Nase von der Sonne verbrannt, außer Costantino, der von Natur aus dunkelhäutig war und immer schwärzer wurde. Es war der letzte Sommer, in dem Costantino *marsin* um das Handgelenk gebunden trug, ein Armband aus bunten Baumwollfäden, das er wie jedes Jahr am ersten März geflochten hatte, damit die Sonne ihn nicht schwarz brennen möge. Aber es hatte überhaupt nichts genützt. Nach dem Abendessen spielte Costantino auf irgendeinem Treppenabsatz oder auf den Stufen einer Freitreppe Karten mit seinen Altersgenossen, und später am Abend versteckte er sich mit Mario und Vittorio, seinen engsten Freunden, hinter dem Kurrituri, wohin sich die Frauen aus den ärmsten Familien begaben, um ihre Notdurft zu verrichten, alle in einer Reihe, die Röcke bis zu den Oberschenkeln hochgezogen. Und während diese sich unterhielten, schauten die Jungen atemlos zu ihnen hinüber, schielten nach den vom Mondschein angestrahlten Knien, und wenn rauschend ein Strahl niederging, gelang es ihnen manchmal, ein Büschel aus dunklem Moos zu erkennen, das sich öffnete wie ein Seeigel. Manchmal genügte das Zischen einer Fledermaus oder das Knacken, wenn einer von ihnen auf einen dürren Ast trat, um sie blitzschnell, mit klopfenden Herzen und aufgeknöpften Hosen, abhauen zu lassen. Sie hasteten den lehmigen Abhang hinunter und irrten eine Weile blind umher, bis einer von ihnen endlich den Fußweg zwischen den Gemüsegärten entdeckte, der zum Dorfplatz führte, in Sicherheit.

Am nächsten Tag beim Castello del Piccolo.

Die Arbeiten kamen langsam voran wegen der ständigen Unterbrechungen von Meister Cenzo, der noch viele andere Germanesen als Kunden hatte. Bis zum Außenputz war es schon Herbst geworden. Die Maurer rührten den Mörtel in einer Mischung aus weißem Zement, grobem Sand und viel Wasser an und klatschten ihn dann kraftvoll auf die Mauern des Schlosses. „Dieser Putz muß ewig halten", hatte der Mericano bemerkt, nur um etwas zu sagen. Die Maurer, von Kopf bis Fuß mit Mörtel bespritzt, hatten bei diesen Worten gelacht, und Meister Cenzo, der nur mit Mühe den mit Zement verklebten Mund aufbekam, hatte versucht, ihm zu widersprechen: „Ewig! Wenn selbst wir nicht eine Ewigkeit halten, wie dann ein Putz." Und scherzend hatte er hinzugefügt: „Und wenn es so wäre, wo sollten wir dann in hundert Jahren noch arbeiten?" Der Meister hatte die Bedeutung des Satzes, den der Mericano aus tiefstem Herzen gesprochen hatte, nicht verstanden. Um ihn verstehen zu können, hätte er ihn beobachten müssen, so wie Costantino es tat, genauer gesagt, sein Gesicht am Ende der Arbeit, als er vom Kriqi aus ein weißes Stückchen des kleinsten Schlosses der Welt sah, das im Widerschein des Lichtes leuchtete.

Die kleinen Damen und der gelangweilte kleine Soldat

Nach den Weihnachtsferien platzte der Herr Lehrer Carmelo Bevilacqua in das Haus Avati, wobei es selbst dem redseligen Mericano die Sprache verschlug, der schon mehrmals das Schloß gegen ein durchlöchertes Lirastück gewettet hatte, daß dieser Hurensohn keinen Fuß mehr über ihre Schwelle setzen würde, zumindest nicht, solange er selber im Dorf sei, und demnach also nie, da er ja nicht mehr nach Deutschland zurückfahren wolle. Niemand, auch nicht Lucrezia, hatte es gewagt, auf die Herausforderung dieser Wette einzugehen; sie war sich gewiß, nicht nur eine, sondern tausend moralische Ohrfeigen vom rachsüchtigen Mericano zu bekommen. Doch da stand nun der Lehrer in der Tür, mit zwei Sträußen roter Rosen für Lucrezia und Zonja Elena und einem illustrierten Geschichtsbuch für Costantino. Die Verlegenheit in der kleinen Küche konnte man förmlich in Scheiben schneiden: niemand bewegte sich oder sagte etwas. Lucrezia hatte das Gefühl, in Ohnmacht zu fallen, kämpfte aber tapfer dagegen an und stützte sich auf die Schulter des Bruders, der gelassen das leblose Gewicht der Schwester aushielt. Der Großvater war es, der den Kreis des Schweigens durchbrach, indem er wie in alten Zeiten einen Seitenhieb auf den Mericano losließ: „Glück hast du gehabt, wirklich Glück. Hätten wir mehr Mut und Vertrauen gehabt, wärst du zu dieser Stunde arm und verrückt, und dein Schloß wärst du los, nur wegen einer verlorenen Wette."

Alle bemühten sich zu lächeln, auch der Herr Lehrer, der die treffende Bemerkung des Alten nicht verstanden hatte, der aber den unverhofften Augenblick allgemeiner Entspannung ausnutzte, um seine Geschenke zu überreichen. Dann näherte er sich dem Mericano, und mit bebender Stimme, unvorstellbar bei einem Typ wie ihm, sagte er: „Ich möchte um die Hand Eurer Tochter anhalten." Während er diese Worte sprach, nahm er seine neue Mütze ab, die rote, von Lucrezia gestrickte, und entblößte dabei zum ersten Mal in all den Jahren sein kahles Haupt in der Öffentlichkeit. Zunächst waren alle betroffen durch diesen ungewohnten Anblick, fast noch mehr als durch seine Worte. Alle, außer Lucrezia, die die Rosen ans Herz drückte und sie fast erstickte in der aufgeregten Erwartung der Antwort des Vaters. „Setzt die Mütze wieder auf", sagte der Mericano, in der Absicht, der Situation die Peinlichkeit zu nehmen. Dann kam er zur Sache: „Wenn Lucrezia will, warum nicht?" Aller Augen richteten sich auf Lucrezia, und alle bemerkten die Flut roter Blütenblätter, die aus dem Feuer ihres Herzes hinabwogte und die der alte, fast blinde Baialardo beschnüffelte, weil er sie mit Fleischstückchen verwechselte. „Ich sehe, daß sie will, also will auch ich", fügte der Mericano in einem feierlichen und etwas gekünstelten Ton hinzu, so wie jemand, der sich schon lange vorbereitet hat, eine bestimmte Antwort zu geben, und der den Gesichtsausdruck und den Klang der Stimme dafür einstudiert hat.

Seit jenem Abend hatte Zonja Elena einen zusätzlichen Sohn zum Bemuttern ins Haus bekommen und der Mericano ein weiteres Maul zu stopfen. Der Herr Lehrer begab sich nur nach Hause, um zu schlafen und um einheimische und exotische Vögel auszustopfen, die er in kleinen Pappkäfigen gebracht bekam. Lucrezia schüttelte in wenigen Tagen ihren ganzen Kummer und die Unsicherheit ab, die sie in sich getragen hatte, seit sie sich in Carmelo verliebt hatte. Im Herbst würden sie Verlobung feiern, weil Carmelo genügend Zeit haben wollte, um ein Fest nach altem Brauch vorzubereiten, mit einem prächtigen Reigen, so nannte er die *vallja*, und festlichen *cohe*, daß selbst die Vorfahren in den

Gräbern jubeln würden. Niemand hatte versucht, ihm zu widersprechen, auch nicht der Mericano, da die Bindung nunmehr offiziell war, und das reichte nach Lucrezias Meinung aus, um die Klatschtanten, die hinter ihrem Rücken gespottet hatten, vor Neid platzen zu lassen. Das junge Mädchen fühlte sich in Frieden mit allen Heiligen und allen Feen der Welt, im Zustand einer außergewöhnlich guten körperlichen und seelischen Verfassung, die sich äußerte in den ausgeprägten, prallen Formen ihres Körpers und in den leuchtenden Funken in der Tiefe ihrer Augen, die unaufhörlich grün schimmerten. Jede freie Minute am Nachmittag oder am Abend verbrachte sie mit Carmelo, außer wenn ihr Präparator-Prinz damit beschäftigt war, einen Königs- oder einen Aasgeier unsterblich zu machen, den ein Freund von ihm in den Pinienwäldern des Pollino-Berges getötet hatte.

Der Mericano hatte den Fortschrittlichen spielen wollen. Er, der das Leben kenne, sagte er, wisse, daß eine Frau immer ihrer Veranlagung nachgehe, auch wenn man sie in Ketten lege. Und da er der Tochter blind vertraute, sah er nicht ein, weshalb er in den Augen des Lehrers, einem Mann von Bildung, als rückschrittlicher und eifersüchtiger Arbëreshër dastehen sollte. Also verzichtete er darauf, die Tochter zu kontrollieren, und ließ sie auch nicht durch seine Frau beaufsichtigen. Als minimale Vorsichtsmaßnahme (aber nur, um nicht die Kritik der Verwandten herauszufordern, wie er bemerkte), hatte er Costantino gebeten, die Verlobten beim Verlassen des Familienbereichs zu begleiten. „Du bist der Bruder, Costantì; die Ehre deiner Schwester ist auch die deine."

So verbrachte Costantino einen der langweiligsten Abschnitte seines Lebens. Sonntags mußte er früh aufstehen und sich seine neuen Sachen anziehen, um die Verlobten in die Kirche zu begleiten. Und er mußte an ihrer Seite bleiben wie ein kleiner Soldat, so hatte es ihm der Vater eingeschärft. Bei diesem neuen Kasernenleben bot sich als einzige wirkliche Gelegenheit des Vergnügens der Morgen in der Schule. Nicht nur die wunderbaren Geographiestunden, sondern sogar der langweilige Lateinunterricht waren ein Vergnügen im Verhältnis zu den langen und erschöpfenden Spaziergängen nach Trelisset mit den beiden, die sich in die Augen schauten, mit den Nasen fochten und sich Liebesbezeugungen zuflüsterten, die Costantino blöd und kindisch vorkamen: „*Të dua mir*, ich hab dich lieb, *lule e vogël*, kleine Blume, *zëmëra jime*, mein Herz."

Manchmal gaben die Verlobten nur vor, nach Trelisset gehen zu wollen, bogen dann allerdings in eine der engen Gassen des Palacco ein und gingen in die Wohnung des Lehrers. Dort verschwanden sie im Schlafzimmer und ließen den kleinen Soldaten in der großen Wohndiele stehen, unter einem Vorwand, der nicht einmal ein Kind überzeugt hätte: „Deine Schwester hat starke Kopfschmerzen; sie will sich zehn Minuten ausruhen. In der Zwischenzeit werde ich die Zeitung lesen. Indessen schau du dir die Vögel an."

Das riesige Zimmer wirkte wie ein Stück toter Himmel, mit den vielen Vögeln aller Arten, die von den Wilddieben während der Vogelwanderung auf dem Pollino und an der Mündung des Neto gefangen worden waren und die wie im Augenblick des Abflugs verzaubert aussahen. Hätte er einen Zauberstab besessen, hätte Costantino sie aus ihrer Erstarrung befreit und sie in den Himmel von Hora fliegen lassen: Geier, Spechte, Kraniche, Reiher, Möwen, Sumpfvögel, Rebhühner, Strandläufer, ein Schwarm bunter Vögel, an den sich der Adler mit zwei Köpfen anschließen würde, um sie dann weit fort zu führen. Weit, weit fort. Wenn er zu dieser Schlußfolgerung gelangte, öffnete sich meistens die Schlafzimmertür, und die Verlobten traten mit dampfenden Haaren hinaus, die Wangen glühend und die Augen besessen. Dem Herrn Lehrer reichte ein Augenblick, um sich wieder herzurichten: zwei Striche mit der Bürste über das spärliche Haar und die Mütze auf. Lucrezia dagegen verbrachte eine Stunde vor dem großen rechteckigen Spiegel, der sich neben der Eingangstür befand, bevor sie das Haus verließ: sie kämmte sich ausgiebig die rebellischen Locken, puderte sich die blutroten Wangen und trug auf die bereits roten Lippen noch Lippenstift auf, den sie benutzte, seit sie sich verlobt hatte.

Der rote Lippenstift und die anderen Allüren einer kleinen Dame gefielen Zonja Elena nicht: die Tochter stand morgens spät auf, kleidete sich wie eine Theaterschauspielerin, trug enge, kurze Röcke, und wenn sie sich nicht kopfüber in Handarbeiten stürzte oder mit dem Verlobten ausging, las sie Zeitschriften wie *Grand Hotel* oder anstößige Fotoromane, in denen sich die Paare auf den Mund küßten. Einzige positive Neuheit: sie pfiff nicht mehr wie eine *burraçë*. Wenn die Mutter versuchte, sie zu tadeln, oder ihr drohte, alles dem Vater zu erzählen (etwas, was sie nie getan hätte, aus Angst vor einer heftigen Reaktion des Mericano), widersprach Lucrezia frech wie ein Spatz, daß sie ihr nicht den Nerv töten sollte, weil sie niemand Rechenschaft schuldig sei, nur nach Carmelo müsse sie sich von jetzt ab und in Zukunft richten, nach ihrem Ver-lob-ten!

Alle waren sie zur Bahnstation nach Marina gefahren, um ihre Ankunft zu erwarten. Alle zum Ersticken eingezwängt in dem khakifarbenen 124er: der Mericano, seine Frau, Costantino und Lucrezia, der Nani, Baialardo; alle guter Laune, weil der Hund auf die Knie von Costantino gepinkelt hatte, vielleicht durch die Aufregung, im Wagen zu fahren. Orlandina war mit einem Koffer und drei Paketen bepackt aus dem Zug ausgestiegen. Sie trug einen sehr weiten Trainingsanzug, der, statt den dicken Bauch zu verstecken, ihn in seiner ganzen Rundung hervorhob. Sie wirkte wie mit dem Zirkel gezeichnet, die im sechsten Monat schwangere Orlandina: rund das Gesicht, rund die Brüste, rund der Bauch, rund der Hintern. Sie sei gar nicht müde, sagte sie, auch wenn sie achtzehn Stunden gereist sei, nur ihre Füße seien dick geschwollen, aufgeblasen wie zwei Fußbälle. Sie könne es kaum erwarten, die Turnschuhe auszuziehen und barfuß zu laufen, auf den kühlen Fliesen des Hauses, wie sie es als Kind getan hatte. Zonja Elena überließ ihr den Beifahrersitz, den bequemsten von allen, und drängte sich mutig zu den anderen auf den Rücksitz des Wagens. *„Te Hora, jam te Hora“*, wiederholte Orlandina, trunken von der lauen Luft und den Kurven. Es erschien ihr unwirklich, nach drei Jahren wieder in Hora zu sein. Drei Jahre? Ein Jahrhundert lang war sie fort gewesen. Vielleicht war der einzige, der sie verstehen konnte, der Mericano, aber der war völlig davon in Anspruch genommen, vorsichtig zu fahren. Er hörte der Tochter nicht zu, hörte nicht einmal die Lobesworte, die aus dem engsitzenden Haufen auf dem Rücksitz sprudelten. Die Luft im Trentino täte ihr gut, sie sprühe Gesundheit aus allen Poren, der dicke Bauch stehe ihr gut, mit diesem Bauch sei sie eine wirkliche Dame geworden. Orlandina dankte mit einem abwesenden Lächeln und wiederholte: *„Jam te Hora.“*

Der Erste, der die vollkommene Ähnlichkeit zwischen Orlandina und Zonja Elena hervorhob, war der alte Lissandro. „Jetzt seht ihr wie Zwillinge aus, ihr könnt euch die Hand geben“, sagte er. Er hatte recht: Orlandina, mit dem Bauch und den runden Brüsten, hatte dieselbe Figur wie die Mutter und auch dasselbe volle Gesicht, mit wenigen, sehr feinen Falten, dieselben damenhaft toupierten Haare. Aber Nani Lissandro bezog sich nicht nur auf die äußere Erscheinung. Seiner Meinung nach waren Mutter und Tochter Zwillinge in ihrer besonderen Art und Weise, langsam und erhaben zu gehen, eben nach Art einer Zonja, und vor allem in der Art, sich zu unterhalten, mit einem schönen Lächeln auf den Lippen, das dann die Einleitung zu zuckersüßen und gefälligen Antworten war, die sich manchmal etwas vom Gesprächsthema entfernten.

Orlandina machte die Runde durch die Verwandtschaft, begleitet vom kleinen Soldatenbruder. Allen erzählte sie, daß sie bis zum Verlobungsfest der Schwester im Dorf bleiben würde, deshalb sei sie in Hora. Aber auch, um einen Granatapfel zu kosten, das in Essig eingelegte Gemüse der Mutter, die in Öl eingelegten Oliven und Paprika, die gesalzenen Sardinen; anderenfalls würde ihr Kind mit tausend Gelüsten geboren werden. Sie lachte. Sie lachte mit Genuß, und mit Genuß aß sie die Köstlichkeiten, die sie der Verwandtschaft aufzählte. Und ihr Mann? *„Mir, mir“*, erwiderte Orlandina knapp, aber dafür zeigte sie die roten Äpfel, die sie aus dem Trentino mitgebracht hatte, vier für jede Familie der Verwandtschaft, märchenhafte Äpfel, schön, schmackhaft, glänzend. Ja, aber ihr Mann? beharrten die Verwandten. Ach so, ihr Mann. Sie könne sich nicht beklagen. Weil Narciso im Grunde genommen gut sei wie das Weizenbrot. Und er vertraue ihr, wie sie (meine verehrte Frau nenne er sie) den Haushalt führe. Eigentlich seien die Männer von dort wie die *burra* von Hora: sie arbeiteten auf dem Land, abends gingen sie Karten spielen und ein Glas zusammen trinken. Auch sie arbeiteten hart. Nur daß dort die Arbeit was einbringe. Narciso habe Apfelbäume auf seinen Wiesen gepflanzt, und er pflege sie wie Kinder. Auch jetzt sei er dort und spritze ihnen Gift gegen die Würmer oder wer weiß was. Deshalb habe er nicht nach Hora kommen können. Wegen der Apfelbäume. Gut, man lebe nicht wie die Könige, aber an Geld fehle es nicht. Sie würde ihrem Mann nur bei der Apfelernte helfen und ansonsten das Leben einer Dame führen. Ein Paradies wäre es dort, mit den Wiesen und den blühenden Apfelbäumen im Frühling, den weißen Bergspitzen über dem Kopf; ein Paradies, wenn es nicht so weit von Hora entfernt wäre. Wenn es nicht so anders als Hora wäre. Anders insofern als... Außerdem fehle ihr die Sicht zum Meer, der Horizont zwischen Himmel und Meer. Weil die Berge einen am Ende erstickten.

Der Reigen

Als Lucrezia am Abend des Verlobungsfestes die Treppen hinunterstieg, in ihrer prunkvollen Tracht, die der Verlobte in Garrafa hatte nähen lassen, staunten die Gäste mit offenem Mund, alle Nasen auf sie gerichtet. *„Ç'je e bukura, bijë!"* flüsterte Zonja Elena voller Stolz, mit der Luft, die ihr noch im Halse geblieben war. Lucrezia strahlte wie eine Prinzessin, eingezwängt in ein Mieder aus indigoblauer Atlasseide, unter dem man die Brüste wie festfleischige Quitten beben sah. Sie bewegte sich langsam und ließ dabei die *coha* wallen, einen leuchtend bunten Rock aus damastener korallenroter Atlasseide, der mit einer betreßten Borte abschloß. Den Kopf hielt sie aufrecht und unbeweglich, eher wie eine Statue als eine Prinzessin, so als ob sie Angst hätte, den wallenden Fluß ihrer gewellten Haare über die Ufer treten zu lassen, der nur mühsam von der *keza*, einer goldbestickten Kopfbedeckung, die mit einer langen Silbernadel befestigt war, gebändigt wurde. Die Gäste warfen ihr Zukkermandeln und Geldmünzen zu, überbrachten ihr Glückwünsche, *urime urime*, und küßten sie zart, um nichts zu zerdrücken.

Schlag zwanzig Uhr erschien der Herr Lehrer auf der Türschwelle. Alle betrachteten ihn verwundert. Dann erfolgte ein schallendes Gelächter, gedämpft durch die vor den Mund gehaltenen Hände. Auch Costantino und Orlandina erlaubten sich zu lachen, während der Rest der Familie nicht wußte, wohin sie ihre Blicke richten sollten. Der Herr Lehrer, keineswegs verlegen, überreichte Lucrezia einen Strauß Orchideen, machte ein paar Schritte rückwärts, bis er die Eingangstür berührte, und blendete die Menge mit dem starken Blitzlicht seines Fotoapparates. Dieses grelle Licht ließ die Gäste verstummen, die den Verlobten in seiner ungewöhnlichen Bekleidung verwundert betrachteten: knielange Hosen aus schwarzem Flanell, ein weißes Leinenhemd mit Rundkragen, ein Jäckchen, ebenfalls schwarz, das bis zum breiten, handverzierten Ledergürtel reichte. Aber das, was sie zum Lachen gebracht hatte, waren der kegelförmige Hut, steif und schwarz, und die Schuhe aus Ziegenleder mit einer komischen, nach oben gebogenen Spitze. Dies war die alte Tracht der Arbëreshër, und niemand wußte, wo und wie dieser Teufel von einem Lehrer sie sich beschafft hatte. Ohne sich darum zu kümmern, daß er selbst bereits die Überraschung des Abends war, sagte er in einem Ton, als wollte er eine Vorstellung ankündigen: „Meine Damen und Herren, und nun für Sie die Überraschung des Abends, der Mann, der uns mit seiner melodiösen Musik erfreuen wird, rein arbëresh, ich betone: rein! Mein zukünftiger Schwiegergroßvater betrachte es als ein Geschenk zu seinen Ehren." Alle applaudierten neugierig, und siehe da, auf der Schwelle erschien Luca Rodotà, der Rhapsode aus Corone, mit der *lahuta* in den Händen. Costantino betrachtete ihn erschrokken. Er war ein noch magererer Vogel geworden, mit einer Hakennase, hervorstehenden Schulterblättern, einem Rauschebart wie der eines orthodoxen Priesters und langen, zerzausten Haaren wie Federn; sein kleiner Kopf wackelte leicht, aber ununterbrochen. Der Blick jedoch war derselbe geblieben: klar und azurblau wie der Himmel nach dem Regen. „Daß ihr lange Tage und Jahre haben mögt, Herr Bräutigam, zusammen mit der königlichen Braut", sagte er auf *litisht*, aus Achtung vor dem Lehrer, mit derselben baritonalen Stimme wie immer. *„Mirë së erdhe"*, hießen ihn alle im Chor herzlich willkommen, während der alte Lissandro ihm bewegt entgegenging. In der allgemeinen Stille hielten sie sich umarmt, den Blick entrückt auf den Fußboden gerichtet, bis das Blitzlicht des Lehrers sie in die Wirklichkeit zurückbrachte. Wie ein echter Meister verzog sich der Rhapsode in eine Ecke des Zimmers und stimmte an: *„Më dërgon ti ajrin! / Qetu, trim, se t'e dërgoj."* An dieser Stelle, wie von der Regie vorgeschrieben, traten neun Mädchen ein, bekleidet mit den *cohe* der Großmütter, um die Bitte des Herrn Lehrer zu erfüllen, der ein Verlobungsfest nach alter Sitte wollte.

„Schaut, was übrig geblieben ist von den vornehmen und schönen *cohe*; alle anderen vermodern auf dem Gottesakker", kommentierte der Lehrer. „Aber Schluß mit der Traurigkeit, jetzt steht der Reigen auf dem Programm."

Angeführt von den Brautleuten, begannen die Mädchen einen rhythmischen, endlosen Tanz, immer im Kreis herum. Nach der ersten Vorführung schlossen sich der *vallja* auch alle anderen Gäste an, und als der Kreis so groß wurde, daß ihn das Zimmer nicht mehr aufnehmen konnte, bildeten sich zwei konzentrische Kreise. Die Jungen tanzten den Reigen mit einem spöttischen Lächeln auf den Lippen, und da sie nichts Besseres zu drücken hatten, drückten sie die verschwitzten und kalten Hände ihrer Mädchen. Der einzige, der nicht schwitzte, war der alte Rhapsode, der schon seit drei Stunden ohne Pause sang und spielte. Aber was sollte aus seiner ausgemergelten Haut schon austreten? Allerdings erstaunte alle der Schwung und die jugendliche Kraft dieses Alten, der, um mit seinem Maulesel nach Hora zu gelangen, die gesamte Kleine Sila und die Küstenebene hatte durchqueren und schließlich entlang dem Kapedirti i Dramësit hatte hochsteigen müssen. Es sei ein Geschenk, sagte der Rhapsode, für seinen *vëlla gjaku*, seinen Blutsbruder und alten Freund. Dann wandte er sich an die Brautleute und verkündete, er habe den letzten Gesang für sie aufgehoben, den Gesang vom schönen Tod: „Der Tod ist schön, wenn man im Schlaf stirbt, wie es in diesem Gesang heißt, weil es dann kein Tod ist, sondern ein Traum. Seid nicht böse, ich trage diesen Gesang immer zum Schluß vor. Er ist zwar traurig, aber er ist ein gutes Omen, genauso, wie wenn man träumt, daß man stirbt."

Der Gesang wurde ab und zu vom Klang der *lahuta* begleitet und war eher rätselhaft als traurig. Er handelte von einem Mädchen, das eine Flachspflanze am Fenster stehen hatte. „Oh, wie ich sie pflegte und goß", sang das Mädchen durch die Stimme des Rhapsoden. „Bis ich sie großgezogen hatte wie einen Baum. Und dann gab ich sie Rosa, meiner Kameradin. Rosa sagte, daß sie sie nicht haben wollte. Und dann kam sie mit mir, langsam, ganz langsam, jene Straße entlang. Das erfuhr der Jüngling und verkleidete sich als alter Mann; und langsam, ganz langsam, begleitete uns der Alte, bis wir dann zu jenem Kloster kamen, und dort begegneten wir Hurandina. Hurandina ist meine Schwester, sagte der Alte. Ich will jede beliebige zur Braut nehmen, ich will die Rothaarige nehmen. Ich war sehr erschrocken: wer weiß, ob mir nicht das Herz verbrennt, wer weiß, ob ich nicht zergehe wie ein Granatapfel. Ich will jede beliebige zur Braut nehmen, ich will die Blasse nehmen. Ich war sehr erschrokken: wer weiß, ob mein Gesicht blaß wird, wer weiß, ob ich nicht dahinschmelze wie der Schnee. Zu dir kam der Alte im Schlaf, und im Schlaf traf er dich mit der Spange deiner Zöpfe, die umwickelt waren mit einem Flachsfaden."

Keiner der Anwesenden hatte den Sinn dieses wirren Gesangs verstanden. Wer war die Rothaarige? Wer war die Blasse? Wen hatte der Alte im Schlaf getroffen? Viele wirkten jedoch verstört, und auch nach der letzten Note herrschte noch Todesstille im Zimmer. Zum Glück war der Herr Lehrer zur Stelle, und um jenen Schein von Traurigkeit zu durchbrechen, der alle umfing, rief er den Jungen zu, daß sie jetzt ihre *gheghegè* tanzen sollten. Als Antwort folgte ein entfesselter Twist, der die Traurigkeit auf andere Zeiten verschob und den in der Waschküche eingeschlossenen Baialardo verrückt machte, ebenso wie die anderen streunenden Hunde in den Gassen. Dann folgten bis spät in die Nacht hinein nur langsame Tänze, bis die engsten Verwandten ihre Töchter aus dem Zimmer schleppten.

Zonja Elena bot dem Rhapsoden einen Imbiß und ein Bett an, aber dieser nahm nur ein Stückchen Käse mit Brot und lehnte das Bett ab. „Ich werde mich mit meinem Maulesel auf den Weg machen", sagte er, „gegen Morgengrauen werde ich in Corone sein."

Er kaute langsam, der Rhapsode, und kauend erzählte er Geschichten aus der Vergangenheit, Worte gebrauchend, die die anderen nicht immer verstanden. Bevor er ging, ließ er Nani Lissandro erröten, weil er von der Zeit sprach, als sie beide noch Milchbärte waren, die sich beim Ringkampf am Strand von Marina vergnügten. „Lissandro hat immer gewonnen, aber im Spinnen war ich der Stärkere, stimmt's, Lissandro? Ich spann in meiner Phantasie die Reise zur anderen Seite des Meeres, alle Arbëreshër gemeinsam, weil der Türke inzwischen abgezogen war und es Freiheit gab und Boden zum Bestellen. Oder aber zumindest er und ich, auf einem Segelboot, um das Leben dort nach über vier Jahrhunderten wieder neu zu beginnen. War ich verrückt damals? Ja, ein wenig verrückt bin ich wohl noch heute."

Costantino fielen die Augen wie von selbst zu, aber vor dem Einschlafen hörte er noch den Nani, der über den Rhapsoden ungefähr folgendes sagte: „Wir werden ihn nicht mehr wiedersehen. Er spricht über die Vergangenheit mit der Sehnsucht der lebendigen Toten."

Aber in seiner Stimme lag keine Traurigkeit.

Die Skanderbeg-Büste

Im Januar fuhr der Mericano nach Ludwigshafen zurück und gab vor allen zwei feierliche Versprechen ab: einen Arbeitsplatz für die Feen-Viatrice zu finden und dann endgültig zurückzukehren; ja, er wiederholte: endgültig, rechtzeitig zur Hochzeit der Tochter. Dieses letzte Jahr noch brachte er als Opfer, um die Wohnung im Schloß fertigzustellen, in der das Brautpaar, falls es wollte, wie König und Königin wohnen könnte. Ein paar Ersparnisse, um Costantino beim Studium zu unterstützen, hatte er zurückgelegt, und danach würden der Weinberg und die Olivenbäume ausreichen, um ordentlich zu leben. Costantino hielt die Tränen zurück, weil der Großvater, der bemerkt hatte, daß seine Augen kurz vorm Überfließen waren, ihm noch einmal gesagt hatte, daß *një burr ngë qan*; aber er fühlte tausende Kummerbläschen bis in den Hals aufsteigen. Die Mutter und die Schwester dagegen schluchzten lange und trösteten sich auf dem Weg nach Hause gegenseitig.

Der Lehrer war nicht dabei. Seit einiger Zeit war er damit beschäftigt, die Einweihung der Skanderbeg-Büste zu organisieren, die er mehr als jeder andere gewollt hatte. Er hatte alle Gemeinderäte, einschließlich denen der Opposition, mittels einer einfachen, aber wirksamen Rede überzeugt: ein Arbëreshërdorf ohne ein Denkmal für Skanderbeg sei kein Arbëreshërdorf. Dann hatte er an die albanische Botschaft in Rom geschrieben, und sechs Monate später war aus Albanien eine schwere Holzkiste eingetroffen. Die Büste war die Bronzekopie eines Werks des berühmten albanischen Bildhauers Odhise Paskali aus dem Nationalmuseum von Tirana. Sie wurde auf einem Sockel aus Granit befestigt und bis zur Einweihung mit einer grünen Plane bedeckt.

Der Lehrer war vollauf beschäftigt, denn hatte er sie nicht gewollt, die Büste? Jetzt mußte er seinem Freund, dem Bürgermeister, helfen, das Einweihungsfest erfolgreich zu gestalten. Ihm oblag es, die Plakate vorzubereiten, eine Rede über das Leben dieses Skanderbeg zu halten und somit alle Bücher zu diesem Thema zu lesen. Oh, was hatte er alles zu tun, der Lehrer; er hatte nicht einen einzigen Augenblick Zeit, um seine Vögel auszustopfen, um alleine mit seiner Lucrezia zusammen zu sein oder um die Arbeiten seiner Schüler zu korrigieren. Manchmal las er sogar beim Essen. Mit der Verlobten wechselte er höchstens zwei Sätze und zwei Begrüßungsküßchen. Dann eilte er nach Hause, um zu lesen und um sich Notizen zu machen. Wenn ein Familienangehöriger es wagte, das ungewohnte Benehmen des Lehrers zu kritisieren oder darüber zu spotten, wurde Lucrezia aggressiv und böse: sie verteidigte ihren Verlobten mit gezogenem Schwert; daß er wisse, was er tue, daß er ein Lehrer sei und eben nicht so ungebildet wie der Nani, fluchte sie eines abends und fing sich dafür eine Ohrfeige von ihrem Bruder ein. Es folgte eine wilde Balgerei, mit Haareziehen und gegenseitigen Tiefschlägen, Tritten ans Schienbein und Anspuckerei ihrerseits, knallenden Backpfeifen und „wage es nicht noch einmal" seinerseits. Und alles unter den flehentlichen *„nanì basta"* der Mutter und dem vergnügten Gelächter von Nani Lissandro.

Das Einweihungsfest wurde von allen wie eine Befreiung aufgenommen. Der Bürgermeister entfernte die Plane von der Büste, und Skanderbeg, düster und kühn, brachte die Zuschauer unter seinem starren, vorwurfsvollen Blick zum frösteln. Von einer kleinen Bühne, die mit Feldblumen und flatternden Plakaten (auf denen deutlich zu lesen war: Festrede von Prof. Carmelo Bevilacqua) geschmückt war, ertönte die gellende Stimme des Lehrers, der der Bevölkerung von Hora von ganzem Herzen dankte, den anwesenden Behördenvertretern und vor allem dem Ersten Sekretär der albanischen Botschaft in Italien. Dann verlas er seinen „Abriß über das Leben von Skanderbeg". Costantino hat davon eine Kopie aufbewahrt. Sie ist eine des Herrn Lehrer würdige Lobrede: dokumentarisch belegt, sentimental, rhetorisch. Beginnend mit der Nacht im Jahre 1404, in der die Mutter Skanderbeg gebar, nachdem ihr eine riesige Schlange erschienen war, die von Albanien ins Land der Türken unterwegs war, beschrieb der Lehrer die Gestalt eines Helden, eines noch heldenhafteren als der, der in den Rhapsodien besungen wurde. So erfuhr man in Hora, daß Skanderbeg der Beiname von Georg Kastrioti war und auf Türkisch „Alexander der Herrscher" bedeutete. Er war am Hofe des türkischen Sultans Murat des II. als Geisel aufgewachsen, gemeinsam mit seinen drei Brüdern, nachdem der Vater, Johannes, Prinz von Kruja, in der Schlacht besiegt worden war. Die Zuschauer stellten sich auf Geheiß des Lehrers das Leid dieser Familie vor, die durch niederträchtigste Erpressung auseinandergerissen worden war. Aber sofort danach jubelten sie, weil indessen Skanderbeg unter seinen Kameraden in der Kriegskunst der Fähigste und im Alter von zwanzig Jahren zum Kommandanten eines Heeres von fünftausend Soldaten ernannt worden war, mit dem er die Aufständischen in vielen Gebieten Asiens besiegt hatte. Skanderbeg war nach Meinung des Lehrers einfach zum Siegen geboren, und darüberhinaus war er auch wunderschön, mit zwei lustigen und ehrlichen Augen. Ein großer Eroberer, nicht nur von Gebieten, sondern auch von Frauenherzen.

Eines Tages fiel ein wildgewordener Elefant die wunderschöne Prinzessin Frosina an, eine Odaliske aus dem Harem des Sohnes des Sultans, Mahmud. Aber Skanderbeg bändigte das Tier und rettete die Frau. Frosina umarmte ihn zärtlich, und mit Worten, die ihr aus dem Herzen sprachen, gestand sie ihm ihre Liebe ein. Nach dem Tod des Vaters, so war es abgemacht, sollte einer seiner Söhne den Thron Albaniens besteigen. Aber was machte Murat? Er pfiff auf das gegebene Wort und ließ Skanderbegs drei ältere Brüder vergiften. Nur Skanderbeg durfte am Leben bleiben, da Murat diesen wegen seiner körperlichen Kraft und Klugheit als Kommandanten schätzte. Aber Murat wußte nicht, daß er seinen eigenen Untergang heraufbeschwor, indem er ihn am Leben ließ.

Eines schönen Tages begriff Skanderbeg, daß der so lange erwartete Augenblick der Rache gekommen war. Er war mit seinem Heer ins Feld geschickt worden, um den Aufstand des Prinzen von Serbien niederzuschlagen; dies gelang ihm natürlich, aber der Haß gegen den Sultan war so stark, daß er sich in einem Überraschungsmanöver mit den christlichen Gegnern verbündete. Wie ein Blitz war er in der Festung Kruja, und mit kaum 500 albanischen Soldaten nahm er seine nie vergessene Heimat in Besitz und verteidigte diese über Jahre hinweg zunächst gegen Murat und später gegen dessen Sohn Mahmud. Der Lehrer zitierte alle zweiundzwanzig von Skanderbeg geführten und gewonnenen Schlachten, wobei dieser, wie er mit Genuß betonte, sage und schreibe vierhunderttausend Ungläubige tötete. Nur einmal bat er um eine Gefechtspause, und nachdem ihm diese gewährt worden war, überquerte er mit neuntausend Albanern die Adria und begab sich ins Königreich Neapel, um König Ferdinand von Aragon im Kampf gegen die aufständischen Barone zu unterstützen. Er besiegte sie in kürzester Zeit, und der König schenkte ihm aus Dankbarkeit drei Städte in Apulien: Trani, Siponto und San Giovanni Rotondo. Auf diese Weise, von der Hand des Schicksals geführt, hatte Skanderbeg einen, wenn auch schmerzlichen Ausweg für seine Landsleute eröffnet, die es nach dem Sieg der Türken vorzogen, in einem fremden Land, aber frei zu leben, statt als Sklaven im eigenen Land.

„Über seinen Tod jedoch", schloß der Lehrer, „will ich hier nicht sprechen, weil mir scheint, daß Skanderbeg gar nicht tot ist. Er lebt. Er befindet sich hier, mitten unter uns. Und beobachtet uns mit seinem stolzen Blick. Schaut ihn an!" Und die Leute gehorchten, bewunderten mit der gebührenden Achtung jenen bärtigen Mann mit der von einem Ziegenkopf überragten Kopfbedeckung und dem bronzenen Blick. „Nun Freunde, folgendes wünsche ich mir abschließend: daß seine Anwesenheit hier, unter uns, dienen möge als Ansporn zur Wiedergeburt dieses euren, vielmehr unseren, vom Untergang bedrohten Dorfes."

Der Beifall war anhaltend und ehrlich. Deutlicher und knapper hätte der Herr Lehrer nicht sprechen können: selbst die Schüler der Grundschulen hatten ihn verstanden und erzählten bereits, daß dieser ihr Skanderbeg hundertmal stärker sei als Garibaldi.

Der erste, der dem Lehrer widersprach, war Nani Lissandro, aber er tat es mit großer Behutsamkeit und mit leiser Stimme, während die Leute Beifall klatschten: „Aber einmal wird Skanderbeg in der Schlacht von Belgrad besiegt, von Mahmuds Hebalia Bassà. Zu zahlreich sind die Gegner; er ist gezwungen zu flüchten, nachdem er fünftausend seiner stärksten Männer hat sterben sehen, unter ihnen auch seinen Freund Muzaku, seinen ersten Hauptmann."

Dies hörte Costantino, und während er weiterklatschte, fragte er den Nani: „Woher weißt du das?"

„Ich weiß es", antwortete Nani Lissandro, und fügte dem nichts hinzu.

Das Beifallsecho war soeben erloschen, als sich aus der Menge der Erwachsenen eine harte, protestierende Stimme erhob: „Statt so viele Millionen für eine Statue aus Eisen auszugeben, hättet ihr lieber etwas für uns Arbeitslose tun sollen!"

Die Mehrheit der Leute, einschließlich des Bürgermeisters, reagierte auf die einzelne Stimme mit Gelächter, gefolgt von einem Kopfschütteln als Zeichen der Mißbilligung. Der da gesprochen hatte, war Patrù gewesen, ein Taugenichts, der schon nach einem Jahr aus Deutschland zurückgekehrt war, weil ihm die Luft dort schlecht bekommen sei, wie er behauptete. Die Wahrheit sei jedoch, sagten die Leute, daß ihm die Arbeit nicht bekomme, weil Patrù einer von denen sei, die die Arbeit am besten schon erledigt vorgesetzt bekämen und der von der Arbeitslosenunterstützung lebe — ausgerechnet er habe den Mut, so etwas zu sagen. Aber der eine oder andere gab ihm recht.

Der Herr Lehrer fühlte sich in seinen allerheiligsten Werten getroffen. Das Lächeln erlosch ihm auf den Lippen, und als die öffentlichen Repräsentanten sich bei ihm für die schöne, hervorragende, *shumë e mirë*, wirklich ausgezeichnete Rede bedankten, konnte er nicht einmal Danke sagen. Dieser Kommentar, so sollte er viele Jahre später sagen, sei wie ein Fußtritt gewesen, der ihn von Hora abgestoßen habe. Er entfernte sich fast im Laufschritt von den Leuten, ohne sich von jemandem zu verabschieden, nicht einmal von Lucrezia, die vor lauter Verlegenheit nicht wußte, was sie tun sollte, und sich mit dem ganzen Gewicht ihres Herzens an Skanderbeg anlehnte.

Das Weihnachtsfeuer

Orlandina brachte einen kräftigen kleinen Jungen von fast vier Kilo zur Welt, der Paolo genannt wurde. Hora erfuhr es zehn Minuten nach der Ankuft des Telegramms durch drei Gewehrsalven, die der Nani in den prickelnden Märzhimmel abfeuerte. Am selben Tag gab der Mericano den hundertzwanzig Kollegen seiner Wohnbaracke einen aus: Wein vom Castello del Piccolo, den er mitgebracht hatte, um das freudige Ereignis zu feiern, und Bier und Schnaps nach Belieben. Zehn Tage später beherrschte ein Porträtfoto von Paolo, mit kahlem Kopf und den Riesenaugen von Costantino, das große Zimmer, direkt neben dem Bild des jungen Mericano. Zonja Elena hatte aufgrund des runden Bauches ihrer Tochter die Geburt eines Jungen vorausgesehen; sie hatte es mit aller Kraft gehofft: „Besser einen Jungen, *bijë*, denn Mädchen bringen der Familie nur Leiden; und es leiden auch ihre Herzen wie die schneebedeckten Berge, so heißt es in einem uralten Reim."

Und Lucrezia litt tatsächlich. Das war selbst den Wänden des Hauses aufgefallen. Ihr Verlobter war nicht wiederzuerkennen. „Schuld ist diese verfluchte Einweihung", sagte Lucrezia. Aber der Lehrer dachte gar nicht mehr an jenen Tag: „Schwamm drüber", zumindest behauptete er das. Bei Tisch hielt er lange Monologe über Ereignisse in Italien und in der Welt, gab einen genauen Bericht der Geschehnisse (Geschichten von ehemaligen Drogenabhängigen in New York und Mailand, von Ex-Häftlingen in Turin, denen bei der Arbeitssuche die Tür vor der Nase zugeschlagen wurde, von australischen Ureinwohnerinnen, die glaubten, durch die Berührung der Felsen einer Fruchtbarkeitshöhle geschwängert zu werden), kommentierte sie und schlußfolgerte die

Moral der Geschichte für die anderen schweigenden Tischgenossen und aß. Aß mit immer größerer Hast, ohne zu kauen.

Lucrezia fühlte sich von ihrem Lehrer-Verlobten mißverstanden und vernachlässigt, auch wenn sie vor den Freundinnen und den Familienangehörigen weiterhin die Miene der Verlobungsfeierstimmung aufsetzte. Zuweilen, wenn sie alleine waren, versuchte sie sich zu beklagen, mit von Traurigkeit verschleierten Sätzen und leisem Protest, den sie schon im Entstehen abschwächte oder mit einem nervösen Lächeln versüßte. Aber kurz vor dem Abschluß des anstrengenden Schuljahres, an der Schwelle zum dreißigsten Lebensjahr, spürte der Herr Lehrer den Ruf des Leides in der Welt, wie er ihr mitteilte; es seien flehende Stimmen, die in seinem Kopf nachhallten, wie ein unaufhörlicher Bittgesang. „Und meine Stimme, hörst du die nicht?" schrie ihm Lucrezia zum ersten Mal ins Gesicht und warf sich weinend an seine Schulter, gerade als der Verlobte zu Ende sprechen wollte und sagte, daß Hora ein Sandkörnchen in der unendlichen Wüste der Welt sei. Er beruhigte sie mit einem Kuß und einer Umarmung, und unverständlicherweise weinte er mit ihr.

Nach den Sommerferien begann Lucrezia die Geduld zu verlieren. Einmal in der Woche ließ der Verlobte sie mit der Erlaubnis von Zonja Elena zu sich kommen, um sich die Wohnung putzen zu lassen. Costantino weigerte sich, sie zu begleiten, da er nun ein Oberschüler, ein Schüler der Lehrerbildungsanstalt war. Er habe zu viele Hausaufgaben zu machen, sagte er, aber in Wirklichkeit hatte er keine Lust mehr, den kleinen Soldaten zu spielen. Lucrezia entstaubte die alten, ausgestopften Vögel, stellte die um das zerwühlte Bett herumliegenden Bücher in die Regale, ordnete alte Zeitungen und Zeitschriften im Werkstatt-Kämmerchen, reinigte den Arbeitstisch zum Ausstopfen vom Mäusekot und wartete. Sie richtete das Bett oder wechselte die verschwitzten

Laken, entfernte die Ameisen vom wackeligen Terracottafußboden und die Spinnweben aus den Ecken an der Zimmerdecke und hinter dem Schrank; und wartete ungeduldig. Wartete, wenn sie manchmal neben ihm saß, während er las, und stieß unüberhörbare Seufzer aus. Der Verlobte ignorierte Lucrezias ungeduldiges Warten und ihre Seufzer und lebte die Eklipse eines launenhaften Verliebten um den Planeten des Hungers in der Welt herum. Seit einiger Zeit ging er nicht einmal mehr zum Essen zu Lucrezia. Er bevorzugte eine einfache Mahlzeit bei sich zu Hause, eine Scheibe Brot mit Käse oder Schinken und ein Stück Obst der Jahreszeit gegenüber der reichhaltigen und fetten Küche von Zonja Elena, die ihm einen bitteren Nachtisch von Gewissensbissen angesichts der Millionen Hungertoten in der Welt bescherte.

Die Streitereien ließen nicht auf sich warten. Oder besser: diejenige, die stritt und schrie, war Lucrezia, die ihm die Pflichten eines Ver-lob-ten frei heraus sagte; sie hielt ihm ihre Liebe und Hingabe vor, die er nicht mehr erwiderte, die Luftschlösser der einstigen Pläne einer Hochzeit nach arbëreshër Art, mit der goldenen *coha* und der Folkloregruppe, die er aus Albanien kommen lassen wollte. Er versuchte, sie mit der üblichen Tablette eines Küßchen zu beruhigen, aber sie fiel nicht mehr darauf herein, wollte wissen, seine wirklichen Absichten wollte sie wissen. Da bemühte er sich, seine Gedanken über die Ereignisse in der Welt zu vereinfachen, aber sie wurde ausfallend, einen Scheißdreck kümmere sie die Welt, wenn die Welt ihre Liebe zerstören würde. Zum Schluß kam er auf die guten Vorsätze der Vergangenheit zurück, auf die Hochzeit mit *coha* und der Gruppe aus Albanien, und sie beruhigte sich dem Anschein nach, betrachtete seine guten Augen unter der stummen Brille, sein sanftes Gesicht und ließ sich von seinen glatten Händen streicheln, so als ob nichts geschehen wäre.

Als Mitte Dezember der Mericano zurückkehrte, hörten die Streitereien zwischen den Verlobten schlagartig auf. Der Mericano besaß die Kraft eines Zauberers: er ließ die Schwierigkeiten verschwinden, erstickte sie durch seine körperliche Anwesenheit. Es genügte ihm eine halbe Stunde, um Lucrezias Lippen ein Lächeln zu entlocken und sich mit dem Lehrer über den Hochzeitstermin zu einigen: nächstes Jahr Weihnachten. Indessen solle Carmelo diese Weihnachten mit ihnen verbringen, er gehöre nunmehr zur Familie, und außerdem würde er zum ersten Mal das Spektakel sehen, das *zjarri i Natallevet*, das große Freudenfeuer, das vor der Kirche angezündet wird. Was sollte er auch tun in seinem Dorf, er hatte doch niemanden dort; es würde ein prächtiges Weihnachtsfest werden, hatte der Mericano abschließend versprochen. Am glücklichsten über die wiedergewonnene Familienharmonie war Zonja Elena, weil sie Schritt für Schritt die heimlichen Leiden der Tochter verfolgt hatte, die tosenden Streitereien, die nächtlichen Alpträume, die hysterischen Weinkrämpfe. Die durch den Zauberstab des Mericano bewirkten Augenblicke vorgespielter Friedlichkeit konnten Zonja Elena oder Costantino irreführen, nicht jedoch Nani Lissandro. Und tatsächlich kam es soweit, daß der Alte, der seit dem Tod seines alten Maulesels nur den Mund aufmachte, um zu wiederholen: *„Jeta ësht si fjeta“*, eines abends die Tochter zum Weinen brachte: „Mach dir keine Illusionen. Diese Verlobung wird ein böses Ende nehmen“, sagte er. Und damit unkte er nicht, wie ihm Zonja Elena vorwarf, denn Nani Lissandro konnte nicht die Zukunft vorhersehen, er wußte nur, die Gegenwart zu deuten.

Es war tatsächlich ein prächtiges Weihnachtsfest, sogar mit Schneeflocken. Es schneite leicht seit dem frühen Abend, und die kältesten Ziegel der Dächer waren schon weiß geworden. Auf dem Kirchplatz erhob sich stolz ein schneebetupfter Berg aus Holz. Schon seit einem Monat ließen Gruppen von Kindern und Jugendlichen ihr *„Cuka-dru dru-dru"* in den dunklen Gassen erdröhnen; und wenn auf diesen lärmenden Ruf hin irgendeine Familie nicht freiwillig zumindest ein einziges Holzscheit spendete, nahmen sie es scheinbar nicht krumm. Sie zogen weiter, um *cuka-dru* bittend, während die Größeren aus der Gruppe mit der Leichtigkeit von Gespenstern auf ihren Spuren zurückkehrten, in die Gemüsegärten, unter die Treppenabsätze oder in die Keller schlüpften und von den Holzstößen die größten Stücke mitnahmen, ein oder zwei pro Kopf. „Das ist keine Sünde, es ist für das Christkind", sagten sie den Kleineren.

Als sie das Weihnachtsfeuer anzündeten, fielen federgroße Schneeflocken vom Himmel, die gegen die unsichtbaren Schleier des Abendwindes prallten, fast als hätten sie Angst, sich auf der Erde aufzulösen oder von dem Strahlenkranz, der aus der Flamme sprühte, verschluckt zu werden. Costantino musterte mit verträumten Augen das Schauspiel, gerade so, als ob er es schon einmal erlebt hätte: das Feuer, die Federn aus Schnee, die Menschen auf der Treppe vor dem Kirchplatz, den Nani, die Eltern, Lucrezia und den Herrn Lehrer, alle um das Feuer herum, sogar die alte Zonja mit der *coha* für die Festtage, die alleine sang: *„Lojmë lojmë, vasha, valle / Krishti u le te ato Natalle"*, während Don Emilio am Mikrofon der Kirche das Weihnachtslied *„Tu scendi dalle stelle"* anstimmte. Die Messe war zu Ende, und nun läuteten die Glocken festlich, mit ihrem Klang dämpften sie die Gesänge und das fröhliche Stimmengewirr der Leute, die ihre Weihnachtsglückwünsche austauschten.

Später leerte sich der Kirchplatz, nur um das Feuer herum blieb noch eine Gruppe von Alten zurück und eine von Jungen, die zusammengekauert auf der Treppe saßen. In jener Nacht rauchte Costantino seine erste Zigarette, um es seinen

Freunden nachzumachen; er rauchte bis zum Morgen, hustete vom vielen Qualm, den er schluckte, und trank Coca Cola, um sich wach zu halten. Er spürte die auflodernden Flammen des Feuers auf dem Rücken; ab und zu drehte er sich um, um es zu betrachten, und sah es immer kleiner werden.

Im Morgengrauen, als das Weihnachtsfeuer ein Kreis aus Glut und Asche geworden war, machte er sich mit Mario und Vittorio auf den Heimweg. Er fühlte sich betäubt und zufrieden, im Mund einen bittersüßen Geschmack von Rauch und Cola. Seit einer Weile schneite es nicht mehr; im Gegenteil, in der Ferne, über Marina, begann ein Lichtschimmer hervorzutauchen, der den winterlichen Himmel in zwei Teile zerklüftete. Und in diesem Moment hatte er Sehnsucht nach seinem Adler mit zwei Köpfen bekommen. Er hätte ihn gern über das Meer fliegen sehen, zumindest in seiner Einbildung: einen kurzen Flug zu den schneebetupften Bergen der Sila, ein schnelles Flügelschlagen im Licht, das sich in Sichtweite verbreiterte wie ein auf den Kopf gestellter Kegel. Aber da hallte in seinen Gedanken der Urinstrahl des Mericano wider: Sciales.

Nach dem Dreikönigsfest schlachteten sie das Schwein. Das Verdienst für diese hundertdreißig Kilo Fleisch gebührte Zonja Elena: sie hatte es gefüttert, ihr *derk*, mit reichlichen Viehtränken, drei mühselige Anstrengungen jeden Tag, auf dem stinkenden Weg zu den Schweineställen, bei Regen und bei Sonnenschein.

Als auch die letzten Würste von den Haken in der Küche herabhingen, wurde ein wahrhaftiges Festbankett veranstaltet, mit Wein und Fleisch in großen Mengen. Die Gäste tranken auf die Gesundheit der Familie Avati, und sich gegenseitig zuprostend, brachten sie derbe, gereimte Trinksprüche aus. Der Mericano antwortete auf sämtliche an ihn gerichteten Trinksprüche und erzählte auf Wunsch aller von der Feen-Viatrice. Er hatte ihr eine Stelle in einer Lebensmittelfabrik besorgt, aber nach drei Monaten hatte sie Teller in einem italienischen Restaurant gewaschen und nach weiteren vier Monaten als Kellnerin in einem anderen Restaurant gearbeitet. In letzter Zeit hatte er sie aus den Augen verloren, aber die Dorfleute sagten, daß sie jetzt fest mit einem Türken zusammen sei. Vom Nebentisch, an dem die Frauen saßen, gab ihm Zonja Elena mit Handzeichen zu verstehen, nicht mehr zu trinken, daß es reichte, wirklich reichte. Zum Schluß war der Mericano völlig betrunken. Der Wein, den er wie Wasser trank, hatte eine seltsame Wirkung: er verpaßte jedem, der sich ihm näherte, Ohrfeigen und beweinte ohne Tränen die viel zu früh verstorbenen Eltern und auch sich selbst, weil, und das wiederholte er nun schon seit Jahrzehnten, er in zwei Jahren sterben würde. In solchen Fällen floh Costantino zum Dorfplatz, nicht aus Angst vor den Ohrfeigen des Vaters, sondern weil es ihn ekelte, ihn in einem solchem Zustand zu sehen.

An jenem Abend war es Carmelo Bevilacqua, der Lehrgeld bezahlen mußte. Obwohl Lucrezia ihn gewarnt hatte, näherte er sich dem zukünftigen Schwiegervater, und mit schulmeisterlichem Ton und ausgebreiteten Armen sagte er: „Los, los, sei brav, Papa! Jetzt bringe ich dich zu Bett." Bei der ersten Ohrfeige flog ihm die Brille weg, bei der zweiten flog unter dem Gelächter der anderen Gäste auch die dunkelblaue Baskenmütze hinterher. Und so blieb er angewurzelt und betroffen stehen, mit dem Blick eines im Leeren hängenden, kurzsichtigen Kauzes, bis ihm endlich zwei Kinder die Baskenmütze und die Brille mit einem zerbrochenen Bügel überbrachten.

Am nächsten Tag erinnerte sich der Mericano an nichts mehr, aber er glaubte dem Bericht seiner Frau, die um die Folgen der Ohrfeigen außergewöhnlich besorgt war. Und zur großen Zufriedenheit von Lucrezia bat er den Lehrer um Entschuldigung.

Der Lehrer antwortete wie ein Ehrenmann: er habe sich in keiner Weise beleidigt gefühlt, sagte er; der unangenehme Zwischenfall sei nichtig im Verhältnis zu dem sehr gemütlichen Abend. Vielmehr nehme er die Gelegenheit wahr, um sich bei ihm zu bedanken, denn dank seines Gastmahls und der der anderen Familien habe er seine Ruhe wiedergefunden, die Wärme der Mitmenschen, das heißt, das Lächeln.

Zonja Elena hätte ihm vierundzwanzigtausend Küsse geben wollen, ihrem Mericano, dem Schöpfer dieses heilsamen Einklangs: alle auf das gepflegte Schnurrbärtchen und auf die smaragdgrünen Augen, wie sie es als Mädchen getan hatte; ihn ersticken mit ihren Küssen, um ihm keine Zeit zur Abreise zu lassen. Aber was erstickte, war nur ihr Bedürfnis nach Zärtlichkeit, während die Küsse das neue, aus dem Trentino angekommene Foto befeuchteten: Paolo mit den blonden Haaren des Vaters und den großen kastanienbraunen Augen von Costantino, vor seiner ersten Geburtstagstorte.

Der falsche Mericano

Warum dieser heilige Schwur, einen geweihten Olivenzweig zum Grab des Vaters zu bringen, nach Amerika? Wer kann es wissen, wer? Aber ein Schwur ist ein Schwur, und er, der später der Mericano werden sollte, hat Jahr um Jahr an nichts anderes gedacht als an jene Reise. Nach dem Militärdienst ist er nach Genua gefahren, um sich einzuschiffen: das Olivenzweiglein im Koffer. Sofort nach dem Aussteigen aus dem Zug bemerkt er, daß seine Brieftasche mit dem Geld und dem Paß nicht mehr da ist. Er geht den gleichen Weg zurück, steigt noch einmal in den Zug, kontrolliert jede Ecke des Abteils, in dem er gesessen hat, beginnt zu zittern; wo habe ich sie verloren, wo? „Man hat sie Ihnen gestohlen, mein Herr", sagen sie ihm auf der Dienststelle der Bahnpolizei. „Wenn es ehrliche Diebe sind, werden sie Ihnen die Papiere zurückgeben." Schöner Trost! Und wie kann er sich ohne Fahrkarte einschiffen? Und wie soll er ohne Geld leben? Nach Hora zurückkehren? Nicht einmal als Leiche. Wer weiß, wie sie ihn belächelt hätten, die Freunde. In Genua bleibt er neun Monate, neun Monate, lang wie neun Jahre. Um Geld für die Schiffspassage zu sparen, putzt er Autoscheiben, übernachtet auf dem Bahnhof, arbeitet im Hafen, schläft am Strand, verkauft geschmuggelte Zigaretten, übernachtet in kleinen, dreckigen Pensionen. Aber das Geld reicht nur fürs Essen. Dann, eines Nachts, erscheint ihm im Traum ein wunderschöner junger Mann, der ihn auffordert, ihm zu folgen, er würde ihn nach Hause bringen, *biri jim*. Also muß es der Vater sein, wenn er ihn so nennt. Gewiß ist es der Vater: er ist weiß gekleidet, trägt einen weißen breitkrempigen Hut; er geht wie in Zeitlupe und hat blanke Schuhe. Gewiß ist das der Vater: er hat einen hochgezwirbelten blonden Schnurrbart und verschwommene, glanzlose Augen. „Ich bin nicht mehr in Merica, *biri jim*, du brauchst mich nicht mehr zu suchen. Ich ziehe umher, immer weiter, und eines Tages lasse ich mich für immer nieder. Du kehre jetzt nach Hause zurück, sonst ist es zu spät, *bir!*“ Und er kann nicht anders, als ihm zu folgen, aber den gesamten Weg über stellt er dem schönen Vater immer wieder eine einzige Frage: Was werden sie im Dorf sagen? Aber der Vater antwortet nicht. Er geht nur auf diese seltsame Weise vor ihm dahin, wie in Zeitlupe. Als er aufwacht, geht er zum Strand und wirft das Olivenzweiglein ins Meer. Wenn es einen Christus gibt, denkt er, wird er ihn dort hinbringen, wo er hin muß. Am nächsten Morgen kehrt er ins Dorf zurück, und wer ihn dort fragt: „Also, Mericano, wie ist dieses Merica?“, dem antwortet er mit einem langen Lächeln, er, der Mericano.

Die ganze Zeit, während der Mericano erzählte, fühlte Costantino einen Schauer über seinen Rücken laufen. Sie waren alleine beim Castello del Piccolo, er und der Vater, und dieser hatte gesprochen, während er gleichzeitig den Gemüsegarten hackte. Warum wohl hatte er Costantino diese Geschichte erzählt? fragten beide sich im selben Augenblick, der Mericano allerdings mit lauter Stimme. „Na ja, ich weiß nicht, sie ist mir so herausgerutscht, ohne daß ich es wollte. Aber es ist besser so, ich fühle mich jetzt erleichtert, wie befreit von einem zentnerschweren Geheimnis. Und außerdem: wenn nicht der Sohn den Vater versteht, wer sonst soll ihn verstehen?“

Costantino verstand ihn, und ob er ihn verstand! Und er würde sich das ganze Leben lang bemühen, ihn zu verstehen, weil dies das Schicksal der Kinder ist, das wiederholt er noch heute bis zum Überdruß, die Väter verstehen zu müssen, denen es allerdings nicht gelingt, ihre Kinder zu verstehen.

Am Tag, an dem er nach Deutschland zurückfuhr, gab der falsche Mericano seinem Sohn letzte Ermahnungen: er solle selbstverständlich alles daran setzen zu lernen, denn wenn er selbst unsägliche Opfer brächte, so sei es aus dem einzigen Grund, dem Sohn eine richtige Zukunft zu geben, nicht etwa einen Hirtenstab oder eine Hacke, einen Koffer oder eine Pistole, sondern ein schönes Zeugnis, das ihm den Lebensweg ebnen würde; außerdem solle er nicht dem Lehrer am Rockzipfel hängen, der sich auf diese alten Geschichten versteift habe und die Leute im Dorf zum Lachen bringe. „Glaubst du eigentlich, daß mich, der ich im Ausland arbeite, die Tatsache schert, daß die Familie Avati einmal adlig war oder der Schatz, Arbëresh zu sprechen, wie der Lehrer sagt. Den Schatz, behaupte ich, bringt dir das (und er schlug sich auf die Stirn) und das hier (und er packte sich an die Arme). Lerne gut Italienisch, denn das ist die Sprache, die dir Brot geben wird; vielleicht könnte dir auch Englisch eines Tages nützen, aber Arbëresh, wozu soll das gut sein?" Das Komische war allerdings, daß er alle diese Empfehlungen und besonders die letzte, wichtigste, auf Arbëresh gab: „Übernimm die Rolle des Vaters, *bir*, denn du bist jetzt erwachsen, und der Großvater ist schon zu alt."

An einem trüben Winternachmittag sah ihn Costantino in den Drei-Uhr-Bus steigen, und zum ersten Mal in seinem Leben wurde er sich der unsichtbaren und verschlungenen Kette bewußt, die ihn mit dem Vater verband. Er spürte das Gewicht der letzten Ermahnungen im Magen und die Kette der Trennung am Hals, weitaus heftiger als in den letzten Jahren, als ihn Nani Lissandro mit Gewalt zurückhalten mußte, weil er mit dem Vater mitfahren wollte, und er Fußtritte austeilte und kratzte und wie ein Verrückter schrie, die Wangen gestreift von langen Tränenspuren und von klebrigem Rotz, der ihm aus der Nase floß. Der Bus verschwand hinter der Kurve. Die Mutter war schweigsam und abwesend, ihre Augen waren zwar wässrig, aber nicht verzweifelt wie sonst, wenn ihr Mann abreiste. Der Herr Lehrer hatte mit einem Arm Lucrezias Hüften umfaßt, und die beiden kehrten mit dem wiedergefundenen Schritt von Verliebten nach Hause zurück, blickten sich in die Augen, lächelten und zwinkerten sich zu wie in alten Zeiten.

Trotz der Entfernung ließ der Mericano durch Briefe seinen Zauberstab wirken, so daß seine Worte, der Klang seiner Stimme und sein grüner Blick den ganzen Frühling über das Haus Avati erfüllten. Lucrezia gewann die Sicherheit des Fräulein Braut zurück, der zukünftigen Gattin des Herrn Lehrer, und damit die Freude, das wiedererglühende Feuer ihrer dreiundzwanzig Jahre zu spüren; vor allem den grünen Glanz der Augen und den blauschwarzen der wallenden Locken, die schimmerten wie die Hochwasser führende Fiumara.

Nach Ostern begann sie mit Hilfe ihrer Mutter und Tanten wieder mit den Arbeiten, um die Aussteuer zu vollenden. Abends stickte sie am Stickrahmen ihre und die Initialen des Lehrers auf Kissen, umrahmt von roten und blauen Blümchen. Tagsüber webte sie die letzte Decke am Webstuhl. Es sollte die schönste Decke des Dorfes werden, mit den stilisierten Adlern mit zwei Köpfen, die als Krönung zwei mit Blüten übersäte Berge überragten, die sich im azurblauen Himmel begegneten. „Es ist eine Decke nach traditioneller Art", erklärte sie ihrem Verlobten das Muster, „in der eine moderne Liebe triumphiert." Die idyllische Stimmung hatte sich auch nicht durch die Tatsache verschlechtert, daß der Lehrer seine Monologe über die Probleme in der Welt wieder aufgenommen hatte, weil er jetzt mit einem gewissen Abstand darüber sprach und sich nur dann erhitzte, wenn ihn Nani Lissandro mit seinen entwaffnenden Sprichwörtern neckte: Streck die Beine nur so lang aus, wie das Bett ist. Es gilt mehr das Sprichwort als die Tatsache.

Wie, der Lehrer verstand nicht? Es fiel der Stein, und die Mauer stürzte ein.

Am Ende des Schuljahres fuhr er in sein Dorf und ließ Lucrezia zurück, die, den Kopf über den Webstuhl geneigt, wie besessen arbeitete und sich dabei an ihre letzte Begegnung erinnerte, an die samtenen Fingerspitzen von Carmelo in der lauen Luft des verschlossenen Schlafzimmers.

Dieser Sommer war nur für Costantino erholsam, nicht für die mit der Aussteuer beschäftigten Frauen und auch nicht für Nani Lissandro, der morgens und abends den Gemüsegarten des Castello del Piccolo goß. Costantino war in die dritte Klasse der Lehrerbildungsanstalt versetzt worden, mit, wie er sagte, hervorragenden Noten. Der Vater hatte ihm zur Belohnung eine telegrafische Postanweisung von fünfzigtausend Lire geschickt, und er lebte wie seine Altersgenossen in den Tag hinein. Er spielte bis in den späten Abend hinein Karten, brachte den Mädchen unter den Balkons Serenaden dar und schlief bis mittags, wie betäubt. Vielleicht prägte sich damals auch in ihm diese Art unruhige Faulheit aus, die Angewohnheit, alles der Zeit zu überlassen, ohne die Kraft zu haben, das zu verwirklichen, was man sich vorgenommen hat, und wenn, dann erst sehr viel später.

Am Nachmittag ging er zum Schloß und streckte sich in einem der noch nicht getünchten Zimmer auf einem alten, mit Maisblättern gefüllten Sack aus. Das eine Auge deckte er mit der Hand ab, mit dem anderen folgte er stundenlang den bizarren Linien der Zimmerdecke. Das erloschene Antlitz eines riesigen Mannes, das Profil einer nackten Frau mit einem bis zu den Füßen reichenden Busen und unzählige von verschlungenen und ineinander verwickelten Straßen vermischten sich vor seinem geöffneten Auge, während das geschlossene den Konturen des Körpers von Marcella folgte, den im Mondschein gespreizten Schenkeln.

Als im September der Lehrer überraschend zurückkehrte, bemerkte er an Costantino einen dichten Haarwuchs über der Oberlippe. Außerdem spottete er über seine von Pickeln geschwollene Nase und ließ Costantino vor Scham erröten.

Zëmërgùri

Es war die Zeit der Weinlese, und alle im Hause Avati betrachteten die vorzeitige Rückkehr des Herrn Lehrer als die lobenswerte Absicht, ihnen bei der Traubenernte am Castello del Piccolo zu helfen. Anfangs hatte auch Lucrezia diesen Eindruck und war glücklich darüber. Singend arbeiteten sie drei Tage im Weinberg und lachten, weil sie dem Lehrer erzählten, daß Costantino eine Verlobte gefunden habe und daß er ihr Serenaden unter dem Balkon darbot. Costantino wehrte verlegen ab oder behauptete, daß die Verlobte, von der sie sprachen, diese Marcella, vier Jahre älter sei als er, und er errötete bei der belustigten Schlußfolgerung des Lehrers: „Die Liebe kennt kein Alter!“ Aber an den folgenden Tagen entging Lucrezia weder die Unsicherheit im Blick des Verlobten, die er nur mit Mühe unter der Brille zurückhalten konnte, noch das Zittern seiner kalten Hände, wenn er sie berührte. Während der Mahlzeiten versuchte sie, mehr über sein wohlerzogenes Schweigen zu erfahren. Aber es kam ihr so vor, als stünde sie einer eisernen Maske gegenüber. Also entschloß sie sich, ihn bei der ersten Gelegenheit, bei der sie alleine waren, sie am Webstuhl sitzend, er über die Mustervorlage gebeugt, zu fragen, was er habe. *„Ç'ke?“* sagte sie auf Arbëresh, da der Lehrer die Sprache von Hora inzwischen bestens verstand. Er antwortete erst, nachdem er in aller Ruhe das Muster der fast fertigen Decke bewundert hatte. „Was soll ich schon haben? Nichts. Nur daß...“ Er stockte und betrachtete weiter die Decke. „Nur daß...“, wiederholte Lucrezia voller Sorge, vergeblich nach seinem Blick suchend. „Ich weiß nicht... schon seit einer Weile engt mich... dieses kleine Dorf ein... das heißt, ich merke, daß ich mich hier nicht entwickle... ich meine, ich nehme nicht an den Ereignissen in der Welt teil... ich bin hier nicht nützlich... ich werde nicht gebraucht", sagte der Lehrer mit gebrochener Stimme. Lucrezia war erleichtert, denn nach dem in der Schwebe gebliebenen „nur daß", hatte sie eine unvermeidliche Katastrophe vorausgeahnt. Also versuchte sie, alles ins richtige Licht zu rücken, erinnerte den Verlobten daran, daß es in dem kleinen Dorf schließlich sie gäbe und daß er nützlich und wichtig sei, sogar unersetzlich für sie und seine Schüler, die ihn gerne mochten und ihn wie einen Vater achteten.

„Du verstehst nicht... du kannst nicht verstehen", antwortete ihr der Verlobte mit dem Ton der zärtlichen Überheblichkeit eines unverstandenen Lehrers. Er wandte ihr den Rücken zu und ging, ohne sich zu verabschieden. Lucrezia blieb mit den Scherben des zerbrechlichen Kreises ihrer Überlegungen im Kopf zurück, und während sie sich auf das Schlimmste gefaßt machte, begann sie Kummerseufzer auszustoßen, um nicht gleich zu weinen.

In jener Nacht schlief sie wenig und schlecht. Sie überdachte alle Momente und alle Worte des Gesprächs, beginnend beim *„ç'ke"* bis zu seinem grausamen „du kannst nicht verstehen", das in ihr brannte wie ein loderndes Feuer. Aber es gelang ihr nicht, eine triftige Erklärung für die Worte und das Verhalten von Carmelo zu finden, und von den hunderten von Vermutungen, die in ihrem Kopf umherwirbelten, ließ sie zur Bannung des Unheils gerade die wahrscheinlichste außer acht, nämlich die, daß sie dem Lehrer nichts mehr bedeutete.

Am nächsten Morgen strahlte eine noch sommerliche Sonne, und aus den geöffneten Fenstern wölbten sich Wogen von Nelken, Geranien und Basilikum. So als ob nichts geschehen wäre, sprach der Verlobte nach dem Gang zur Messe mit dem üblichen Sonntagsgesicht bei Sonnenschein mit ihr; leuchtend und ausgeruht, mit lächelnden Augen hinter seiner Brille.

Zu Hause angekommen, aßen sie zu Mittag und betrachteten sich gegenseitig mit forschenden Blicken, zwischen den banalen Bemerkungen über die hausgemachten Tagliatelle von Zonja Elena und den spöttischen Bemerkungen über die noch vom Schlaf verquollenen Augen von Costantino. Nani Lissandro hatte schon gegessen, und vom Treppenabsatz drang das Geräusch von Beilschlägen auf ein Holzscheit herein. Die Verlobten wechselten ein paar Worte mit ihm und gingen dann einen Spaziergang machen, wie sie sagten, um den schönen Sonnenschein auszunutzen. Als sie bei der mit Löwenmäulchen überwucherten Mauer angekommen waren, bogen sie allerdings in eine enge Gasse ein, und in drei Minuten waren sie in seiner Wohnung. Carmelo schloß mit der Schulter die Tür und drückte Lucrezia mit Gewalt an sich. Mit geschlossenen Augen und mit aneinandergepreßten Lippen durch den breiten Flur torkelnd, gelangten sie unter den gläsernen Blicken der Vögel aufs Bett, zogen sich aus und küßten sich dabei weiter, auf die Augen, auf den Hals, auf die Brust.

Als der Strahl staubigen Lichts, der das Zimmer erfüllte, sein Gesicht traf, setzte sich der Lehrer die Brille auf und zog sich in aller Eile wieder an. Das war das Ende der trügerischen Zauberei. Er stellte sich breitbeinig vor sie hin, stützte sich mit seiner ganzen Kraft auf das Bettgestell und beichtete mit gesenktem Kopf: „Diesen Sommer habe ich beim Außenministerium eine Prüfung abgelegt... ich hatte den Gedanken schon lange mit mir herumgetragen... es ist gut gelaufen, ich werde nach Somalia gehen, um zu unterrichten... dort gibt es Leute, die mich brauchen." Er hob den Kopf und wartete auf Lucrezias Antwort. Aber sie betrachtete ihn nur mit aufgerissenen Augen, mit einem erstarrten Lächeln auf den Lippen, unfähig zu irgendeiner Reaktion. „Verstehst du... ich habe Lust, diesem Loch zu entkommen. Ich reise ab... Sonntag... ich bin fest entschlossen... ich habe bereits das Flugticket, nur den Hinflug", fügte der Lehrer hinzu. Und in diesem Augenblick spürte Lucrezia, wie sich ihre Gedärme zusammenzogen; sie deckte sich bis zum Hals zu, legte das Gesicht auf das Kopfkissen und verfiel in einen rhythmischen, unaufhörlichen Weinkrampf. Sie weinte so lange, bis der Lehrer schließlich die Geduld verlor. „Sag etwas, zum Teufel! Weine nicht wie ein geprügeltes Kind! Ich habe doch nicht gesagt, daß ich dich verlasse... ich habe nur gesagt, daß ich abreise!" Und da Lucrezia nicht antwortete, brüllte er sie über ihren Kopf hinweg an: „Ich hätte Lust, dich zu ohrfeigen! Wirst du dich jetzt endlich anziehen und mein Haus verlassen, oder willst du, daß ich dich mit Gewalt rausschmeiße?"

Lucrezia zog sich wie ein Roboter an und brach dann flüsternd ihr Schweigen: *„Zëmërgùr"*. Dann wiederholte sie es auf Italienisch: „Herz aus Stein". Zum Schluß schrie sie es ihm entgegen: „Du hast ein Herz aus Stein, aber ich schlage es dir entzwei!", und sie stürzte sich auf ihn, um ihm die Augen und das Gesicht zu zerkratzen. Der Lehrer verteidigte sich: „Was erlaubst du dir, Miststück! Du bist eine Schlange, genau das bist du!" Er warf sie so hart auf das Bett, daß sie zweimal auf und nieder federte. Lucrezia schien sich zu beruhigen, und aus ihrer embryonalen Stellung heraus sagte sie zu dem feuchten Bettlaken, daß dies alles nicht gerecht sei, daß sie so etwas nicht verdient habe. Oh Gott, wie fühle sie sich ins Herz getroffen, wie fühle sie die Demütigung der Familie. Und die Hochzeit? Das gegebene Wort, der Schwur? Die Hochzeit, für die der Vater in Deutschland arbeitete, und die Aussteuer in der Truhe? Das Fest mit der *coha* und der Gruppe aus Albanien? Und all die Jahre blinder Liebe? Zertreten in einem Augenblick, vergessen, um sich woanders nützlich zu fühlen. Herz aus Stein, egoistisches Schwein, Bandwurm, Schuft, Verräter, Meuchelmörder...

„Jetzt reicht's! Es reicht jetzt!“ versuchte sie der Lehrer zu unterbrechen. „Du verstehst überhaupt nichts, du hast ein Spatzenhirn; ich liebe dich, und das habe ich dir tausendfach bewiesen, auch heute. Aber es ist stärker als ich... das heißt, es ist ein Ruf, der mir aus tiefstem Herzen emporsteigt...“

„Schwindler, Schurke, Schuft, Herz aus Stein...“, fuhr Lucrezia fort, ohne müde zu werden. „Du liebst mich nicht; wenn du es tätest, würdest du mich heiraten und mich mitnehmen, du Verräter, Meuchelmörder, Herz aus Stein...“

„Glaubst du, daß es mir leicht fällt, diesen Schritt zu tun? Aber wenn ich bliebe, wäre ich der unglücklichste Mann der Welt“, unterbrach sie erneut der Lehrer.

Sie redeten noch lange weiter, aber es war so, als ob sie zu sich selbst sprächen, denn ihre Worte bewegten sich auf Lichtjahre voneinander entfernten Ebenen. Lucrezia fuhr in ihrer Aufzählung von nicht enden wollenden Grobheiten fort und erinnerte ihn an die schönen Momente ihrer Beziehung, in einem letzten verzweifelten Versuch, die bedrohliche neue Welt des Verlobten zu besiegen, der seinerseits linkisch den Unverstandenen spielte und wiederholte, daß sein Entschluß endgültig feststehe.

Als Costantino kam, um die Schwester abzuholen, da es schon spät war, wie er erklärte, und die Mutter ihretwegen in Sorge war, empfand er einen großen Schrecken, sie zehn Jahre gealtert vorzufinden, mit einer weißen Haarsträhne auf der Stirn und den grauen und ausgelöschten Augen einer Toten. Er führte sie durch die ruhigsten Gassen nach Hause und fragte sie dabei mit Beharrlichkeit, was sie denn habe, ob es ihr nicht gut gehe. Lucrezia torkelte dahin, auf den Bruder gestützt, ohne zu antworten.

Zu Hause warf sie sich auf ihr Bett und schloß sich in eine eigensinnige Stille ein. Länger als eine Stunde hielt sie sich mit den Händen die Ohren zu, um die Bitten der Mutter und des Nani nicht zu hören, sie solle reden. Dann bat die Mutter sie weinend: „Bitte, *bijë*, der Seele unserer Toten zuliebe, für deinen Vater, *bijë*, unserer ganzen Liebe zu dir wegen, sag etwas!"

So war Lucrezia gezwungen, sich von dem giftigen Brokken zu befreien: voller Wut erbrach sie alles und begann danach, ohne Tränen zu schluchzen.

„Wir haben kein Glück, *bijë*", stellte Zonja Elena bestürzt fest, während Nani Lissandro einen Wutanfall bekam: „Ich bring ihn um, ich bring ihn um!" schrie er, mit der geballten Faust wie mit einem Säbel vor seinem Gesicht herumfuchtelnd. Costantino betrachtete entsetzt die weiße Haarsträhne der Schwester und sagte nichts. In seinem Innersten war der Lehrer schon gestorben, getötet vom Gallensekret des Herrn Verräter; ja, gestorben und amen.

Am nächsten Morgen waren alle früh wach und wie benommen. Als sie die Augen öffnete, hoffte Lucrezia, daß das Unwohlsein, das sie verspürte, auf einen schlechten Traum zurückzuführen wäre, aber als sie im Spiegel ihre geröteten Augen und die weiße Haarsträhne sah, fiel ihr alles schlagartig wieder ein. Vermutlich fragten sich auch ihre Familienangehörigen, ob sie die ganze grausame Szene mit der halbtoten Lucrezia auf dem Bett nicht geträumt hätten. Costantino zweifelte sicher daran. Aber die Antwort stand schon in der Küche, in Gestalt der alten Za Maria, die mit den Gebärden einer leidenden Muttergottes die Einzelheiten über die aufsehenerregende Trennung erfahren wollte, über die schon das ganze Dorf redete. Nachdem die Neugierde der Alten mit einem „wer erzählt denn so einen Blödsinn" zufriedengestellt worden war, wurde die Tür verschlossen und der Schlüssel aus dem Schloß gezogen, um eine mit Sicherheit folgende Prozession zu vermeiden.

Costantino brachte an diesem Tag nicht den Mut auf, das Haus zu verlassen, obwohl seine Mannschaft eine wichtige

Fußballbegegnung austragen mußte; die anderen drei schienen an ihren Stühlen festgenagelt zu sein, unbeweglich und stumm.

Fünf Tage danach hörten sie am späten Nachmittag die Stimme des Lehrers: „Macht auf, ich bin es!“, und gleichzeitig klopfte er kräftig an die Tür. Sie öffneten und sahen den Lehrer mit der dunkelblauen Baskenmütze über der Brille. „Ich bin gekommen, um mich von euch zu verabschieden“, sagte er, „morgen reise ich ab“, und hielt dem alten Lissandro die ausgestreckte Hand entgegen. „Nein, du reist nicht ab“, schrie Lucrezia, von der verängstigten Mutter mühsam am Rock festgehalten, und knallte ihm die Tür vor der Nase zu. Dann kehrte sie in ihr zerwühltes Bett zurück, ungetröstet und untröstlich, und die drei anderen standen um ihr Bett, als sei sie im Begriff zu sterben. Die Mutter wiederholte immer wieder: „Wir haben kein Glück; wer wird es ihm sagen, diesem armen Christenmenschen dort oben, wie wird er es aufnehmen?“

Niemand wußte etwas darauf zu erwidern, und niemand antwortete, bis es dunkel wurde im Zimmer und sie begriffen, daß es Zeit war, wenigstens zu versuchen zu schlafen.

Diese Nacht schien wie geschaffen für Verliebte: am Himmel blitzten freundliche Sterne, der Mond war rund wie eine Melone, lächelte und setzte in der Ferne gewellte Lichttupfer auf das Meer. Und die Grillen, oh, die singenden Grillen luden ein zur Betäubung der Sinne. Die dunklen Gassen waren erfüllt von den Seufzern derer, die gerade von einer für Verliebte geschaffenen Nacht träumten. Wenn man unter den angelehnten Fenstern vorbeiging, konnte man den Atem der Schlafenden riechen. Ein Schatten blieb einige Augenblicke im Mondschein stehen, um seinem eigenen Atem und dem der anderen zu lauschen, dann ging er mit schnellen, leichten Schritten weiter. Er stieg die Treppen zur Wohnung des Lehrers hinauf und war nach wenigen Minuten hineingeschlüpft. Man würde nie erfahren, ob der Lehrer die Tür geöffnet hatte, nachdem der Schatten geklopft hatte, oder ob dieser über den offenen Balkon eingedrungen war, mit einem Sprung, bei dem er Kopf und Kragen riskierte. Etwas später hörte man ein Stöhnen, kaum lauter als das Kri-Kri der Grillen, und der Schatten kehrte ohne Eile den gleichen Weg zurück und genoß die wie für Verliebte geschaffene Nacht.

Der Lehrer torkelte durch die Dunkelheit des Schlafzimmers, beide Hände auf die Brust gepreßt; dann fiel er erschöpft zu Boden, kroch den Flur entlang, gelangte in die Wohndiele und öffnete die angelehnte Haustüre, indem er sie mit dem Kopf aufschob. Schließlich sammelte er alle in den Lungen verbliebene Luft und schrie in die Nacht: „Hilfe, ich bin tot!“

Zwei Fingerbreit Ehre auf der Stirn

Der Dorfplatz war schon in aller Frühe mit Männern aller Altersstufen bevölkert, die vor der Bar standen und das blutige Ereignis der Nacht diskutierten. Es war mehr als vierzig Jahre her, daß solche Dinge geschehen waren, erinnerten sich die Ältesten. Damals hatte ein *burr* aus Hora einen Steuereintreiber *i huaj*, von auswärts, umgebracht. Die Grüppchen wetteiferten um die beiden Nachbarn des Lehrers, die ihm als erste zu Hilfe geeilt waren, und den Fahrer, der ihn in das Krankenhaus von Crotone transportiert hatte, nachdem er den Dorfarzt gerufen hatte. Also: der Herr Lehrer war auf der Schwelle der Haustür gefunden worden; er lag auf dem Rücken in einer großen Blutlache, bleich im Gesicht, und atmete nicht mehr. Aus seiner Brust ragte eine Art große Haarnadel oder schmaler Dolch, fein wie ein Stecheisen. Man konnte den Gegenstand nicht richtig erkennen, sagten die drei Zeugen nacheinander, da dieser mehr als zur Hälfte im Fleisch steckte und der hervorschauende Teil fast vollständig mit dickflüssigem und dunklem Blut bedeckt war. Der Arzt war ganz außer Atem eingetroffen, und nachdem er ihm den Puls gefühlt und einen mitleidsvollen Blick zugeworfen hatte, hatte er geseufzt: „Laden wir ihn ganz vorsichtig in den Wagen, aber es ist vergeudetes Benzin." Niemand konnte mit Sicherheit sagen, ob er inzwischen gestorben war. Der einzige, der es wissen konnte, war der Arzt, aber der befand sich noch in Crotone. Es war Sonntag, und die Frauen, die in die Kirche gingen, verlangsamten beim Überqueren des Dorfplatzes ihre Schritte, um die letzten Neuigkeiten aufzuschnappen. Aber es gab keine Neuigkeiten; man kam nur immer wieder auf das bereits Gesagte zurück, auf den blutüberströmten und im Sterben liegenden Lehrer, und ließ das mögliche Motiv und den vermutlichen Täter unerwähnt. Sobald sich ein Zugereister näherte, der eine Frau aus Hora geheiratet hatte, hoben die Alten hervor, daß Hora ein friedliches Dorf sei, nicht einmal eine Karabinieri-Wache gäbe es, so friedlich sei es hier. Der fremde Steuereintreiber war vor vierzig Jahren wegen einer viel nichtigeren Sache getötet worden: eines Tages kommt er zum Haus einer frisch verheirateten jungen Frau, und da diese kein Geld hat, um sofort zu bezahlen, reißt ihr der Steuereintreiber die Hochzeitskette vom Hals. Der Ehemann bemerkt dies abends, und nach langem, langem Drängen, denn die Frau kennt den damaligen Brauch, erzählt sie, was geschehen ist. Und tatsächlich lädt der Ehemann am nächsten Tag sein Schrotgewehr, versteckt sich hinter einem Busch an der Straßenböschung, und als der arme Fremde dort vorbeigeht, wird er von einem einzigen Schuß in die Brust niedergestreckt. Dann war vierzig Jahre lang Ruhe. Bis zur gestrigen Nacht.

Die Karabinieri aus Shën Kolli trafen am späten Vormittag ein. Sie besuchten die Wohnung des Lehrers und fotografierten auch die ausgestopften Vögel; in den Gassen unterhielten sie sich mit den Frauen, auf dem Dorfplatz mit den Männern. Dann kehrten sie in die Kaserne zurück und nahmen die drei Männer mit, die dem Lehrer als erste zu Hilfe geeilt waren. Diese wiederholten die Geschichte, die sie schon auf dem Dorfplatz erzählt hatten, und während sie ihre Aussagen unterschrieben, fügten sie hinzu, daß es sich vielleicht um Diebe handelte. Diebe von auswärts, wie in Hora fast alle Befragten gesagt hatten. Die Karabinieri erfuhren nicht einmal, daß der Lehrer eine Verlobte im Dorf hatte.

Am Nachmittag war der Dorfplatz noch dichter bevölkert als am Morgen. Dicht gedrängt standen die Leute um den Arzt herum, der die Nachricht brachte, daß der Lehrer am

Leben sei; lebendig nur durch ein Wunder, ging es von Mund zu Mund. „Zum Glück hat diese Art Stecheisen oder große Haarnadel keine lebenswichtigen Organe verletzt", sagte der Arzt. „Wie durch ein Wunder sind sie verschont geblieben, aber der Lehrer hat Blut verloren, zuviel Blut. Jetzt sind sie dabei, ihm Transfusionen zu geben. Wenn jemand von euch bereit ist, etwas Blut zu spenden, kann er mit mir zum Krankenhaus kommen. Ich fahre jetzt gleich." Mehr als zwanzig Männer traten vor, und der Arzt fand sein Lächeln wieder: „Ich besitze nur einen Wagen", meinte er, „keinen Autobus. Vier brauche ich nur."

Nach der Abfahrt des Arztes mit den vier Freiwilligen bildeten sich erneut Gruppen von Männern, die in der Mitte des Dorfplatzes standen oder auf einem halbrunden Mäuerchen saßen, das Gesicht der lauwarmen Sonne zugewandt. Alle wirkten erleichtert. „Gott sei Dank, Gott sei Dank!" sagten sie. „Hoffen wir, daß er durchkommt. Der Steuereintreiber ist damals auf der Stelle gestorben, und beim Hinfallen ist er noch mit dem Mund auf einen Stein gestürzt und hat sich alle Zähne eingeschlagen."

„Gewiß, Ehre bleibt Ehre", bemerkten viele. „Auf der Stirn haben wir zwei Fingerbreit Ehre eingebrannt, wenn wir auch noch die verlieren, dann gute Nacht!" Also, der Steuereintreiber hatte sich dieses Ende schließlich selbst gesucht: die Hochzeitskette wegzureißen, war eine schwere Beleidigung, eine besonders schwere. Aber ihn zu töten, diesen armen Teufel, damit waren nicht alle einverstanden. Sie sagten, daß es das Verhalten von Primitiven sei, Selbstjustiz zu üben. „Vielleicht sieht man es so, wenn man andere beurteilt", antworteten einige, „aber wenn einen selber so etwas trifft, was tut man dann?"

Niemand fand die Zeit, um zu antworten. Die Stimmen des Dorfplatzes wurden langsam leiser und verstummten völlig, als auf der Anhöhe des Palacco der Mericano persönlich auftauchte, mit seinem lächelnden Sohn an seiner Seite. Die Gevatter, Freunde und Verwandten gingen ihm entgegen, um ihn zu begrüßen. Sie waren noch mehr in Verlegenheit als er. „Wie kommt diese Überraschung? Na, Gevatter, wann bist du angekommen, wie geht es dir?“ fragten sie ihn unisono, und derweilen erforschten sie ihn gründlich. Die Augen waren grau und müde von der Reise, aber er sah gut aus, rasiert und jünger als sonst, mit seinem neuen, glänzenden Gebiß. Der Mericano antwortete, daß er in dieser Nacht angekommen sei. Oh, welch bequeme Reise diesmal, die Züge seien leer gewesen; etwas ganz anderes, als zu den Festtagen zu reisen. Er sei wegen der Arbeiten am Schloß gekommen. Er habe noch zwei Wochen Urlaub übrig, und er habe keine Lust gehabt, in der Wohnbaracke zu bleiben und die Hände in den Schoß zu legen. Die anderen musterten seine Hände und entdeckten, daß sie voller Schwielen waren wie ihre eigenen, rauh und aufgeplatzt. Das käme von den ekelhaften Chemikalien, die er anfassen müsse, meinte der Mericano und lud sie in die Bar ein, um auf seine Gesundheit zu trinken.

Niemand fand den Mut, den nächtlichen Vorfall zu erwähnen, nicht einmal seine engsten Verwandten. Sie warteten, daß er es tun würde. Aber er sprach von anderen Dingen: von der Arbeit in Deutschland, die schwer sei und schmutzig, aber gut bezahlt; von dem grauen und regnerischen Wetter. „Aber das, was mir fehlt dort oben“, wiederholte er vier- oder fünfmal, „ist die Wärme von Menschen wie euch.“ Und mit ähnlichen Sätzen, diktiert vom Bier und den Umständen, schlängelte er sich bis zum späten Abend durch, bis er gezwungen wurde, einem jungen Mann zuzuhören, der gerade in die Bar gekommen war und zum Wirt sagte: „Der Arzt hat aus dem Krankenhaus angerufen, der Herr Lehrer ist außer Gefahr.“

Erneut richteten sich alle Blicke auf den Mericano; sie

warteten auf eine Reaktion von ihm, auf seinen Kommentar. Und der Mericano sagte: „Aber das Bier ist besser in Deutschland“, und schickte einen trockenen Rülpser hinterher.

* * *

Ish një jëmë shumë e mirë

Es war eine herzensgute Mutter, die hatte neun hadhjarë *(fröhliche?) Kinder, und das zehnte war ein Mädchen, die sie Jurendina nannten. Um sie zur Braut zu bekommen, kamen die Söhne von Herren und Rittern und kehrten zurück in ihre Heimat. Bis dann eines Tages ein Jüngling aus einem gewissen weit entfernten Hora kam. Nur der Bruder Costantino willigte ein: „Richt' sie aus, Mutter, diese Hochzeit."*

„Costantino, mein Sohn, warum willst du sie so weit fort schicken? Denn wenn ich sie bei der Freude um mich haben will, bei der Freude habe ich sie dann nicht; wenn ich sie bei der Trauer haben will, bei der Trauer habe ich sie dann nicht."

„Dann geh' ich hin, meine Mutter, und bringe sie dir hierher zurück."

Und so verheirateten sie Jurendina.

Es kam ein Jahr, so keq i rëndë *(sehr schwer?), das in einem Krieg die neun Söhne dieser Zonja dahinraffte. Das Haus blieb dunkel und leer. Zehn Jahre trug sie Trauer, und dann, am Samstag der Toten, ging die Mutter in die Kirche. Auf jedes Grab stellte sie ein Licht und eine* vajtim, *nur auf das Grab von Costantino zwei Lichter und zwei* vajtimë. *„Costantino, mein Sohn, was ist mit der* besa, *dem Ehrenwort, welches du mir gabst? Daß du mir die Jurendina zurückbringen würdest. Deine* besa, *unter der Erde!"*

Sowie die Kirche geschlossen wurde, erhob sich Costantino aus dem Grab. Der Stein, der es bedeckte, wurde zu einem Pferd; er schwang sich auf dessen Rücken, Knochen auf Knochen, und ritt zum Haus der Schwester. Auf dem Platz vor dem Haus traf er die Kinder der Schwester. „Wo ist sie hin, die Zonja, eure Mutter?"

„Sie ist bei der vallja, *dem Reigen, durch Hora."*

Er begab sich zur ersten vallja. *„Schöne Mädchen seid ihr, aber nicht erschaffen für mich. Ist sie bei euch, die Jurendina, Jurendina meine Schwester?"*

„Zieh weiter, und du wirst sie sehen, mit dem Jäckchen und der coha *aus Samt."*

Als er bei der nächsten vallja *ankam, rief eine Stimme: „Costantino, mein Bruder!"*

„Jurendina, hör auf zu tanzen, denn wir gehen. Du mußt mit mir nach Hause kommen."

„Aber sag mir, mein Bruder, ob ich zu einer Trauerfeier kommen muß, denn dann werde ich mich schwarz kleiden. Gehen wir zu einem Freudenfest, nehme ich die Festtagskleider."

„Komm mit mir, Schwester, so wie du bist." Und er ließ sie aufsitzen.

Auf dem Weg, den sie zurücklegten, pfiffen die Vögel: „Seht, die Lebende mit dem Toten!"

Darauf erwiderte Costantino: „Dieser Vogel ist çiòt, *dumm, er weiß nicht, was er sagt."*

Die Schwester richtete das Wort an ihn: „Costantino, mein Bruder, ein schlechtes Omen sehe ich. Deine breiten Schultern sind modrig!"

„Jurendina, meine Schwester, der Schmauch der Gewehre hat mir die Schultern versengt."

„Costantino, mein Bruder, ein weiteres schlechtes Omen sehe ich, deine gelockten Haare sind zu Staub geworden!"

„Jurendina, meine Schwester, deine Augen täuschen dich, es ist der Straßenstaub."

„Costantino, mein Bruder, warum sehen wir nicht das Licht vom Haus meiner Brüder und die Kinder vom Zoti Lal, *dem Herrn Onkel, die uns entgegenkommen?"*

„Jurendina, meine Schwester, sie sind drüben, vielleicht te rrolet *(im Kreis?), weil wir schon heute Abend angekommen sind und sie uns nicht erwarteten."*

„Aber ich sehe noch ein weiteres schlechtes Omen: die Fenster unseres Hauses sind verschlossen und geschwärzt!“

„Es bläst der Wind von den Bergen.“

Sie trafen im Ort ein und kamen an der Kirche vorbei.

„Laß mich dort eintreten, um zu beten.“

So stieg sie allein die Stufen zur Mutter hoch.

„Öffne mir die Tür, meine Mutter!“

„Was willst du hier vor meiner Tür? Geh fort, bushtra *(unbarmherziger?) Tod, der du mir neun Söhne genommen hast und jetzt mit der Stimme meiner Tochter gekommen bist, um mich zu holen!“*

„Oh, öffne mir, Zonja Mutter, denn ich bin's, Jurendina!“

„Wer hat dich zurückgebracht, meine Tochter?“

„Costantino hat mich zurückgebracht, Costantino, mein Bruder!“

„Costantino? Und wo ist er jetzt?“

„Er ist in die Kirche gegangen, um zu beten.“

„Mein Costantino ist tot!“

Und es umarmte die Mutter die Tochter, und es umarmte die Tochter die Mutter.

Es starben Mutter und Tochter.

Zwölf

„Das soll der Adler sein?“ fragte die Römerin ihre Kusine und zeigte auf Costantino, der zwei Schritte entfernt stand. Sie hatte brüllen müssen, um das „Ich hatte ein Herz, das dich so liebte“ zu übertönen, zu dessen Rhythmus etwa zehn Paare in der Wohnung von Mario engumschlungen tanzten. Costantino tat so, als ob er nichts gehört hätte, während er „es hat sich verloren in der Liebe zu dir“ vor sich hinsang.

Er war ungern auf dieses kleine Fest gegangen, das seine Clique am Weihnachtstag organisiert hatte. Er befürchtete, daß sich wegen der noch frischen Geschichte von der Verletzung des Lehrers alle Blicke auf ihn richten würden. „Aber wer denkt denn noch daran?“ hatte Mario gelogen. Und um Constantino zu einer Zusage zu zwingen, hatte er ihm gedroht: „Wenn du nicht kommst, sind wir *mbrì*, Todfeinde!“

Also war er dort, in der schweren, warmen Luft des Zimmerchens und tat so, als würde er sich amüsieren, während die anderen versuchten, ihn so zu behandeln, als ob nichts geschehen wäre.

Der Herr Lehrer Carmelo Bevilacqua war nach zwei Monaten Genesungsurlaub in Belcastro, seinem Heimatdorf, nach Somalia abgereist. Nach Hora hatte er keinen Fuß mehr gesetzt. Seine Wohnung, die die ganze Zeit über unverschlossen blieb, wurde sogar von den dreistesten Dieben gemieden, obwohl allen bekannt war, daß dort außer den unbrauchbaren Notizbüchern und den toten Vögeln Wertgegenstände zu finden waren. Selbst die Hühner und Ameisen mieden die Wohnung. Nur die Spinnen spannen zwischen den Schnäbeln der ausgestopften Vögel weiter ihre Netze und nisteten in den staubigen Federn oder in den Augen aus angeknabbertem Glas. So hatten es die Freunde

Costantino berichtet, der es vermied, an dem Haus vorbeizugehen, so als ob er Angst hätte, den blutüberströmten Herrn Lehrer zu erblicken.

„Du bist also der Adler?“ Jetzt stand ihm die Römerin gegenüber und musterte ihn so, wie man ein enttäuschendes Bild betrachtet, ihn von allen Seiten langsam und ausführlich begutachtend. Dann sagte sie zu ihrer Kusine, die neben ihr stand: „Das einzig Schöne an ihm sind die großen Augen mit den langen Wimpern. Ansonsten wirkt er auf mich wie ein eingeschüchterter, gerupfter Adler.“ Beide lachten vergnügt, und Costantino wußte nicht, was er tun oder sagen sollte. Er war wirklich eingeschüchtert von diesem aggressiven und spöttischen Mädchen. Miststück. Aufgeblasenes Miststück, dachte Costantino. Er antwortete ihr mit einem Lächeln, das ironisch wirken sollte, aber unter den steif wie die Nüstern eines Maulesels aufgeblasenen Nasenlöchern eher pathetisch ausfiel. Genau im richtigen Augenblick, so wie ein sommerlicher Regenguß, gab der Plattenspieler Töne wie Blitz und Donner und eine wässrige amerikanische Stimme von sich. Die Römerin wurde von einem Burschen auf die Tanzfläche geschubst und gab sich einem atemberaubenden Tanz hin. Costantino verlor sie nicht einen Moment aus den Augen. Angeberin, Miststück, sagte er sich und klopfte dabei unbeholfen den Rhythmus mit dem Fuß mit. Er hatte sie auch vorher schon tanzen sehen. Das heißt, eher als tanzen hatte sie sich eigentlich mehr im eisernen Griff seiner erregten Freunde quetschen lassen, die sie ausgiebig betasteten. Und sie ließ es sich gefallen, so als ob nichts dabei wäre; leise sang sie den Text der Schallplatte mit, die Augen wie eine Heilige zur Decke gerichtet. *Putërë*. Arrogant wie der Vater. Immer im Mittelpunkt stehen, schon als Kind. Sie kam am Anfang des Sommers ins Dorf, und nach einigen Tagen fuhr sie mit der Mutter ans Meer, als Gäste eines Onkels, der Ingenieur war. Der Vater dagegen blieb im Dorf bei seinen alten Eltern und besuchte sie ab und zu am Meer. Er war in irgendeinem Ministerium tätig und zog es vor, sich auf dem Dorfplatz aufzuhalten und Volksreden zu schwingen über das „Dolce vita", das er in Rom führte: Konzerte berühmter Sänger, Fußballspiele der A-Liga, Filmpremieren, chinesische Restaurants, Touristinnen, schwedische, amerikanische, deutsche, und die Predigt des Papstes im Petersdom. Wie die Tochter. Arrogant. Sie war mehr oder weniger im gleichen Alter wie Costantino, und als Kinder hatten sie gemeinsam auf irgendeinem Treppenabsatz *me skravaijet* gespielt, mit fünf kleinen Steinchen, so glatt wie Zuckermandeln. Dann hatten sie sich jahrelang nicht beachtet. Costantino war sie erst wieder aufgefallen, nachdem sie zwei spitze Brustwarzen bekommen hatte, die von Jahr um Jahr praller werdenden Brüsten gestützt wurden. Ja, sie war ihm in Erinnerung geblieben als die Römerin mit der hocherhobenen Nase und Brust. Sie hatten nie miteinander gesprochen, und sie würdigte ihn keines Blickes. Im Hochsommer, zum Fest der Heiligen Veneranda, kehrte sie nach Hora zurück und spazierte mit ihrer Kusine die Kona auf und ab, in weißen Shorts, um den gebräunten Schenkeln Geltung zu verschaffen, und immer verfolgt von einer Schar bewundernder oder neidischer Blicke. Sie versprühte ihre Leuchtspuren wie ein Augustmeteorit und kehrte dann nach Rom zurück, hinter ihren nackten Schultern einen Wirbel von Meinungen, Eindrücken und Mutmaßungen zurücklassend, so als ob sie eine kleine Diva aus Cinecittà wäre. Zu Weihnachten war sie noch nie in Hora gewesen. Costantino war sich ganz sicher: er hatte sie noch nie mit bleichen oder sogar quarkweißen, winterlichen Wangen gesehen. Wer weiß, warum sie jetzt hier war, völlig unangebracht außerhalb ihrer Jahreszeit, mit ihrem Hintern zum Twistrhythmus wackelte, ihren Busen, der so hocherhoben war wie nie zuvor, wogen ließ und gerade ihm auf die

Nerven ging, ihm, der eine Angst in sich barg, die so groß war wie das Meer. Zu anderen Zeiten, meine liebe Römerin, hätte ich dich zusammengestaucht, daß du danach nur noch in eine Einkaufstasche gepaßt hättest, dachte er. Und dies sollte er ihr noch Jahre danach immer wieder sagen, weil er ihr diesen arroganten Annäherungsversuch einfach nicht verzeihen konnte.

„Warum nennen sie dich eigentlich Adler?“ Sie stand ihm immer noch gegenüber. Eine Zecke. „Und dich, warum nennen sie dich die Römerin?“ fragte Costantino gereizt zurück und griff sich in die Locken. „Was für ein Dummkopf!“ entgegnete sie vergnügt. „Na, weil ich aus Rom bin!“ „Und mich nennen sie so, weil ich einmal einen Adler gesehen habe, sogar einen Adler mit zwei Köpfen. Bist du nun zufrieden?“ gab Costantino genauso aggressiv wie sie zurück. Sie hatte noch immer das spöttische Lächeln auf den Lippen, und dennoch wirkte sie jetzt etwas weicher, die Wangen von der Hitze und der Anstrengung des Tanzens gerötet, außerdem schien sie wirklich neugierig auf die Geschichte seines Spitznamens zu sein. Bestimmt wußte sie noch mehr über ihn, wie ihr „Du bist also der Adler?“ zeigte, das ihm noch im Kopf herumgeisterte. Wer weiß, was die Kusine alles über ihn erzählt hatte. Zumindest die Geschichte mit dem Lehrer, überlegte Costantino, aber dann konnte er seinen Gedanken nicht weiter nachhängen, weil ihn die Römerin zum Tanzen aufgefordert hatte und ihn damit noch mehr verwirrte. Gleich darauf legte sie ihm die Arme um den Hals und brachte ihn damit völlig aus der Fassung. Unbeholfen, das Herz pochend vor Erregung, ließ Costantino zu Anfang seinen Blick durch das Zimmer schweifen, wobei er immer wieder zufällig die wässrigen Augen der anderen Tänzer kreuzte. Dann brach sie das Schweigen: „Also... wann hast du denn nun angeblich diesen doppelköpfigen Adler gesehen?“ Es war das erste Mal, daß Costantino dieses Wort hörte: doppelköpfig. So hieß das also, und nicht: mit zwei Köpfen, wie er immer gesagt hatte. Sie war jetzt nicht mehr feindselig, die Römerin, und auch nicht arrogant. Sie war ganz Auge und Ohr. Braune Augen. Schön und ehrlich. „Ich habe ihn am Tag des Viehmarkts gesehen, am Himmel in Marina. Ich werde wohl acht oder neun Jahre alt gewesen sein..." Und er erzählte die Geschichte jenes Tages, von dem er noch deutliche und azurblaue, aber unverbundene Bilder in seiner Erinnerung bewahrte: die erstickende Schwüle des Sommertags, die den Großvater umhüllte, Baialardo, die Ziegen und den kleinen Jungen, der er damals war, Costantino; Bäche von Schweiß, die in ein Meer von weiß-azurblauen Wellen flossen, und ein zarter Kuß auf das Ufer des Meeres; der alte Rhapsode mit demselben Gesichtsausdruck und der *lahuta* wie bei der Serenade; einen Adler mit zwei unbeweglichen Köpfen und vier lebhaften, stolzen Augen. Für die Römerin, die ihm irgendwann gesagt hatte: „Ich heiße Isabella", für Isabella also, war es schwierig, die verschiedenen Bilder aneinanderzureihen, aber sie schien fasziniert von der magischen Aura, die diese umgab. Sie schaute Costantino verzaubert zwischen die Wimpern und auf die Lippen, an denen sie förmlich zu hängen schien, war taub für die Musik, die Worte der Schlager und die Aufforderungen der anderen Burschen zum Tanz, wenn eine Schallplatte endete. Sie hatte ihn nur einmal unterbrochen, um ihm zu sagen, daß er der einzige sei, der sie beim Tanz nicht erdrücke, und dabei hatte sie mit ihren Lippen aus Versehen sein Ohr berührt. Da waren ihre rosa Wangen zuerst purpurn, dann blutrot geworden. Siehe da, nun schien sie wirklich *kupilja e bukur si gjaku e gjiza*, das Mädchen aus dem Märchen, so schön wie Blut und Weißkäse, die Prinzessin, die er als Kind am liebsten gehabt hatte. Schade, daß das letzte Bild, das er am deutlichsten vor sich sah, schon vorbei war: der majestätische Flug des

Adlers mit zwei Köpfen, vielmehr: des doppelköpfigen Adlers, sein Flug an dem azurblauen, von Wolkenschwaden durchzogenen Himmel. Isabella lächelte, drückte für einen Augenblick ihre hocherhobenen Brüste an Costantinos Brust, lächelte weiter und lachte dann: ein trockenes, unerwartetes Lachen. Zum Schluß, kurz bevor sie mit der Kusine wegging, wurde sie ernst und sagte: „Dumme Sprüche eines Träumers!"

Baialardo starb ganz still im Schlaf an Altersschwäche. Am nächsten Tag nahm Nani Lissandro all seine Kräfte zusammen und warf ihn in die Schlucht von Varchijuso: er sah ihn vier- oder fünfmal auf die Felsen aufprallen und dann für immer in einem Dorngebüsch verschwinden. Keiner der Familienangehörigen vergoß eine Träne um das Tier, sie hatten wahrlich anderes im Kopf. Nur Nani Lissandro trauerte auf seine Art: „*Jeta ësht si fjeta*", sagte er, nahm den Hut ab und legte ihn ans Herz.

Von diesem Tag an wurde er schweigsamer als bisher. Er sagte nicht einmal mehr, daß das Alter ein Aas sei, denn seine Klagen zur Bannung des Unheils waren überflüssig geworden angesichts seiner zitternden Hände, die ihn gezwungen hatten, auf sein Hobby, das Schnitzen, zu verzichten. Das Verschwinden seiner Adler mit zwei Köpfen vom Treppenabsatz des Hauses erinnerte alle, die es nicht schon ohnehin wußten, daran, daß der alte Lissandro bereits mit einem Fuß im Grab stand und daß ein eisiger oder auch schwüler Windstoß ausgereicht hätte, um ihn wie ein Blatt für immer dahinzublasen. Costantino war der einzige, der die täglichen Veränderungen des Nani nicht bemerkte: die dunklen Flecken, die sich auf seinen eingefallenen Wangen ausbreiteten, die immer farbloser werdenden Pupillen, die sich im schmutzigen Weiß der Iris verloren, und der eingefallene Mund ohne Lippen, der ein spitzes, stachliges Kinn hervortreten ließ. Für Costantino war der Nani immer der gleiche: der Mensch, der ihn beruhigte, wenn der Vater abfuhr, und der ihn eines Tages zum Viehmarkt nach Marina mitgenommen hatte. Ihm war nicht einmal das Zittern der Hände des Nani aufgefallen, das sich am Tag nach der Verletzung des Lehrers bemerkbar gemacht hatte. Gefangen in einer Umklammerung aus Angst und Enttäuschung, entspannte sich Costantino nicht einmal mehr auf seinem Lager im Schloß. Er folgte den mehr als sonst verschlungenen Linien auf den Wänden, in der Hoffnung, das Geschehene zu vergessen. Aber die Linien waren grausam: da war er, ein Kauz wie der Herr Lehrer. Er wechselte Auge und Blickwinkel: zwischen den Linien erschienen Isabellas hocherhobene Brüste, und ihr spöttischer Satz hallte in seinem Kopf wider: „Dumme Sprüche eines Träumers!“ Schön wäre es, dachte Costantino, wenn die Ereignisse der letzten Zeit nur Traumbilder wären wie die, die ihm auf den rissigen Wänden des Schlosses erschienen. Man guckt einfach mit dem anderen Auge und entledigt sich ihrer für immer; man entledigt sich des blutüberströmten Lehrers, und die Linien schließen sich zu einem vollendeten Kreis wie die *vallja*: in der Mitte das Traumbild von Isabella.

Dreizehn

Der Mericano war nicht mehr nach Deutschland gefahren, weil er befürchtete, daß ohne seinen gewissenhaften Schutz das Sturmgewitter der Klatschsüchtigen und Lästermäuler verschleiert oder direkt über seine Familie niedergehen könne. Zunächst hatte er den ganzen ihm noch zustehenden Urlaub genommen, dann hatte er Krankheiten erfunden, und zum Schluß hatte er ein höflich gehaltenes Entlassungsschreiben erhalten. Er hatte mit keiner Wimper gezuckt und sich in die Arbeit gestürzt; er blieb den ganzen Tag beim Castello del Piccolo, seine Frau half ihm bei der Arbeit. Den ganzen Tag über sagten sie sich weder *kështu* noch *ashtu*. Lucrezia kümmerte sich um die Hausarbeit und hörte Radio, von morgens bis zum späten Abend, wenn die Eltern zum Abendessen heimkehrten. Sie begleitete alle Lieder mit ihrem Pfeifen, das dem Schlag einer verzweifelten Nachtigall glich. Wahrscheinlich vermied sie dank des Pfeifens das Denken und Leiden, weil es ihr — und das hatte sie immer schon gesagt — große Konzentration abverlangte. Und während die Hände des Nani zitterten, Costantino sich in einem Angstzustand ohne Ende auflöste und die Eltern sich ins Castello del Piccolo zurückzogen, erblühte Lucrezia in den Augen der anderen wie eine bunt gesprenkelte Nelke. Sie hatte ihre Haare gebleicht, um die weiße Strähne ihrer Enttäuschung zu verbannen, und einige Monate später war ihr eine mit strohblonden Strähnen durchsetzte blauschwarze Haarpracht erblüht; die Augen waren nach den unendlichen Tränengüssen der ersten Tage eindringlicher geworden, meistens waren sie grün, aber von dem düsteren Grün der Zypressen, ohne das geringste Strahlen. Wenn sie alleine in die Kirche ging, auf modisch hohen Absätzen, in einem feuerroten Pullover und mit Jeans, die an den Schenkeln so eng saßen, daß sie schlank und kräftig wirkte, drehten sich alle Männer von Hora nach ihr um. Sie war wirklich ein schönes Mädchen, ein besonderes Mädchen, das hatte selbst dieses überhebliche Ding von Isabella zu Costantino gesagt, beim zweiten Mal, als sie sich zufällig auf dem Kriqi wiedergesehen hatten. Sie machte mit ihrer unzertrennlichen Kusine einen Spaziergang durch den feucht-kalten Abend; er lehnte mit Mario und Vittorio an der Skanderbeg-Büste und sprach über Fußball. Isabella begrüßte ihn als erste, wie einen alten Freund, und brachte dann sofort das Gespräch auf seine Schwester, so als hätte es ihr schon lange auf der Zunge gebrannt. „Solche Augen, solche Haare, so... so außergewöhnliche habe ich noch nie gesehen. Sie gleicht dir überhaupt nicht, du, du bist so... anders!“ sagte sie schließlich zu Costantino und lud ihn dann zu einem Spaziergang ein. Die anderen drei folgten ihnen wie Hündchen; von Zeit zu Zeit blieben sie stehen, um sie nicht zu überholen. Isabella schlenderte träge und unbekümmert. Sie hatte keine Eile. Sie sagte, daß sie die Geschichte des Verlobten seiner Schwester sehr interessiere, der, wie man sich erzählte, aus Liebe erstochen worden sei. Ihr komme es unmöglich vor, daß noch derartige Dinge geschehen könnten. Aber stimmte es denn, oder hatte ihr die Kusine ein Märchen aus vergangenen Zeiten erzählt?

Jetzt war es Costantino, der keine Eile hatte zu sprechen. Isabella hatte den Hals zwischen die Schultern gezogen wie eine Schildkröte, aus dem Kragen ihres weißen Mantels ragte nur ein Schopf schwarzer Haare hervor. „Es ist etwas kalt, nicht?“ bemerkte Costantino, um das Gesprächsthema zu wechseln. „Etwas kalt?“ Isabella war darauf reingefallen. „Ich komme mir vor wie in Sibirien! Zum Glück ist es der letzte Abend, den ich in diesem eisigen Loch verbringe, ich habe schon die Koffer gepackt; morgen geht es endlich nach Hause!“

„Was, es gefällt dir nicht hier bei uns?“ fragte Costantino, um sie so weit wie möglich von dem unangenehmen Gespräch über die Schwester und den Herrn Lehrer abzubringen.

„Gewiß. Es gefällt mir sehr. Wirklich, über alle Maßen. Vor allem in dieser Jahreszeit“, antwortete Isabella spöttisch. „Ich glaube, ich würde verrückt, wenn ich noch eine weitere Woche hier verbringen müßte“, fügte sie dann ernst hinzu. „Diese Langsamkeit, die einen zur Weißglut bringen kann; immer diese Fischaugen, die auf einen gerichtet sind; dieses Schlecht-Reden über andere hinter deren Rücken. Wenn du wüßtest, was man über dich sagt... Und dann diese absurden Regeln: daß die Frauen nicht in der Bar verkehren dürfen...“

„Entschuldige, was sollte ich denn wissen?“ unterbrach sie Costantino, der es jetzt plötzlich eilig hatte, etwas zu erfahren. Isabellas Kopf schlüpfte aus dem Kragen: „Aber du weißt es doch selbst!“

„Was denn? Willst du nun reden oder nicht?“

Costantino wartete ungeduldig. Er hatte die Augen aufgesperrt, so als müßte er die Antwort mit erweiterten Pupillen hören. Es waren die Augen eines hartnäckigen Träumers, fand Isabella, zu groß in diesem Moment, zu harmlos und verstört.

„Man sagt, daß du es warst, der den Lehrer erstochen hat“, packte Isabella aus, indem sie heftig ausatmete, und einen Augenblick später fügte sie hinzu: „Aber ich glaube nicht daran.“ Vielleicht war es taktlos von ihr gewesen, ihm davon zu erzählen. Hätte sie seinen fiebrigen Blick vorausgeahnt... „Hätte ich gewußt, daß es dir weh tut, darüber zu reden...!“ Aber es war nun einmal geschehen, und jetzt konnte sie nicht mehr tun, als seine Hand zu nehmen und sie zu drücken, als Bitte um Verzeihung und als Zeichen des Mitgefühls. Die kleinen, kalten Hände wirkten wie ein wundersames Heilmittel auf die Verletzung von Costantino. Unbezahlbar war diese Geste für ihn; diese kleinen Hände waren in sein Herz gedrungen, und sie schienen ihm jetzt nicht mehr kalt, sondern samten. Diese samtenen Liebkosungen dauerten bis zum Ende des Spaziergangs an, stumm, da Costantino und Isabella selbst stumm waren, und sie erwärmten ihm das Herz, den ganzen Winter lang, den man ansonsten hätte vergessen können.

Im März nahm der Mericano das Angebot an, mit seinem Vetter Demetrio auf einer Baustelle in Ludwigshafen zu arbeiten. „Die Arbeit ist schwer, aber der Lohn ist hervorragend, wenn man Überstunden macht; hier reißt du dir den Arsch auf für nichts." Er versprach der Familie, daß sie den Sommer in Ludwigshafen verbringen würden, sobald er eine anständige Wohnung gefunden hätte. Noch nie hatte er sich bei einer Abreise so bemüht, fröhlich zu wirken. Er lächelte und blinzelte so stark mit den Augenwinkeln, daß sie sich in Falten legten, und er schnitt Grimasse über Grimasse, wie ein verdrießliches Kind, das im Begriff ist zu weinen. Er ließ das Dorf hinter sich mit der Erleichterung, nun nicht mehr die forschenden Blicke der Leute befürchten zu müssen, aber mit all den Sorgen, die ihn in den letzten Monaten Tag und Nacht begleitet hatten. In aller Eindeutigkeit verstand nur der Sohn die hinter den Falten verhaltene Rede. Sobald Costantino den Bus mit dem Vater darin in dem dichten Frühjahrsregenschauer verschwinden sah, fühlte er sich von der Rolle des Beschützers der Familie in die Pflicht genommen.

An den langen Aprilabenden schloß er sich in aller Stille der Gruppe der Alten an, die den Dorfplatz bevölkerten, und den Grüppchen von Jugendlichen, die sich in der Bar vergnügten. Aus der Juke-Box tönte der heisere Schrei des *„che ne sai tu di un campo di grano... e del mondo tutto* *chiuso in una via, che ne sai*", der gegen die mit Schnapsflaschen gepolsterten Wände der Bar prallte und schließlich gegen den geräuschvollen Himmel stieß, der bereits mit dem Schwarz der Schwalben betupft war. Bei jeder Gruppe hielt er sich einige Minuten auf, genau so lange wie er brauchte, um das Gesprächsthema aufzuschnappen, und danach schlich er sich fort.

Wenn die Schwester und die Mutter noch auf waren, mußte er das gekünstelte und entnervende Pfeifen der ersteren und den Fatalismus vergangener Zeiten der zweiten über sich ergehen lassen. Von der Last der Schande schon krumm geworden, war die Mutter die einzige in der Familie, die ihren Schmerz geäußert hatte, zum Vergnügen der Leute, wie die Tochter meinte. Da sie nicht wußte, wem sie die Schuld geben sollte, weil der Lehrer ja schon genügend bestraft worden war, schob sie alles auf das böse Schicksal: „Wir haben immer Pech, sie haben ihn verhext, den Herrn Lehrer, er hat sich völlig verwandelt. Dahinter steckt bestimmt der böse Blick von wer weiß wem, von den Neidern, die, wenn auf der Welt noch Gerechtigkeit herrscht, einen Schlag tun müßten wie Trabekku!" Abgesehen von diesem Trabekku, den Zonja Elena ständig im Munde führte, ohne daß sie jemals erklärte, wer das eigentlich war und warum er geplatzt sein sollte, störte Costantino am meisten die Maßlosigkeit, die die Mutter mit ihrem schicksalsgläubigen Gejammer und die Schwester mit ihrer pfeifenden Gleichgültigkeit an den Tag legten. In der Rolle des Vaters hielt er mit gereizter Stimme Moralpredigten: „Also hört endlich auf, schämt ihr euch nicht? Was sollen denn die Nachbarn denken? Bei der ganzen Atemluft, die ihr vergeudet, wird euch noch ein Kropf wachsen wie den alten Weibern aus dem Palacco." Dann zog er sich in sein Zimmer zurück, manchmal sogar, ohne das Essen angerührt zu haben, und schlug die Tür hinter sich zu. Aus dem Nebenzimmer hörte man Nani

Lissandro, der schon eine Weile im Bett lag, irgend etwas murmeln. Vielleicht einen Fluch, um sich zu beschweren, daß sie ihn nicht schlafen ließen, und um mitzuteilen, daß es ihn auch noch gab.

Vierzehn

Lucrezias Haare hatten unter den Augen aller Feuer gefangen, und Costantino versuchte sie zu löschen, aber es gelang ihm nicht, denn mittlerweile war das Feuer so groß wie das Weihnachtsfeuer geworden. Lucrezia stand lachend inmitten der Menge, gesund und üppig mit ihren gut frisierten, nachtblauen Haaren, aber Costantino löschte weiter das Reisigfeuer; seine Schwester Orlandina, die plötzlich mit einem Eimer Wasser aufgetaucht war, half ihm dabei. Er aß große Schnecken, die in der Glut garten und zerplatzten. Er wachte auf, als ihm Orlandina, die mit dem Neun-Uhr-Bus angekommen war, die verschwitzten Wangen küßte und strahlend zu ihrem dreijährigen Söhnchen, das sie auf dem Arm hielt, sagte: „Paolino, das ist Onkel Costantino, gib ihm ein Küßchen." Der Junge wandte sich von Costantino ab, wobei er die Augenbrauen vor Mißfallen runzelte, aber einen Augenblick später überlegte er es sich anders: er lächelte und kitzelte Costantino an den nackten Füßen.

Paolino wurde erstickt von der Zuneigung der Nachbarn und Verwandten. Besonders Lucrezia hätte ihn am liebsten aufgefressen, wie sie sagte, und Zonja Elena überschüttete ihn von morgens bis abends mit Küssen. Sogar Nani Lissandro, der kleine Kinder nie gemocht hatte, wurde von dem näselnden Stimmchen des Urenkels überwältigt, der vor den riesigen Tellern mit Taubenfleischbrühe sitzend, hartnäckig wiederholte: *„Jo jo, non dua io, non dua"*, wobei er Arbëresh und Italienisch vermischte. Dann gab er fröhlich den Kinderreim von den Fingern zum besten, den er auch zweisprachig aufsagte: *„Ki do bukë* / dieser: will Brot / *ki ngë këmi* / dieser: das haben wir nicht / *ki vemi e vjedhmi* / dieser: gehen wir welches klauen." Orlandina war wirklich zufrieden mit ihrem Söhnchen, das Arbëresh verstand, weil, wie sie sagte, es für sie in der ersten Zeit dort im Norden das Schlimmste gewesen sei, niemanden zu haben, mit dem sie *si neve* sprechen konnte, wo sie doch so weit entfernt von ihren Lieben war. Anfangs hatte ihr Mann mit ihr geschimpft, wenn er sie mit dem Kind in dieser Sprache, dieser Marokkanersprache, sagte er, reden hörte. Das Kind war schon zwei Jahre alt gewesen und hatte weder Mama noch Papa gesagt, und der Ehemann glaubte, daß es verwirrt sei durch die zwei Sprachen, die es hörte. Dann hatte ihm der Pfarrer seines Dorfes erklärt, daß zwei Sprachen auch zwei Kulturen bedeuten, lieber Narciso, und zwei Kulturen bereichern, man wird aufgeweckter als Erwachsener. Daraufhin hatte der Ehemann nicht mehr geschimpft, im Gegenteil, als Paolino im Trentiner Dialekt und *si neve* zu zwitschern begann, hatte er die Großmut gehabt zuzugeben, daß er sich geirrt habe, und hatte sie um Verzeihung für das Vorgefallene, die erste ernste Auseinandersetzung, die sie gehabt hatten, gebeten.

Orlandina war die einzige, die das Wirbeln im Herzen ihres Bruders wahrnahm, als der Briefträger ihm eine azurblaue Ansichtskarte aushändigte, die er gleichgültig auf eine Ecke des Küchenschranks legte, nachdem er mit einem Seitenblick den Namen des Absenders erkannt hatte. Er hatte sich bemüht, keinen Freudenschrei loszulassen, aber es war ihm nicht gelungen, ein plötzliches Wimpernzucken zu vermeiden, das zwei kleine Frühjahrsfliegen erschreckte, die auf seiner Stirn gelandet waren. „Hat dir deine Liebste geschrieben?“ wagte Orlandina auf Italienisch zu fragen. Costantino überraschte diese Frage, und er versuchte zu bluffen und seine Verlegenheit durch eine freche Antwort zu verbergen: *„Nanì fjèt puru litisht!* Die Liebste! *Vre këtu!* Die Liebste!“ Dann ging er zum Dorfplatz und ließ die Postkarte schutzlos bei den zwei neugierigen Schwestern zurück, die nur einen kurzen gleichgültigen Blick auf die Panoramaaufnahme des Kaiserlichen Roms warfen, während sie langsam und mit lauter Stimme, damit es auch die Mutter und der Großvater hörten, die Mitteilung lasen: „Mein lieber Adler, heute nacht habe ich Dich fliegen sehen, in einem schönen Traum... In Zuneigung. Isabella. P.S. Schöne Ostern und auf bald." Wer wird denn nur diese Isabella sein? fragten sie sich und lasen noch einmal, lachend und mit lauter Stimme.

Am Ostermontag hatten sie viel Spaß bei ihrem Ausflug aufs Land, aßen kalten Nudelauflauf und *kucupe*, das Ostergebäck. Nani Lissandro hatte am Ast einer riesigen Eiche mit den alten Seilen seines Maulesels eine Schaukel angebracht, und nun stieß er mit all seinen Kräften Costantino an, der Paolino auf dem Schoß hielt. Die Frauen lagen ausgestreckt auf der Wiese und palaverten, und Lucrezia knabberte wie ein Zicklein faul am frischen, jungen Gras. Was konnte man anderes sagen, als daß man sich in diesem Augenblick wirklich wohl fühlte. Wirklich wohl. So mußte es im Paradies sein. Mit dieser Luft, die weder zu warm noch zu kühl war. Mit dieser Sonne, der man in die Augen schauen konnte. Mit allen Lieben vereint, Ellbogen an Ellbogen, Gedanke an Gedanke. Die drei mußten an den Mericano denken, der sicherlich gerade in diesem Augenblick eine Straße in der Gegend von Ludwigshafen teerte. Es war nur ein flüchtiger Gedanke, weil er durch das Gelächter des Nani und des Enkels unterbrochen wurde, die sich auf der Wiese balgten. Bei Anbruch der Dunkelheit kehrten sie nach Hause zurück, mit von der Sonne und der Erregung geröteten Wangen. Dies war der erste Tag nach vielen Monaten, den sie alle in Fröhlichkeit verbracht hatten.

Am nächsten Tag ließ Nani Lissandro in aller Frühe auf dem Treppenabsatz des Hauses wieder das Tack-Tack der vergangenen Jahre erklingen. Er wolle Paolino ein Geschenk machen, sagte er. Einen schönen Adler mit zwei Köpfen, den er ins Trentino mitnehmen sollte.

Unter dem forschenden und kritischen Blick des Jungen hämmerte und klopfte er bis zum Abend vor der Abreise der Gäste, und zum ersten Mal bemalte er seinen Adler: rot die Fänge, braun die Flügel, hellblau die vier Augen. Als Paolino ihn in den Armen hielt, sagte er: *„G'azie"*, als Echo der Mutter, die gesagt hatte: *„Thuaj gracje Nanit!"* Er drehte und wendete ihn lächelnd hin und her und ließ den Nani vor Zufriedenheit strahlen. Schließlich war er davon überzeugt, daß es ein Huhn aus Holz sein müsse. Er sagte tatsächlich: *„B'utta pula"* und ließ es die Treppe herunterfallen, wie er es mit allen Sachen tat, die ihm nicht gefielen. Orlandina sammelte den beschädigten Adler auf; einer der Köpfe war am Halsansatz abgebrochen und ein Flügel völlig kaputt. „Ich werde ihn vorsichtig kleben", sagte sie mit errötetem Gesicht zum Großvater. „Dieser Sohn ist ein Teufel", meinte sie ärgerlich, zu Paolino gewandt. Aber der Großvater und der Sohn lachten vergnügt.

Fünfzehn

Costantino war in Italienisch und Latein zurückgestellt worden, und in Erwartung der Nachprüfungen verbrachte er die Nachmittage kartenspielend vor der Bar, im warmen Schatten einer grün-weiß gestreiften Markise. Dort entdeckte ihn Isabella einige Tage nach ihrer Ankunft in Hora, mit einem verdrießlichen, auf die Spielkarten gerichteten Gesicht und der Konzentration wegen weit aufgerissenen Augen, die von derart langen und gebogenen Wimpern umrandet waren, daß sie fast künstlich wirkten. Sie grüßte lediglich mit einem „Ciao, Jungs", und Costantino warf sie ein Lächeln und einen etwas längeren Blick zu, der ausreichte, um ihn beim Spiel völlig aus der Fassung zu bringen, ihn schweben zu lassen.

Gemeinsam mit ihrer unzertrennlichen Kusine blieb sie hinter ihm stehen und klopfte mit den Fingerspitzen auf das hellblaue Plastikgeflecht des Stuhles, als ob sie dem Rhythmus eines in Gedanken gesungenen Schlagers folgen würde. Costantino blickte abwesend auf die neapolitanischen Karten und warf sie dann wahllos auf das Tischchen, womit er seinen Mitspieler zur Verzweiflung brachte, der sich schon ausrechnen konnten, wie das ausgehen würde. Und tatsächlich verloren sie das Spiel. Nach Meinung von Mario und Vittorio, ihren Gegenspielern, sollten sie sich jetzt zumindest als Kavaliere erweisen und, abgesehen von der verlorenen Runde, den beiden Mädchen ein schönes Eis ausgeben.

„Kavaliere? Dummköpfe sind das", bemerkte Isabella mit ihrer üblichen Offenheit. „Laßt uns eine Partie Karten um das Eis spielen, wenn ihr einverstanden seid." Costantino spürte ihre Hand auf der Schulter und hörte ihre Stimme im Ohr: „Rückst du, bitte?" Er rückte, und wie alle anderen wollte er seinen Augen kaum trauen: es war das erste Mal, daß zwei Mädchen in einer Bar von Hora Karten spielten, und sie konnten sowohl Tressette als auch das Briscolaspiel. Sie spielten mit einer solchen Bravour beim Ansagen, mit solch schnellem Augenzwinkern und ebensolchen Lippenbewegungen, daß die Überraschung doppelt und dann dreifach groß wurde, als sie unter den zweideutigen Bemerkungen der jungen Zuschauer („Könnt ihr das Vögelspiel auch so gut?") und den verhaltenen Maßregelungen der Alten zu gewinnen begannnen. Und sie vervierfachte sich noch, als plötzlich eine lautstarke Stimme erschallte, die eine Gasse in die Menge aus herumstehenden Körpern schlug: *„Vajzarè, me tij pra bëmi kundet!"* Es war Aldo, der Vater von Isabellas Kusine, bis an die Haarwurzeln verärgert über seine Tochter und seine Nichte, für die er nur einen flüchtigen Blick übrig hatte, der jedoch von Groll erfüllt war, so als ob er sagen wollte: das ist alles nur deine Schuld! Dann zog er geradewegs zum Kriqi weiter, beide Hände in den Taschen und das Kinn in die Luft gestreckt, so als wäre er dort rein zufällig vorbeigekommen und nicht, wie allen klar war, von irgendeiner Höllenseele dorthin geschickt. Seine Tochter war kreidebleich geworden: ihr Gesicht, ihre Arme, sogar die Pupillen der Augen. Sie stand wie schlaftrunken da, unter den verblüfften Blicken der kleinen Schar Leute, und wartete offensichtlich auf ein Zeichen von Isabella, wie es nun weitergehen sollte. Die Geste ließ nicht lange auf sich warten. Sie kam zornerfüllt, während die Spielkarten durch die Luft flogen: ein Finger, der mittlere, durchbohrte den Himmel. Und, den Blick auf Lal Aldo gerichtet, der jetzt kaum noch zu sehen war, zischte sie ein stinkendes Wort in reinstem Arbëresh in Richtung Kriqi: *„mut!"*

Am späten Nachmittag schlenderte Isabella alleine über den in Sonnenlicht getauchten Dorfplatz, mit dem Gehabe einer gelangweilten Touristin. Costantino näherte sich ihr mit seinem schönsten Sonntagslächeln. „So, du kannst also auch *si neve* sprechen“, sagte er zu ihr, nur um ins Gespräch zu kommen. „Nur Schimpfworte, wenn ich ärgerlich bin, aber ich verstehe alles.“ Diesmal hatte sie ihm freundlich geantwortet; es war offensichtlich, daß sie Gesellschaft suchte. Und tatsächlich fügte sie hinzu: „Gehen wir bummeln?“ „Na klar gehen wir bummeln. Mit dir würde ich bis ans Ende der Welt gehen“, antwortete Costantino, wobei er nicht bemerkte, daß er eine der banalsten, von Isabella meistgehaßten Redewendungen gebraucht hatte, noch dazu ohne den geringsten ironischen Tonfall, wie er es eigentlich beabsichtigt hatte.

Isabella schlenderte dahin und schützte die hocherhobenen Brüste mit den Armen, wobei sie etwas das Gleichgewicht verlor. Sie hätte sich tatsächlich bis ans Ende der Welt führen lassen, weil sie, wie sie sagte, unbedingt mit jemandem reden müsse. Sie halte es nicht mehr aus, wie ein Mädchen im Kindergartenalter behandelt zu werden: Das macht man nicht in Hora, in Hora macht man es so und so. Sie hätte ihn am liebsten erwürgt, den Lal Aldo, bei mehr als einer Gelegenheit, und auch der Vater sei unausstehlich in Hora, hier sei er völlig verändert; in Rom alle möglichen Freiheiten, in Hora die größtmögliche Kontrolle. Am Meer käme es ganz darauf an: waren Leute aus Hora da, dann hieße es: Zieh dir einen anständigeren Badeanzug an, tue mit dem und dem nicht so vertraulich, denn sonst reden sie schlecht über dich in Hora. Aber am Meer, so sagte sie, würde sie auf das Gemecker pfeifen, denn sobald irgendein Plagegeist den Mund öffnete, würde sie sich in die Fluten stürzen und erst eine Stunde später ans Ufer zurückkehren, mit schrumpeligen Händen und blauen Lippen. Aber in Hora gäbe es nichts, in das sie sich stürzen könnte...

Isabella erschien ihm jetzt wie eine ganz gewöhnliche Sterbliche, mit denselben Problemen wie alle behaftet, hier auf dem von staubigen Disteln umrandeten Weg. Außerdem standen genau wie bei ihm Schweißtropfen auf ihrer Stirn, winzige Tröpfchen, gefärbt von Himmel und Licht. Gutes Zeichen, dachte Costantino, weil Menschen, die nie schwitzten, ihn befangen machten. Auf einmal sagte sie: „Aber du hörst mir gar nicht zu, langweile ich dich? Sag es mir, Costantì." Es war das erste Mal, daß sie ihn beim Namen nannte, und auch dies war ein gutes Zeichen, dachte Costantino, der sich beeilte zu verneinen: „Nein, nein, was sagst du da! Sprich weiter!" Und sie sprach weiter.

„Wo hinein soll man sich in Hora stürzen, wo hinein? In die Gassen, wie..." Sie unterbrach sich schlagartig, und plötzlich schien es, als ob man den Geräuschpegel der Landschaft aufgedreht hätte: Zikadenchöre, mit überraschenden Höhen und Tiefen, Soli von in Olivenbäumen versteckten Spatzen, Schwalben mit Flügeln wie Stanniolpapier, das Geraschel von Eidechsen und Schlangen, Schafsglocken aus der Ferne, Windstöße zwischen den Blättern der Steineichen und dann: „Ist das ein Schloß?"

Endlich hatten sie das kleine weiße Schloß vor sich, das derartig leuchtete, daß man, um in seine Richtung blicken zu können, die Augen mit der Hand abschirmen mußte.

„Willkommen in meinem Königspalast", sagte Costantino lächelnd. Er öffnete das verrostete Tor, und während sie den Kiesweg entlanggingen, antwortete er ausführlich auf die Flut von Isabellas Fragen: „Wem gehört es? Wem gehörte es früher? Warum ist es so weiß? Warum ist es so klein?" Dann ließ er sie in den mit Flußschotter bedeckten Hof eintreten, wo er ihr die Pläne des Vaters erläuterte: die Treppe sollte wieder aufgebaut werden, damit man auf die Spitze des Wehrturms steigen konnte, und außerdem sollte es eine Terrasse mit Terracotta-Belag geben. Isabella bekam glänzende Augen. „Schön, herrlich, stark!" wiederholte sie die ganze Zeit und stützte sich dann ermattet mit verschränkten

Armen auf seine rechte Schulter, so daß ihre hocherhobenen Brüste seinen Arm berührten. „Also bist du eine richtig gute Partie, wie sie in Hora sagen. Na ja, wenn du dann eines Tages hier wohnst, werde ich dich heiraten“, meinte sie vergnügt.

Costantino gefiel dieses Spiel mit dem „Wenn...“, das das Mädchen aus dem Stegreif begonnen hatte, aber er wußte nicht, ob er lachen oder ihr in die Augen schauen oder weiter unbeweglich bleiben sollte, um die wallende Hitze der Brüste zu verfolgen, die seinem Arm entlang herabströmte. Schließlich entschied er sich weiterzuspielen: „Betrachte dich also schon als meine Braut, denn ich wohne bereits seit einiger Zeit hier. Und da wir gerade hier sind...“ Er nahm sie auf seine Arme und steuerte entschlossen auf das kleine Eingangstor zu, unter dieser übermenschlichen Kraftanstrengung schwankend; noch vier Schritte, Isabella wog einiges, wer hätte das gedacht? Schwer lag sie in seinen Armen und lachte und sah es kommen: „Gleich fallen wir hin!“

Sie fielen zum Glück auf den neuen Fußboden. Costantino hatte es geschafft. Sie fielen übereinander und lachten sich halb kaputt; sie verspürten nicht die geringste Lust, sich wieder voneinander zu lösen, im Gegenteil, sie lagen dort mit ineinander verschlungenen Beinen, die Hände in den Haaren des anderen vergraben. „Du spinnst, du spinnst wirklich“, sagte Isabella, die jetzt alleine lachte, weil er sie stumm und ganz ernst betrachtete; ihm gefielen ihre Katzenzähnchen, sie war erhitzt, rot die Wangen und die Lippen, weiß das Kinn und die Stirn, *e bukur si gjaku e gjiza*. „Schau mich nicht so an“, sagte ihm die Blut-und-Weißkäse-Schöne, während sich ihr Blick auf Costantinos Lippen richtete.

Es wurde ein Kuß mit offenen Augen, eine kurze Lippenberührung. Ein Kuß mit Augen, die nicht glauben wollten, was vorgefallen war.

Isabella stand als erste auf, entstaubte mit heftigen Handbewegungen Kleid und Haare und schaute sich dann um. Die renovierten Räume gefielen ihr gar nicht, sie seien geschmack- und stillos, ohne Beachtung der ursprünglichen Formen wiederaufgebaut; ganz zu schweigen von dem verwahrlosten Zustand des restlichen Schlosses, wo die Restaurierungsarbeiten noch nicht beendet waren: beschädigte Fliesen, fehlende Fußbodenleisten, Risse im Putz, Feuchtigkeitsflecken an den Decken, Fenster ohne Läden. Den Kuß erwähnte sie nicht mehr, weder im Schloß noch auf dem Rückweg noch bei den folgenden Begegnungen.

Sechzehn

Der Mericano hatte sein Versprechen gehalten; am siebten Juli erwartete er Frau und Tochter in Ludwigshafen. „Nach vielem Hin und Her“, schrieb er, „habe ich eine kleine Wohnung in der Stadtmitte gefunden, die am sechsten Juli frei wird, und ich kann es kaum erwarten, Euch wieder zu umarmen. Schade, wirklich schade, daß Du, Papa Lissandro, nicht kommen willst, aber da ich Dich gut kenne, ist es zwecklos, noch weiteren Atem zu vergeuden. Wenn Du nein gesagt hast, bleibt es dabei. Du wirst ihm Gesellschaft leisten, lieber Sohn Costantino, so kannst Du Dich besser auf die Prüfungen im September vorbereiten. Und ich hoffe, daß es das letzte Mal sein wird, daß Du mir ein derartiges Unglück bereitest. Wenn es nochmal vorkommt, kannst Du die Bücher verkaufen und Dir eine Hacke besorgen.“ Zum ersten Mal reagierte Costantino auf einen Vorwurf und eine Bestrafung des Vaters mit einem Freudenschrei. Er umarmte den Großvater und sagte flüsternd zu ihm: „Das wird ein toller Sommer!“

Völlig damit beschäftigt, das Gepäck für die Reise vorzubereiten und ihre Seele wieder herzurichten, bemerkten Zonja Elena und Lucrezia nicht, daß Costantino den ganzen Morgen im Bad verbrachte, um sich zu pudern, zu parfümieren, die Haartolle mit Brillantine aufzurichten, die Augenbrauen, die Koteletten und den zartwüchsigen Schnurrbart zu kämmen. Beim Mittagessen dann führte er langsam die Spaghetti alla bolognese zum Mund und schaute dabei von der ersten dampfenden Gabel bis zur letzten mit drei bereits hartgewordenen Spaghetti auf die Wanduhr, in der Erwartung, daß sie vierzehn Uhr anzeigen würde, die Stunde der Verabredung mit Isabella. Abgesehen von den Freunden war

Nani Lissandro der einzige, der nahezu sofort begriffen hatte, daß Costantino wegen des Mädchens aus Rom mit den nackten, braunen Schenkeln so kopflos geworden war. Ab und zu hatte er ihn dabei beobachtet, wie er sich wie ein Kreisel drehte, seltsame theatralische Bewegungen machte oder fröhlich mit geschlossenem Mund lachte. Oder er hatte ihn mit ihr zusammen gesehen, wenn er die Tomaten und Paprikapflanzen kontrollierte, die man förmlich wachsen sah. Angeregt unterhielten sie sich im Hof des Schlosses miteinander, sie bombardierte ihn mit Fragen, und er erzählte ihr alles, bis ins kleinste Detail, über sämtliche Familienangehörige, ohne ihr etwas zu verheimlichen, nicht einmal, daß der Vater an Hämorrhoiden litt. Die Blicke der beiden waren die von Kopflosen, aber nicht ihre Gesten — sie berührten sich nicht einmal mit einem Finger. Vielleicht haben sich die Zeiten geändert, dachte der Nani, zu meiner Zeit hätte sich nicht einmal ein Christus bei so einem Mädchen zurückgehalten. Aber genau das war es, was Costantino vermeiden wollte, sich altmodisch zu zeigen, als liebeshungriger Dorfjunge, der noch nie ein hübsches Mädchen gesehen hat. Dabei war ihm sehr wohl bewußt, daß seine Freunde ihn lebenslänglich als schwul abgestempelt hätten, wenn sie gewußt hätten, daß er seine Zeit mit Unterhaltungen verbrachte, anstatt zur Sache zu kommen.

Costantino hatte den Faden des Spiels mit dem „Wenn..." verloren, und Isabella half ihm nicht, ihn wiederzufinden, weil sie entweder nicht spürte, daß er wegen ihr so kopflos war, oder weil er ihr samt seiner Küsse bei offenen Augen gleichgültig war. Vielleicht wollte sie sich auch nur die Zeit mit irgend jemand vertreiben, seitdem Lal Aldo seiner Tochter untersagt hatte, mit ihr spazieren zu gehen. Eines jedenfalls war gewiß: mit Isabella mußte man Geduld haben, auf eine weitere magische Gelegenheit warten, um sich ganz selbstverständlich ihren Lippen und ihren Brüsten zu nähern, oder um ihr die hartnäckige Gegenwart ihrer kleinen Hände in seinem Herzen zu offenbaren, die schon seit Weihnachten anhielt. Ja, eine unendliche Geduld, da er festgestellt hatte, daß die herkömmlichen Methoden bei ihr nicht wirkten. Er hatte ihr gesagt, daß er ihr in einer bestimmten Nacht eine Serenade spielen würde, und was tat sie? Nach der ersten der drei Schallplatten, alles aktuelle Liebesschlager des Sommers, die er mit Sorgfalt einen ganzen Morgen lang ausgesucht hatte, öffnete sie die Tür zum Balkon des Hauses. Sie jagten davon wie der Wind, er, Vittorio und Mario, weil sie glaubten, daß jetzt der Vater oder, noch schlimmer, der Onkel heraustreten würde. Wie der Wind der Angst, während die Nadel des tragbaren Plattenspielers brüsk vorwärts hopste: *„quella notte quanti baci... more e al fiume ti portai... notte quanti"*, und wieder zurück, *„era il tempo delle more... fiordalisi e papaveri... in su... in su..."* Und als ob das nicht schon gereicht hätte, rief sie aus vollem Halse und erschütterte dabei das dichte Dunkel und die Stille der Gasse: „Costantinoooo, wohin rennst du? Ich bin es, Isabellaaaa!" Und so kam es, daß seit jener Nacht alle wußten, daß Costantino Avati, genannt der Adler, eine Liebelei hatte mit Isabella Barbato, genannt die Römerin.

Dann kam auch noch Nani Lissandro dazwischen, der ohne es zu wollen, jede Möglichkeit zu einer weiteren Gelegenheit des Zaubers auslöschte. Denn er hielt sich von morgens bis abends im Castello del Piccolo auf, um die Tomaten- und Paprikapflänzchen zu gießen und gut zu düngen. Isabella hatte ihn, angeregt durch die Erzählungen von Costantino, kennenlernen wollen, und jetzt verbrachte sie die ihnen zur Verfügung stehende Zeit mit dem Nani, der einen mit seiner Langsamkeit beim Arbeiten zur Verzweiflung bringen konnte, aber redete wie ein Fußballreporter aus dem Rundfunk: von der ersten, der zweiten und der dritten

Vergangenheit von Hora und Umgebung. Wenn sie zufälligerweise einmal alleine waren, erkundigte sich Isabella bei Costantino nach weiteren Einzelheiten der Geschichten des Nani, wie sie ihn jetzt auch nannte, und es schien, als hätte sie jegliches Interesse an dem Jungen verloren. „Ich habe Nani Lissandro liebgewonnen“, gab sie zu, „weil er mich an Opa Renzo aus Rom erinnert: das gleiche rosafarbene Gesicht eines mageren Neugeborenen, die gleichen lebhaften Augen.“ Zur Begrüßung und zum Abschied küßte sie den Nani sogar, um ihm ihre Zuneigung zu bezeugen. Und so brauchte sie nicht lange, um ihn zu erobern. Es kam sogar soweit, daß er sich verpflichtet fühlte, sie dem Enkel ans Herz zu legen, als wenn das nötig gewesen wäre: „Ich sage dir, zieh sie dir heran. Isabella ist eine *vaizë me kripë*, die zu dir paßt: gut und aufgeweckt, mit einem feinen Gesicht, wie das der Blut-und-Weißkäse-Schönen aus dem Märchen.“

Es war außerordentlich, daß auch Nani Lissandro diese Ähnlichkeit festgestellt hatte. Es war so außerordentlich, daß er es Isabella erzählen wollte, am Tag, an dem die Schwester und die Mutter nach Deutschland abfuhren. Der Großvater war zu Hause, um die letzten Anweisungen der Tochter über sich ergehen zu lassen, als ob er wirklich der Neugeborene gewesen wäre, mit dem Isabella ihn verglichen hatte. Endlich waren sie einmal alleine. Sie saß Costantino gegenüber und hing fröhlich an seinen Lippen, hockte wie er auf den Knien auf dem großen, mit Maisblättern gefüllten Sack im größten Zimmer des Schlosses. „Jetzt will ich dir das Märchen von dem Mädchen, das dir gleicht, erzählen“, sagte er, auch wenn es schon spät war und der Bus nach Crotone in einer halben Stunde abfahren würde. „Also. Es war einmal ein Königssohn, der einen Weißkäse aß. Beim Brotschneiden schnitt er sich in den Finger, und dabei färbte sich der Weißkäse mit seinem Blut. Sobald er das Blut auf dem Weißkäse sah, war er von dem Schauspiel entzückt und sagte: Ich muß unbedingt ein Mädchen finden, das so schön wie das Blut und der Weißkäse ist, und dann..."

Vielleicht weil sie das Märchen schon kannte, legte Isabella an dieser Stelle die Handfläche ihrer linken Hand auf seinen Mund und schloß die Augen. Er strich mit den Lippen über ihre geöffnete Handfläche und preßte sie dann auf ihren Mund, saugte Lippen, Speichel, Zähne, Zunge, so wie man einen Granatapfel aussaugt. Zärtlich hielt er ihren Kopf in seinen Händen, voller Angst, mit den Fingern in ihrem Gesicht aus Weißkäse und Blut zu versinken. Isabella zog sich das rote Hemd aus, und von diesem Moment an konnte Costantino sich nicht entschließen, ob er sie weiter küssen sollte oder bis in alle Ewigkeit die dunklen Brustwarzen bewundern sollte, die stolz zur Decke emporragten. Einen kurzen Augenblick bedeckte sie mit den Armen ihre Brüste, eingeschüchtert durch seinen Blick, aber gleich darauf wälzten sie sich auf dem Maisblättersack hin und her, wobei sie einen Wirbel von Blättern in den von der Fensteröffnung eingerahmten Himmel aufsteigen ließen. Ihr stöhnender Atem war so laut, daß die Zikaden in den gegenüberstehenden Olivenbäumen einen Augenblick lang verstummten.

Gerade als Constantino sich sein Hemd aufknöpfen wollte, unterbrach Vittorios Stimme den Zauber: „Costantì, beeil dich, es ist spät, der Bus kommt in fünf Minuten! Deine Mutter und deine Schwester stellen schon das ganze Dorf auf den Kopf, weil sie dich nicht finden. Hast du vergessen, daß du sie zum Bahnhof begleiten mußt?" Er hatte mit heraushängender Zunge gesprochen, weil er so schnell gelaufen war, aber als er die nackten Brüste von Isabella erblickte, blieb ihm vollends die Luft weg.

Costantino schaute nicht einmal auf die Uhr, um keine weitere Zeit zu verlieren. *„E nanì, nanì?"* sagte er.

„Wenn du jetzt losrennst, schaffst du es“, meinte Isabella, während sie sich anzog.

Mit einem Satz sprang er hinaus, aber dann kam er noch einmal zurück, denn er hatte vergessen, ihr etwas Wichtiges mitzuteilen: *„Të dua mir.“*

„Ich dich auch“, antwortete Isabella, aber da war er schon eine Staubwolke auf der Straße. Heftig keuchend rannte er dahin — diese Reise, die wirklich zur unpassendsten Zeit kam, lag ihm schwer im Magen — und versuchte, sich eine Entschuldigung auszudenken, mit der er die Furien beschwichtigen konnte, die er schon auf dem Dorfplatz schimpfen hörte, während der Bus mit laufendem Motor ungeduldig unter der Julisonne brummte.

Siebzehn

Im Haus roch es ungelüftet und nach Knoblauch. Das war auch kein Wunder, denn da der Nani sogar an den Hundstagen fror und jetzt auf niemanden Rücksicht nehmen mußte, hielt er die Fenster verschlossen, auch wenn er seine Speisen auf der Grundlage des mörderischen Knoblauchs aus dem Castello del Piccolo zubereitete. Costantino machte in der kleinen, stickigen Küche seine Hausaufgaben und aß Tomatensalat mit Knoblauch und Brot mit Zwiebeln und Speck, ohne sich zu beschweren. Nie hatte er sich so frei gefühlt wie in den Monaten dieser freiwilligen Klausur. Nur am Tag des Festes der Heiligen Veneranda ließ er sich an der Seite von Isabella blicken, und dann erst wieder nach den Nachprüfungen, die er mit den bestmöglichen Zensuren bestanden hatte. Er war mager und blaß geworden, aber seine Augen strahlten große Fröhlichkeit aus. Der alte Lissandro schien wie neugeboren in diesen Monaten mit seinem Enkel; er hatte ein rundlicheres Gesicht bekommen, hielt sich gerader und war eine Handbreit länger geworden, seitdem er schlafen konnte wie er wollte: auf einer auf dem Boden liegenden Matratze. So war es nicht verwunderlich, daß sich beide vor Freude umarmten, als sie eine Woche vor der Rückkehr der Frauen, die für den ersten Oktober geplant war, erfuhren, daß Zonja Elena erkrankt war und deswegen einstweilen mit der Tochter in Ludwigshafen bleiben mußte. Sie stellten sich taub gegenüber den Stimmen, die das behaupteten, was sie selbst längst wußten, nämlich, daß die Krankheit für Zonja Elena nur ein Vorwand war, eine Ausrede, um das Gesicht zu wahren, da sie die Unmenschlichkeit besessen hatte, einen alten Mann und einen kleinen Jungen alleine zu lassen.

Wenn man sie so gehen sah, schienen sie wie aus einem

naiven Gemälde entsprungen: der alte Lissandro mit einem schwarzen, breitkrempigen Hut auf dem Kopf und mit seiner aufgeknöpften Weste, Costantino mit einem Stock aus Oleanderholz in der Hand. Dann tauchten sie in den von Regen und Licht durchtränkten Herbstwald hinter dem Schloß ein und kehrten erneut in das rahmenlose Gemälde zurück. Der Nani pflückte Quitten, nachdem er zuvor ihren Duft genossen hatte, und Costantino säuberte sie anschließend vorsichtig von dem samtenen Belag winziger Härchen; sie machten Sträußchen aus gelbroten Ebereschen und pickten und naschten wie die Lerchen vom säuerlichen Fruchtfleisch der Brustbeeren und dem süßen der Weinäpfel, bevor sie den Korb füllten; dann kamen die Hagebutten und die Beeren der Myrten an die Reihe, zum Schluß die roten Früchte des Erdbeerbaums, mit dem Geschmack nach Erdbeeren und Meer.

Costantino gefiel es, dem Nani bei seinen kleinen Arbeiten zu helfen; er klappte die Schulbücher zu, ohne es sich zweimal zu überlegen, wenn es darum ging, Marmelade zu kochen, den Keller aufzuräumen oder die Oliven beim Castello del Piccolo zu ernten. Und es gefiel ihm mehr als jemals zuvor, sich mit dem Nani zu unterhalten, weil dieser ihn von nun an wie einen Mann behandelte.

Er erzählte ihm ohne Scheu von Isabella, von seiner Liebe zu ihr, daß sie der einzige Mensch sei, der ihm im Moment fehle. Wenn sie jetzt hier wäre, sagte er, wäre es das Paradies. Er las ihm sogar die duftenden Briefe vor, in denen sie die Entfernung verfluchten, sich überallhin küßten und es nicht erwarten konnten, sich wieder zu umarmen. Nani Lissandro verstand ihn, *po po po*, und wie er ihn verstand, denn er hat aus Liebe geheiratet, eine Seltenheit zu seiner Zeit. Sidonia und er haben sogar riskiert, erstochen zu werden, um sich nachts in irgendeinem Stall treffen zu können. Damit der Hochzeitstermin einen Monat vorverlegt werden kann, geht der junge Lissandro zu Fuß nach Cariati, um sich die Hochzeitspapiere vom Bischof unterschreiben zu lassen. Sieben Stunden Fußmarsch aus Liebe, und bei der Rückkehr hätte er um ein Haar Federn gelassen. Es ist gegen zehn Uhr abends geschehen, als er sich nur einige Kilometer vor Hora befindet, an einer Stelle, die Dera genannt wird: er hört ein Geräusch wie von einer Meute, die ihn verfolgt. Er sperrt die Ohren auf und begreift, daß es Wölfe sind, nur ungefähr dreißig Meter entfernt. Er beginnt zu beten: meine lieben Füße, helft mir zu entkommen, verläßt schnell den Saumpfad und steigt auf einen Olivenbaum. Die Wölfe mit ihrer feinen Spürnase entdecken sein Versteck sofort und heulen unter dem Baum, zwanzig sind es bestimmt, vielleicht ein paar weniger. Der junge Lissandro hält den Atem an, aber er hat solche Angst, daß er sich fast in die neuen Hosen macht. Mit zitternden Händen holt er den Trommelrevolver, den er immer bei sich trägt, aus der Tasche und feuert sechs Patronen auf die Meute ab; die Wölfe, kluge Tiere, entfernen sich langsam.

Das Wagnis hat sich gelohnt. Sie heiraten und genießen einen Monat länger ihr Glück. Sidonia ist eine *grua me kripë*, die ihr Wort hält, arbeitsam, schön, gesund, immer zu einer spöttische Bemerkung, einem Lachen aus vollem Herzen bereit. Die Schwangerschaft setzt ihr nicht zu, im Gegenteil. Sie ist schöner und rundlicher als vorher, und Elenuzza ist ihr wie aus dem Gesicht geschnitten. Wer weiß, was aus ihr geworden wäre, wenn die Mutter sie aufgezogen hätte. Aber *jeta ësht si fjeta*.

Dies ist der Satz, an den sich Costantino noch heute erinnert und über den der Nani in seinen traurigen Momenten in seinem Inneren weinte, weil er nicht anders weinen konnte. Das Leben ist wie ein Blatt, das schien der Wesenskern seiner Lebensphilosophie zu sein. Denn jede Enttäuschung, jeder Schmerz, wie der Tod eines Freundes, das Hinscheiden von Baialardo oder der Waldbrand waren wie Steine, die in den Teich seiner Erinnerung geworfen wurden, und die zitternden konzentrischen Kreise dehnten sich um so weiter aus, je größer der Stein war. *Jeta ësht si fjeta*. Und es war kein Stein, sondern ein Felsblock gewesen, der in der blauen Tiefe seines Herzes versank, als Sidonia im Alter von siebenundzwanzig Jahren an einer Lungenentzündung starb.

Die besten Ärzte aus dem Bezirk Crotone sind gekommen, um sie zu untersuchen, haben ihr Ruhe, Sirup und Tabletten verschrieben, und er hat mit den Ersparnissen seines ganzen Lebens bezahlt. Er hätte sogar seine Seele verkauft, nur um sie zu retten. Aber Sidonia ist davongegangen, ohne die Hoffnung zu verlieren, gesund zu werden, wie ihre müden Augen bekunden. Die Schwiegermutter hat sogar die Zauberhexe aus Puhërìu gerufen, um nichts unversucht zu lassen, und diese ist dann, nachdem sie Sidonia einen Augenblick allein beobachtet hat, in die Küche zurückgekommen und hat mit überheblicher Sicherheit gesagt: „Sie hat den Thron der Feenkönigin zerschlagen. Im Wald von Krisma. Es war eine große, freiliegende Heidekrautwurzel; beim ersten Schlag ist ihr die Axt aus der Hand gefallen, und sie hat ein Jammern gehört. Doch sie hat keinen Verdacht geschöpft, hat den Thron durchgehauen und den Schrei einer Frau gehört. So ist also alles aufgeklärt: das ist die Rache. Am selben Abend ist das Fieber gestiegen. Es gibt keine Rettung für sie. Die Feen können mit derselben Heftigkeit Böses tun, wie sie auch Gutes tun."

Nani Lissandro weiß nicht, was er dieser Kassandra mit den dreisten Äuglein sagen soll, die ihn und die gesamte Familie beschuldigt. Sie hätten sie früher rufen müssen, meint sie, vielleicht hätte sie die Feen mit Kuchen und Keksen beschwichtigen können, wie sie es schon viele Male getan habe. Nun sei es zu spät.

Nach Meinung von Nani Lissandro ist das einzig Wahre

an der Rede der Zauberhexe der Umstand, daß Sidonia und er eines Tages in den Wald gegangen sind, um Holz zu schlagen. Und am Abend fühlt sie sich unwohl, schwitzt, phantasiert, hat hohes Fieber. Nun gut, ja. Sie hat auch die Heidekrautwurzel durchtrennt, hat sich durchgesetzt, hat es nicht ihm überlassen wollen. Sidonia ist in solchen Dingen starrköpfig; es macht ihr Spaß, und dabei läßt sie oft ihrem überraschenden Lachausbruch freien Lauf, so wie sie es an jenem Morgen getan hat. Und wenn es wirklich Feen gäbe, dann hätten auch diese sich daran erfreut. Das übrige, sagt Nani Lissandro zur Zauberhexe, der schreiende Ast, der zerschlagene Thron, die Feen, die man beschwichtigen kann, seien *ciotìe*, Blödsinn. Er bittet die Frau, sofort das Haus zu verlassen, und streitet mit der armen Schwiegermutter, weil sie sie gerufen hat. Es gibt gar keinen Zweifel: wenn seine Frau so jung davongegangen ist, dann nur weil *jeta ësht si fjeta*. Sie früher als wir. Aber irgendwann auch wir. *Fjeta*. Das eindringliche Kreisen von lebendigem und fröhlichem und grünem Getriller. Dann die feuchte Erde.

Und was machst du jetzt, Sidonia, was machst du, Isabella?

Achtzehn

Sie erkennen sie kaum wieder. Sie wirkt groß auf ihren Stökkelabsätzen, und sie trägt einen Pelzmantel, der ihr bis zu den Knien reicht. Darunter trägt sie schwarze Samthosen und eine hellblaue Seidenbluse. Die Brüste sind rundlich, und obwohl vom Büstenhalter gut gestützt, schwingen sie bei jeder kleinen Bewegung. Viatrice Sciales ist dort, in der Wohnung des Mericano in Ludwigshafen, um tausendfach um Entschuldigung zu bitten für den Überfall, aber der Grund für den Besuch sei ziemlich wichtig. Sie spricht anfangs Italienisch, sagt: „Verehrter Herr Avati, liebe Zonja Elena, liebstes Fräulein Lucrezia", und raucht. Als sie merkt, daß auch die Frauen, vor allem Lucrezia, ein paar Brocken Deutsch radebrechen, redet sie in dieser Sprache weiter, damit auch ihr Begleiter etwas versteht: „Ich bin mit meinem Mann gekommen, um Euch mein Haus zu verkaufen." Der Begleiter war also der Ehemann, und sie waren gekommen, um das alte Haus im Palacco zu verkaufen. Der Mann lächelte den ganzen Besuch über, den Bogen seines schwarzen Schnurrbarts in die Breite ziehend. Es ist der Türke, von dem die Dorfleute erzählt haben, der Besitzer von zwei Gaststätten und einem Imbiß in Mannheim. Er ist freundlich und hat gute Manieren; auch er raucht und zündet seiner Frau die Zigaretten mit einem goldenen Feuerzeug an. Er kostet den Wein vom Castello und sagt *super*, den starken Kaffee von Zonja Elena und sagt *sehr gut*, sogar die in Schmalz eingelegte Schweinswurst und sagt *lekker*. Ein prächtiger Türke, da kann man nichts gegen sagen, ein wirklicher Herr, der sich abgesehen von den Höflichkeitsbezeugungen nicht in das Gespräch eingemischt hat. Aber warum verkaufe sie ihr Haus? Weil sie in dieses Dorf nicht einmal als Leiche zurückkehren wolle. Und warum gerade ihnen, bei so vielen Leuten aus dem Dorf, die in Ludwigshafen lebten? Weil für Viatrice Sciales die Leute mit Herz vor den anderen kämen. Was Herr Avati ihr Gutes getan habe, würde sie niemals vergessen. „Wieviel wollen Sie?“ fragt der Mericano ungeduldig. „Den Preis des Stempelpapiers für die notarielle Beglaubigung des Kaufvertrages“, antwortet Viatrice Sciales umgehend. Allen bleibt der Mund offenstehen, ihm, seiner Frau, der Tochter. Aber Frau Viatrice will nicht einmal ein Dankeschön annehmen. Sie vereinbart einen Termin beim Notariatsbüro des Konsulats für den nächsten Tag und geht, untergehakt bei ihrem lächelnden Türken, im Wohnzimmer ein Wölkchen Jasminparfüm zurücklassend.

Die Augen des Mericano glänzten grün wie in alten Zeiten, als er auf dem Dorfplatz vom Besuch der Frau Viatrice Sciales erzählte. Er hatte vor, das alte Haus abzureißen, das nur aus einem einzigen Zimmer und einem Treppenabsatz vor der Eingangstür bestand, und stattdessen eine Garage zu bauen. „Gute Idee“, bestätigten die Freunde, „eine schöne Garage, die du, wenn du willst, auch vermieten kannst.“

Der Mericano war erneut voller Pläne, begeistert, erfüllt von Tatendrang. Er redete, drückte allen die Hand, lachte und erzählte, daß es Frau und Tochter in Deutschland gut ginge, daß man sich nicht beklagen könne, danke. Lucrezia arbeite in einer Wäscherei und Zonja Elena verbrächte ihre Zeit mit dem Ausplündern der Supermärkte von Ludwigshafen, mit seinem Geld. Sie habe für jeden Verwandten und für jeden Nachbarn ein Geschenk gekauft, einen Schrank voller Sachen, den sie im Sommer mitbringen würden, mit seinem fast neuen Mercedes, der so bequem wie ein Flugzeug war. Er sei der Arbeit wegen außerhalb der Saison in Hora, denn solche wie er, bemitleidete er sich selbst, um gelobt zu werden, seien zum Schuften geboren. Ja, ja, das Leben höre irgendwann einmal auf, aber die Arbeit nie.

Er bemerkte nicht einmal den Gestank von Knoblauch und abgestandener Luft, den man im Haus einatmete, weder die gute Gesundheit des alten Schwiegervaters noch das schwarze Schnurrbärtchen, das sich der Sohn hatte wachsen lassen. In den ersten Apriltagen war er wie ein Erdbeben ohne Vorankündigung über Hora hereingebrochen, und so sollte er zehn Tage später auch wieder verschwinden, jede Menge Schutt hinter sich zurücklassend.

Statt die Bauarbeiten am Schloß zu vollenden, wie er in der Vergangenheit häufiger gesagt hatte, ließ er sich von einem Bautechniker aus Marina, an den er sich wegen des neuen Projekts gewandt hatte, überzeugen, das Schloß völlig abzureißen. Der Grund? Es sei billiger ein neues Haus zu bauen, als eine so häßliche Ruine wieder aufzubauen. Wie viele Millionen er denn schon ausgegeben habe bisher? Viele. Und was sei das Ergebnis? Der Mericano antwortete nicht, weil er sich schämte. Aber noch sei es nicht zu spät, meinte der Bautechniker, wenn er seinen Zaster gut anlegen wolle. Ein schönes Haus mit drei Etagen, eine für jedes Kind, in schöner quadratischer Form, so würde man mit denselben Raummetern Bausubstanz eine größere Baufläche gewinnen. Und mit einer geschickt skizzierten kleinen Zeichnung bewies er dem Mericano die Unwiderlegbarkeit seines Konzepts. Die Arbeiten würde er selbst beaufsichtigen, der Herr Avati könne beruhigt im Ausland bleiben. Bis zum Sommer würde er die Garage und den Rohbau der drei Wohnungen vorfinden: Pfeiler und Zwischendecken.

Der Bagger brauchte einen Tag, um das Schloß zu demolieren und den Bauschutt in der Schlucht abzuladen. An diesem Tag war Costantino in der Schule und Nani Lissandro auf dem Feld. Als am Abend der in Staub gehüllte Mericano den beiden euphorisch erzählte, daß dort, wo früher das Schloß gestanden habe, sich jetzt ein großer Platz ausdehne, so groß wie der *rahj*, wußten die beiden nicht, wohin sie ihre zornerfüllten Blicke richten sollten. Am nächsten Morgen räumte der Mericano das Haus von Frau Viatrice aus. Aus dem alten Webstuhl machte er Brennholz, den Nußbaumtisch brachte er zu sich ins Haus, die Stühle und die Decken mit den Mottenlöchern schenkte er den Nachbarinnen; der Rest hatte seiner Meinung nach keinerlei Wert, er konnte ruhig auf dem Schuttplatz begraben werden. Am frühen Nachmittag ließ ein kleinerer Bagger als der, der das Schloß abgerissen hatte, das Haus von Frau Viatrice für immer verschwinden, nachdem eine Alte in schwarzer *coha* die Löwenmäulchen von der Mauer gepflückt hatte. Der Mericano fuhr am selben Abend nach Deutschland zurück und ließ Sohn und Schwiegervater mit dem Mund voller Staub zurück. „Das ist wohl das Schicksal des Mericano: ins Dorf zurückkommen, wieder wegfahren, abreißen, bauen, zurückkommen, abreißen, wieder wegfahren", bemerkte Nani Lissandro, „er weiß selbst nicht, was er will."

„Kj ësht fati i Merikanit: vjen, vete, çan, stisën, vjen, çan, vete; ngë di nemenu ai atë çë do." Das Tonbandgerät gab die Stimme des Alten in voller Lautstärke wieder, der vor Verwunderung zusammenfuhr. Costantino strich sich befriedigt über das Schnurrbärtchen. Außer dem vielen Staub hatte der Mericano wenigstens noch den glorreichen Einfall gehabt, ihm einen Kassettenrecorder, Grundig CR 485 Stereo, zu schenken, einen mit eingebautem Mikrophon, leicht zu bedienen. Die ersten Tage verbrachte er seine Freizeit damit, die Schlager aus dem Radio aufzunehmen, die er im Schulbus immer wieder hörte. Dann kam ihm eines Tages der Einfall, die Stimme des Nani direkt aufzunehmen, die uralten Geschichten, die dieser ihm vor vielen Jahren am Tag des Viehmarkts erzählt hatte. Der Nani, dessen Repertoire an Rhapsodiefragmenten in Prosa und Versen schon nach der Hälfte der Kassette erschöpft war, verwies Constantino auf die

alten Zonje aus ihrer und den anderen *gjitonì*, die mehr wüßten und ein besseres Erinnerungsvermögen hätten.

Die alten Zonje waren gern bereit, die Rhapsodien vor dem Mikrofon zu rezitieren oder zu singen, aber sie wollten wissen, wozu er sie brauche, warum er sie sammle. Und auch seine Freunde beharrten: *„Pse? Pse bier mot me këto shërbise?“* War es wirklich vergeudete Zeit? fragte sich Costantino. Die Rhapsodien gefielen ihm, reichte das nicht aus? Vielleicht suchte er das, was ein Junge in einer Geschichte sucht: das Abenteuer, die Helden, die Ähnlichkeiten mit dem eigenen Leben. *„Pse? Pse?“* Costantino antwortete mit einem Lächeln, und wenn das nicht ausreichte, seufzte er: *„Kështu“*.

Rhapsodien sammeln wurde sein bevorzugter Zeitvertreib. Er tat es mit derselben Leidenschaft, mit der andere Jungen Muscheln, Briefmarken, Ansichtskarten und Fußballerbildchen sammeln. Es war ein wirklich arbeitsamer Frühling für Costantino. Morgens ging er in die Schule, die Hausaufgaben machte er im Bus, und pünktlich um fünfzehn Uhr war er zu Hause, um die Zwiebelomeletts zu verzehren, die ihm Nani Lissandro zubereitete. Dann trieb er sich bis zum späten Abend auf der Suche nach Rhapsodien im Dorf herum.

Als Mitte Juni, zwei Wochen früher als geplant, Isabella zurückkehrte, traf sie ihn mit dem Kassettenrecorder unter dem Arm und in der Stimmung eines vergnügten Träumers an. An diesem Tag hatte Costantino von der kindlichen Stimme der alten Zonja Mena *„Vdekja e Skanderbekut“* erzählt bekommen, die Rhapsodie über den Tod von Skanderbeg, und er war begeistert. Er wolle eine Übersetzung dieser Rhapsodie anfertigen, sagte er, weil sie es wert sei. Und er spielte sie dem Mädchen vor. Isabella gab zu, keine Silbe davon zu verstehen. „Das ist nur eine tieftraurige Klage, die einen erschaudern läßt“, sagte sie. „Sie gefällt mir nicht.“

Costantinos Gesicht verfinsterte sich. Eine halbe Stunde später hatten sie ihren ersten großen Streit.

Zunächst fand Isabella keine Worte. Sie waren am Castello del Piccolo angekommen, und das Schloß war verschwunden. An seiner Stelle erhob sich ein dreistöckiges Gebäude mit Pfeilern und Zwischendecken, dessen Erdgeschoß aus Zementblöcken gemauert war. „Gräßlich“, bemerkte Isabella enttäuscht. „Welcher Schwachkopf hat dieses entsetzliche Ding bauen lassen? Den sollte man verhaften lassen!“ Costantino wurde rot und senkte den Blick. Aber Isabella dachte nicht daran aufzuhören: „Dazu muß man schon das Gehirn einer Henne haben... welch ein Blödmann... wie kann man nur... ein kleines Schloß hinwegfegen... Schwachkopf!“ Costantino wollte sie zum Schweigen bringen: „Paß auf, du sprichst über meinen Vater!“ Aber er machte sie nur noch wütender: „Ach so, dein Vater ist es; dann ist er doppelt schwachsinnig.“ Die erste Ohrfeige landete mitten in ihrem Gesicht, der zweite Schlag traf sie im Nacken. „Du Miststück, so sprichst du nicht über meinen Vater!“ Isabella verwandelte sich in eine Furie: sie teilte Fußtritte und Faustschläge aus, kratzte, fluchte und schrie: „Du blöder Sack, nicht einmal mein Vater hat sich erlaubt, mir eine Ohrfeige zu geben!“ Sie wälzten sich im Staub und beschimpften sich gegenseitig, und wenn nicht Nani Lissandro gekommen wäre, hätten sie sich gegenseitig zerfleischt. „Sieh mal an, so beweist man sich also heutzutage seine Zuneigung“, sagte der Alte, während er sie auseinanderbrachte. Er wollte nicht einmal den Grund für die gewalttätige Auseinandersetzung erfahren.

Sie redeten vier Tage nicht miteinander. Wenn sie sich zufällig auf dem Dorfplatz begegneten, senkten sie den Kopf und gingen geradeaus weiter.

Am fünften Tag gab Costantino seinem Stolz einen Stoß und bat Isabella wie ein geprügelter Hund um Verzeihung.

Sie gingen wieder zum Castello del Piccolo, das sich in jenen Tagen in eine staubige Baustelle verwandelt hatte, und sie sprachen nicht mehr darüber, weder über den Mericano noch über den abscheulichen Bau aus Stahlbeton. Sie küßten sich und leisteten Nani Lissandro im staubigen Gemüsegarten Gesellschaft, küßten sich und gossen die Tomatenpflänzchen, küßten sich und lachten. Sie hatten sich geschlagen; Isabella war nicht einen Millimeter zurückgewichen, Costantino hatte seinem Stolz einen Stoß gegeben, und es war so, als ob nichts geschehen wäre. Es würde immer so bleiben zwischen ihnen: „Wenn wir eines Tages heiraten", sagte er und nahm ihr altes Spiel wieder auf, „dann werden wir in Hora leben." Und sie: „Sogar auf dem Mond würde ich leben, aber nicht in diesem Dorf voller Verrückter. Hier möchte ich nicht einmal begraben sein!" und sie leierte hunderte Gründe dafür herunter. Er spielte den Beleidigten, sie küßte ihn, und dann lachten sie wieder. Aber eines Abends hatte ihr Spiel ein Ende. Als sie ins Dorf zurückkehrten, schnappten auch sie die Nachricht auf, die für Stunden den Spaziergang der Alten auf dem Dorfplatz, das Kartenspiel an den Tischen, die Hausfrauen im schmalen Schatten der Gassen mit dem Einkauf in der Hand gelähmt hatte: der Herr Lehrer war aus Somalia zurückgekehrt, der Herr Lehrer Carmelo Bevilacqua.

Neunzehn

Eine Woge nach Knoblauch riechender und abgestandener Wärme stoppte Isabella auf der Schwelle des Hauses Avati. Sie entdeckte den Nani vor der brennenden Feuerstelle, wo er, ganz in Gedanken versunken, langsam einen gelblichen Brei im Kochtopf rührte. „Und Costantino?" fragte sie nach Luft ringend, erstickt von der unerträglichen Hitze. *„Ësht atje mbrënda"*, antwortete der Alte und wies mit dem Kochlöffel zum Schlafraum.

Costantino lag zusammengekauert auf dem Bett und las ein Heftchen. Das Zimmer wurde vom Nani sehr ordentlich gehalten, so daß sie die im Zimmer verstreuten Heftchen störten. Sie sammelte sie auf und verstaute sie im Nachttisch, um sie außer Sichtweite zu schaffen, dann küßte sie Costantino aufs Ohr und fuhr ihm durch die Locken. Der Junge ließ sich liebkosen, man merkte, daß er es nötig hatte; so konnte es nicht weitergehen, zusammengekauert auf dem Bett wie eine Katze. „So geht es nicht, dafür gibt es keinen Grund", sagte sie zu ihm. „Schon seit drei Tagen hast du das Haus nicht verlassen. Los, machen wir einen Spaziergang, sonst bekommst du Rückgratverkrümmung." Er log, schaute ihr in die Augen und log: er fühle sich nicht wohl, sagte er, er habe ständig Kopfschmerzen und keine Lust aus dem Haus zu gehen. Da verlor Isabella die Geduld: „Ach, du hast Kopfschmerzen? Die werde ich dir sofort vertreiben! Das kommt nur, weil hier eine Luft herrscht wie in einer Krankenhausküche. Luft, Luft ist nötig." Und sie öffnete die Balkontür, stieg auf einen Stuhl, um ein Fenster aufzureißen, das schon seit einem Jahr verriegelt war, und drang schließlich in die Hölle des Großvaters vor. „Luft", sagte sie, „Luft muß hier rein, hier erstickt man ja", und sperrte die

Küchentür und das Küchenfenster weit auf. Costantino war ihr auf nackten Füßen gefolgt und wartete auf die Reaktion des Nani. Aber der Alte ließ sich nicht aus der Fassung bringen; er stand über die Glut der Feuerstelle gebeugt, mit den wie immer rosigen Wangen, weder rot im Gesicht noch verschwitzt, und aus dieser unbequemen Stellung heraus sprach er zu Isabella: „Bald essen wir *bath e buk*; das ist eine Spezialität. Saubohnen erzeugen Blut, mehr Blut als Fleisch; du ißt mit uns."

Isabella nahm die Einladung gerne an, sie hatte großen Hunger. Costantino warf ihr hin und wieder einen Blick zu und bemühte sich, verdrossen zu wirken, aber sie lächelte ihm zu und befahl schulmeisterlich: „Geh den Wein holen, Brot fehlt, die Tischdecke muß gewechselt werden..."

Die Saubohnen waren zu einem dampfenden Brei geworden, und deshalb sollten sie am besten Brotstückchen in die Teller tauchen, empfahl gerade der Nani, als jemand vom Treppenabsatz des Hauses her rief: „Ist es gestattet?"

Der Saubohnenbrei erstarrte im Munde des Nani und seines Enkels zu Eis; beide erkannten die Stimme des Lehrers Carmelo Bevilacqua. Der elegante blonde Mann, der einen Augenblick später leibhaftig vor ihnen stand, war tatsächlich der Lehrer. Er war nicht leicht wiederzuerkennen, so wie er sich verändert hatte, aber er war es, das gleiche Verhalten wie immer, leutselig und freundlich. „Wenn der Berg nicht zum Propheten kommt...", begann er rätselhaft und stockte dann. Er lächelte, drückte allen die Hand und verteilte Komplimente („Ihr seht gut aus, Herr Alessandro. Was für ein hübscher Junge du geworden bist, Costantino. Und wer ist dieses niedliche junge Mädchen?") und Lächeln, so als ob sie sich vor zwei Jahren als gute Freunde getrennt hätten, mit einer ans Herz gehefteten Rose.

Costantino hielt seine Augen auf den dampfenden Teller gerichtet. Er befürchtete, daß der Nani irgendeine Dummheit begehen würde, daß er den Gast auf unfeine Art und zum Vergnügen der Nachbarn aus dem Haus weisen würde. Er hatte vergessen, daß die Gastfreundschaft heilig war. Und tatsächlich forderte der Alte den Lehrer auf, Platz zu nehmen und mit ihnen zu essen, ohne ein Anzeichen von Nervosität zu zeigen, wie Costantino, der gezwungen lächelte, oder von Unruhe, wie Isabellas Hände, die sich zwischen Tisch und Haaren hin und her bewegten.

„Ihr seid freundlich wie immer, Herr Alessandro", bemerkte der Lehrer, „und ich nehme die Einladung an, weil ich weiß, daß Ihr Euch sonst beleidigt fühlt." Was für eine Beleidigung, dachte Costantino, welch ein Hurensohn, was für eine Unverfrorenheit. Isabella stellte einen weiteren Teller mit Saubohnenbrei auf den Tisch und sagte freundlich: „Der Großvater hat sie gekocht; es ist eine Spezialität."

Einige Minuten lang hörte man nur die Geräusche der Löffel, die in dem Brei erstickt wurden. Der Lehrer wirkte heiter und strahlend, in keiner Weise verunsichert durch das nachdenkliche Schweigen des Alten und des Jungen oder durch die anhaltenden Blicke von Isabella. Ihr gegenüber saß ein schöner Mann um die dreißig, mit modischer Brille, ohne überflüssige Speckfalten, im Gegenteil, mit einem drahtigen, sportlichen Körper und kaffeebraunem Gesicht, in einem eleganten hellblauen Leinenanzug, lässig getragen, mit blauem Hemd und blauen Schuhen. Er ähnelte keineswegs dem fettigen, glatzköpfigen Schweinchen, als das Costantino ihn beschrieben hatte. Sogar die schüttere Haartracht war schön und leuchtend wie ein reifes Weizenfeld unter der Sonne. Isabella lächelte ihm freundlich zu. Aber nach einer Weile hielt sie die Stille nicht mehr aus, die von dem vulkanischen Dampf des Saubohnenbreis eingehüllt wurde, welcher die Falten um die Augen des Lehrers erzittern ließ. „Gefällt es Ihnen in Somalia?" fragte sie, den schweigenden Dampf erschütternd.

Es schien so, als ob der Lehrer keine andere Frage während des ganzen Abendessens erwartet hätte. Er? In Mogadischu führe er ein wahres Prasserleben, verdiene eine Stange Geld, das heißt, das fünffache des italienischen Gehalts. Er könne es sich erlauben, eine Villa am Meeresstrand zu mieten, aber er sei nicht des Geldes wegen dort, das hob er besonders hervor. Er sei dort, um den Somalis zu helfen, um sein Wissen zur Verfügung zu stellen. Er wolle diesen Leuten, die in Armut lebten, in eindeutiger Weise seine Freundschaft beweisen, auch wenn er für diese ein *gal* bliebe, das heißt, ein Ausländer. „Sie sind mißtrauisch, oh, wie mißtrauisch die Somalis sind, aber sie sind freundlich und gastlich", schloß er.

Nani Lissandro erhob zum ersten Mal das rosige Gesicht, und sprach, zum Lehrer gewandt: „Wir sagen: *Dirq e litì, mos i këllit mbë shpi, se të çajnë poçë e kusì*. Nicht immer hat man etwas davon, wenn man gastfreundlich ist, im Gegenteil." Aber der Lehrer kam gar nicht dazu, nach dem Sinn des Sprichworts zu fragen, denn Costantino platzte wie mit Zeitzündung zur Verteidigung der Somalis heraus, so als ob ihm die Worte schon eine Weile auf der Zunge gebrannt hätten: „Sie tun gut daran, mißtrauisch zu sein! Bislang sind die Ausländer nur mit einem Wunsch dort hingegangen: sie zu kolonisieren, diesen armen Menschen das Blut auszusaugen, ihre Kultur auszulöschen. Alle. Die Italiener, die Engländer, die Amerikaner und jetzt die Russen, nach dem sozialistischen Staatsstreich vor ein paar Jahren."

Gewiß, Costantino war im Bilde, aber der Lehrer war nicht so sehr beeindruckt von seiner Sachkenntnis, als vielmehr betroffen wegen des aggressiven Tons seines ehemaligen Schülers, so daß er nur etwas Unverständliches murmeln konnte und dabei über seine eigenen „das heißt", „sehen wir mal" und „auch wenn", stolperte. Dann räusperte er sich und wurde deutlicher: „Du hast recht, wenn auch nur teilweise: die *gal* haben Somalia ausgebeutet und beuten es immer noch aus. Aber nicht wir Italiener; das heißt, wir haben nur für Somalia bezahlt, ohne eine müde Maus aus dem Loch hervorgelockt zu haben..."

„Daß ich nicht lache! Doch nur, weil es bis jetzt weder Zeit noch Möglichkeiten gab, sie auszusaugen", unterbrach ihn Costantino in einem überheblichen und herausfordernden Ton.

Zum Glück stellte Isabella in diesem Moment eine weitere Frage (vielleicht über die Sehenswürdigkeiten Somalias) und schwächte damit das wütende „Was für ein Sch..." des Lehrers ab, der anscheinend die Kontrolle über sich verloren hatte.

Aber der Herr Lehrer fand innerhalb eines Augenblicks zu seinem Lächeln zurück, und dann gab er Eindrücke, Sensationen und Informationen über Somalia von sich, wie ein Schauspieler, der schon tausendmal seinen Part wiederholt hatte.

Nach dem Abendessen bedankte er sich bei ihnen und wünschte ihnen mit einer Verbeugung einen schönen Abend.

Später ließ sich Isabella von Costantino nach Hause begleiten. Sie meinte, daß er so endlich einmal an die frische Luft käme und sich die Beine vertreten könne.

„Ja, ich habe es nötig", gestand er ein, sagte dann aber nichts weiter. In seinem Kopf schwirrten die Worte des Lehrers herum, und er bemerkte weder die blitzende Scheibe des Meeres, die im Mondlicht leuchtete, noch Isabellas verliebte Augen, als sie ihm sagte, daß sie zum ersten Mal in ihrem Leben ungern ans Meer führe.

Was hatte der Lehrer nicht alles erzählt!

Aber er hatte nicht gesagt, daß er nach Hora zurückgekommen war, weil er die Absicht hatte, Lucrezia zu heiraten.

Zwanzig

Der Lehrer verkehrte abends auf dem Dorfplatz. Dort konnte man ihn beim Bürgermeister untergehakt sehen oder inmitten des Organisationskomitees für das Fest der Heiligen Veneranda. Er sah tadellos aus in seinen Anzügen aus Knitterleinen und trug als einziger Jackett und Krawatte. Dadurch war er schon aus größerer Entfernung zu erkennen, so daß es Costantino immer rechtzeitig gelang, eine Begegnung mit ihm zu vermeiden. Er hatte es sich nicht mehr erlaubt, noch einen Fuß in das Haus Avati zu setzen, nachdem er bei jenem Abendessen so kühl behandelt worden war. Nun wartete er voller Ungeduld auf „die, die eigentlich zählen", wie er allen mitteilte, und damit meinte er Lucrezia und ihre Eltern. Nani Lissandro sei ein Mann vom alten Schlag, ein Dickschädel, unfähig, zu verzeihen und um Verzeihung zu bitten. Und Costantino sei ein Junge, der sich allzu leicht von seinem Großvater beeinflussen lasse. Unterdessen half er dabei, das Fest zu organisieren. Er tue es gerne, weil er ein uneigennütziger Mensch sei, sagte er, und außerdem habe er für Hora auch eine schöne Überraschung, über die nur der Bürgermeister Bescheid wisse. Ein wertvolles Geschenk, verschlossen in einem großen Ei aus Stanniolpapier, das erst am Abend des Festes auf der Bühne geöffnet werden sollte. Die Neugierigsten begannen, ihm den Hof zu machen, um mehr zu erfahren; sie zwinkerten ihm vertraulich zu und hofften, ihm das Geheimnis zu entlokken: „Na los doch, ich werde es niemandem sagen. Stumm wie ein Fisch, wie ein Grab werde ich sein, na los", aber der Lehrer blieb zugeknöpft, und der Bürgermeister, ein listiger Mensch, tat so, als ob er die Frage nicht hörte, oder er wechselte sofort das Gesprächsthema. Skurril wie er war, hätte der Lehrer alles Erdenkliche hineinstecken können in dieses Ei aus Stanniolpapier, aber man mußte schon so hirnlos wie Patrù sein, um zu schlußfolgern, daß sich — da der Lehrer immerhin ein wohlhabender Mann war — in dem Ei ein Bündel Dollars befände, damit die verstimmten Glocken der neuen Kirche ersetzt werden könnten, die der Lehrer häufig als unwürdig für ein Dorf wie Hora bezeichnet hatte. Der Lehrer lachte genüßlich, als er das erste Mal von Patrùs komischem Einfall hörte, aber er wiederholte auch weiterhin mit einer gewissen Arglist: „Allerhöchstens kann ich euch zeigen, wie das Ei von außen aussieht."

Die Wohnung sei für seine Rückkehr renoviert worden, erklärte der Herr Lehrer den neugierigen Besuchern, die hauptsächlich aus seinen ehemaligen Schülern bestanden. Man habe sie ihm für fünfundzwanzig Millionen angeboten, und vielleicht würde er sie kaufen, weil er daran hänge, auch wenn er sie im Grunde genommen nur in den Ferien benutzte. Die ehemaligen Schüler hörten ihm unaufmerksam zu, und da verstand der Lehrer: er nahm das große Ei in die Hände, blendete sie mit dem Stanniolpapier und stellte es vorsichtig in einen geöffneten Pappkarton. Das übrige, sagte er, würden sie im Licht der Scheinwerfer auf der Bühne erstrahlen sehen, gemeinsam mit der bekannten Musikgruppe „Ricchi e Poveri". Das gelbliche Plakat, das das Fest ankündigte, hatte er selbst entworfen und sich darauf für zweiundzwanzig Uhr in fettgedruckter Schrift einen Platz reserviert: Sensationelle Überraschung von Prof. C. Bevilacqua.

Zwei Tage vor Beginn des Festes füllten die Buden alle Ecken des Dorfplatzes und des Kriqi. Sie verdeckten sogar die Büste von Skanderbeg und ließen nur einen kreisförmigen Platz für den Aufbau der Bühne frei. Wie jedes Jahr traf am Vorabend Isabella mit ihrer Familie ein, mit braungebrannten Beinen, die durch einen weißen Minirock betont wurden.

Costantino sah sie am nächsten Tag während der Prozession wieder und heftete sich fast den ganzen Tag wie ein Schatten an ihre Füße. Punkt neun Uhr abends befand er sich immer noch an Isabellas Seite, inmitten seiner Clique, direkt vor der Bühne.

Nani Lissandro war auch an diesem Tag zum Castello del Piccolo gegangen, um zu arbeiten. Vor allen Dingen, weil die Pflanzen und die Hühner mit lauter Stimme nach ihm verlangten, sagte er, und auch, weil die Prozession für die Jugend gemacht sei, die Spiele auf dem Dorfplatz für die Kinder, die Abende mit Musik im Freien, um den Leuten das Geld aus der Tasche zu ziehen. Mit den Millionen, die jedes Jahr gesammelt wurden, wenn die Prozession mit der Heiligen an den Häusern vorbeizog, könne man einen Mähdrescher kaufen oder einen Krankenwagen oder etwas anderes, was dem Dorf nütze. Aber abgesehen vom Nani und den Familien in Trauer bevölkerten das gesamte Dorf und viele Menschen aus den Nachbardörfern den Platz. Jetzt klatschten sie Beifall, weil das Konzert der Blaskapelle von Hora zu Ende gegangen war und der Herr Bürgermeister und der Herr Lehrer Carmelo Bevilacqua, letzterer mit dem Ei aus Stanniolpapier in den Händen, auf die Bühne gestiegen waren.

Der Bürgermeister dankte dem Organisationskomitee im Namen der Gemeindeverwaltung und begrüßte dann die Söhne von Hora, die Emigranten, die nach einem Jahr in der Kälte des Nordens in den heimatlichen Schoß zurückgekehrt seien. Ein erster Beifallsturm unterbrach ihn. Der Bürgermeister lächelte geschmeichelt, zog einen Zettel aus der Jackettasche und sprach weiter: „Euer herzlicher Applaus soll auch an die in der Welt verstreuten Söhne von Hora gehen, die, wenn auch fern von uns, in unserer Nähe sein wollen und mit beachtlichen Geldspenden zum Gelingen unseres Festes beigetragen haben!“ Zweiter tosender Beifallsturm. Er begann in alphabetischer Reihenfolge vorzulesen: Namen, Orte und Geldbeträge. Salven von Beifall. Dann mit einem Handzeichen die Bitte um äußerste Ruhe. „Einen Willkommensgruß auch dem hier anwesenden Professor Carmelo Bevilacqua. Er ist zu uns zurückgekehrt und hat uns ein wertvolles Geschenk mitgebracht. Ihm nun das Wort." Der Herr Lehrer glänzte unter den Scheinwerfern, keineswegs eingeschüchtert von den hunderten von Blicken, die er auf sich gerichtet spürte. Er sprach langsam, mit angenehmer, deutlicher Stimme: „Dieses Geschenk soll so sein wie der Grundstein, den der heilige Petrus an dem Ort gelegt hat, an dem sich die Basilika erheben sollte, die seinen Namen trägt. Das heißt, ich möchte, daß in Hora ein schönes ethnographisches Museum entsteht, in dem, das heißt, die *cohe* aufbewahrt werden sollen, die Decken, die Webstühle, die kunsthandwerklichen Gegenstände und all die schönen Dinge, die drohen verlorenzugehen. Ich habe lange an dieser Überraschung gearbeitet, und ich hoffe, daß sie euch gefallen wird... sehen wir mal... und *voilà*." Er durchtrennte mit einem Taschenmesser das rote Band, das um das Ei aus Stanniolpapier gebunden war, und die Schale öffnete sich in zwei gleiche Hälften. „Das prächtige Emblem von Arbërìa!" stellte der Herr Lehrer vor. Das wertvolle Geschenk war ein kleiner, brauner, ausgestopfter Adler mit glänzenden Schnäbeln und Fängen, mit zwei langen, pathetischen Hälsen und mit gelben Äuglein aus Glas, die aussahen, als ob sie sogleich in Tränen ausbrechen wollten. Eine verlegene Stille machte sich auf dem Dorfplatz breit. Costantino wußte nicht, was er davon halten, wohin er blicken, ob er lachen oder pfeifen sollte. Aha, das war also die Überraschung? Was für eine Überraschung sollte das denn sein? An den ratlosen Augen der Freunde und der Leute, die in seiner Nähe standen, konnte er ablesen, daß in diesem Augenblick viele sein Gefühl des Unbehagens teilten. Plötzlich spürte er einen starken Juckreiz an den Fingern und kratzte sich vor lauter Wut blutig, so wie er es fortan in Augenblikken der Gereiztheit immer wieder tun würde. Es war eindeutig: er wußte weder, ob er seinen Augen trauen, noch was er tun sollte. Geblendet von den Lichtern und dem doppelköpfigen Adler, fielen Isabella seine blutenden Finger erst später auf, als sie ihm die Hand drückte.

„Ich verstehe euer Erstaunen...", fühlte sich der Herr Lehrer verpflichtet hinzuzufügen. „Dieser Adler ist ein kleines Wunderwerk... kunsthandwerklicher Arbeit. Das heißt, ich habe zwei junge braune Adler im Sudan gekauft und in den Hals des einen den Hals des anderen eingenäht. Jetzt übergebe ich ihn dem Ersten Bürger von Hora, aber es ist so, als ob ich ihn euch allen schenkte. Auf daß dieser euer, vielmehr unser Adler baldigst sein Nest bekommen möge, das heißt, das so sehnlich erwartete Museum."

Zwischen dem Wunsch des Lehrers und der Übergabe des Adlers an den Bürgermeister hatte es ein dröhnendes Gedonner von Beifallsbekundungen gegeben, unter dem sich die Köpfe des Lehrers, des Bürgermeisters und des Adlers beugten. Hinter ihren Schultern waren mit erhobenen Armen, um die Menschenmenge zu begrüßen, zwei junge Paare aufgetaucht; eine Blondine und ein dunkelhaariger Mann, als reiche Leute gekleidet, und ein blonder Mann und eine dunkelhaarige Frau, als Arme gekleidet: „Meine Damen und Herren, die Ricchi e Poveri!" Die Jugendlichen schienen außer Rand und Band geraten zu sein; sie klatschten Beifall, pfiffen und riefen: „Bravo! Bravo! Hurra!" Und sie sangen den Text mit: „Du mein Dorf dort auf dem Hügel / ausgestreckt wie ein schlafender Greis / die Langeweile, das Verlassensein, das Nichts / sind deine Krankheit / du mein Dorf, dich verlasse ich, ich ziehe fort."

Es war leicht verständlich, daß den Germanesen und den anderen Emigranten eine Gänsehaut über den Rücken lief.

Die Worte drangen über die Lautsprecher in voller Lautstärke in ihren Magen wie Messerstiche: „Meine Freunde sind fast alle fort / und die anderen werden nach mir gehen / schade, denn ich fühlte mich wohl in ihrer Gesellschaft / aber alles vergeht und alles geht vorbei."

Es war auch nur zu gut verständlich, daß Vittorio einen Kloß im Hals hatte. Ende August mußte er abfahren, Bestimmungsort war Frankfurt. Dort lebte seit einigen Jahren sein ältester Bruder. Zur Zeit klapperte er Baustelle um Baustelle und Bauer um Bauer ab und bettelte fast um Arbeit, denn er mußte die Fahrkarte bezahlen und die Raten für die Vespa 50... „Was wird aus meinem Leben, wer weiß / ... / aber es mag kommen, es mag kommen, wie es will."

Costantino legte ihm einen Arm auf die Schulter, und genau das war es, was Vittorio in diesem Moment brauchte, den Arm eines Freundes auf der Schulter. Jetzt bekam auch Costantino einen Kloß im Hals. Im November würde er das Dorf verlassen, um an der Universität in Rom zu studieren; Mario würde gehen, um in Hamburg zu arbeiten; die Hälfte der Leute, die den Dorfplatz bevölkerten, würden sich innerhalb von zwei, drei Wochen über die Welt verteilen. Vielleicht war das der Grund für den Kloß im Hals: das erdrükkende Gefühl, von zukünftigen Geistern umgeben zu sein, von künstlichen doppelköpfigen Adlern, von gesungenen und wiederholten Versprechungen... „aber ich weiß nur, daß ich zurückkehren werde... aber ich weiß nur, daß ich zurückkehren werde."

Einundzwanzig

Der Mericano parkte seinen azurblauen Mercedes gegen zwei Uhr nachmittags auf dem einzigen Schattenstreifen der Ortsstraße. Die erste, die ausstieg, war Lucrezia, und mit einem Blick in die Runde nahm sie ihre Welt in Besitz. Dann löste sie sich davon und bot dem heißen Himmel in einer hochmütigen, aber gleichzeitig auch zärtlichen Geste ihr Gesicht dar. Die Sonne war ein gelbes Licht mit undeutlichen Konturen, gesprenkelt von Scharen verrückt gewordener Schwalben. Zonja Elenas Hand teilte die stickige Luft mit einer Geste in Richtung der kleinen Kirche von Sant' Antonio, die man in der Ferne sehen konnte, und küßte ihren über Kreuz gehaltenen Ring- und Zeigefinger, um dem Heiligen *i bekuar* zu danken, daß er sie heil und gesund zu Hause hatte ankommen lassen. Sie wischte sich mit einem Taschentuch den Schweiß vom Gesicht und versuchte vergeblich, ihre Haare zu richten, die an Stirn und Hals klebten. „Wie schade! Die schöne Dauerwelle, die vierzig Mark gekostet hat, ist von der Reise völlig zerstört", neckte sie der Ehemann, während er die Koffer aus dem Wagen lud, außerdem Kartons, Plastiktüten, Taschen mit Proviant, Taschen voller Geschenke, insgesamt zweiundzwanzig Teile, dreiundzwanzig mit der braunen Lederhandtasche der Tochter. Er schwitzte vor sich hin, der Mericano. Sein weißes Unterhemd war durch die alten und neuen Schweißausbrüche strohgelb geworden und ließ auf den Schultern und auf der Brust zwei Büschel grauer Haare unbedeckt, gekräuselt um tausende von kleinen Schweißperlen.

Ganz plötzlich war der Mercedes von einem Rudel schwanzwedelnder Hunde umgeben, von Nachbarinnen, die lächelnd mit den Armen fuchtelten, von Kindern aller Altersstufen. „Wie jung du aussiehst, *ndrikulla* Elena, *kupile je bënë*“, sagte Mena, und die anderen Frauen echoten: „*Kupile, kupile*. Wie die Tochter.“

„*Jam e lodhur, jam e dekur*, ich bin müde, ich bin tot“, wiederholte Zonja Elena, um sich zu rechtfertigen, da sie glaubte, in diesem Moment schrecklich auszusehen. Lucrezia, die weder die Klagen der Mutter ertrug noch die Komplimente, die sich eimerweise von den Nachbarinnen über sie ergossen wie warmes Wasser („*po po po, ç'je bënë e bukur, si djelli, si hënëza, si*“), griff sich einen der Koffer und bog in die enge Gasse ein, gefolgt von den Kindern, den Nachbarinnen und den Eltern, alle mit einem Gepäckstück in der Hand. Im Haus stach der Geruch nach abgestandener Luft und Knoblauch in die Nase und die Augen der kleinen Menge, obwohl Costantino daran gedacht hatte, schon morgens alle Fenster zu öffnen, und Wolken von Fliegen schwirrten unermüdlich in der Luft hin und her. „*E zeza u, mizat!*“ Sie habe sie ganz vergessen, die Fliegen, sagte Zonja Elena als erstes, und dann küßte sie den alten Vater und Costantino. Die Leute verabschiedeten sich höflich: „Ihr werdet sicher müde sein und auch einen Happen essen wollen.“ Zunächst einmal aber tranken sie: kühles Wasser, Wein vom Castello del Piccolo, mit Eiswürfeln gekühlt, und Orangeade. Sie tranken und unterhielten sich, über die Reise, über die Arbeiten am Schloß, über die bestandene Abiturprüfung von Costantino, über Ludwigshafen. Über den Lehrer Carmelo Bevilacqua sagte Nani Lissandro nur: „Er ist vor drei Wochen angekommen, und er hat die Frechheit besessen, uns einen Besuch abzustatten.“

„Wir wissen Bescheid“, antwortete der Mericano. Sonst nichts. Dann machten sie sich gegenseitig Komplimente: sie seien alle jünger geworden; aber Costantino war natürlich *i madh, një burr* geworden.

Dem Mericano fielen wie von selbst die Augen zu, *i shkreti*, er hatte mehr als zwanzig Stunden am Steuer gesessen. Er warf sich deshalb angezogen aufs Bett, und einen Augenblick später hörte man ihn heftig schnarchen.

Als die Besuche der Verwandten begannen, zog sich auch Lucrezia in ihr Zimmer zurück, weil sie, wie sie sich entschuldigte, vor Müdigkeit schon alles vernebelt sah. Und so wurde die Pflicht, die Verwandten zu begrüßen, auf die gekrümmten und verschwitzten Schultern von Zonja Elena abgeladen. Erst am späten Abend kam sie mit Hilfe von Costantino endlich dazu, die Koffer auszupacken, weil sie sonst nicht in Frieden hätte einschlafen können, wie sie des öfteren wiederholte. Am nächsten Morgen stand sie schon zeitig auf, mit einem Gefühl der Angst in der Brust, das noch verstärkt wurde durch das Täßchen starken Kaffee, den sie sich gebrüht hatte, denn dieser hatte dasselbe Aroma wie der, den sie vor einem Jahr, genau am Tag ihrer Abreise nach Deutschland, getrunken hatte. Es war gerade so, als ob sie das in Deutschland verbrachte Jahr heute nacht nur im Traum erlebt hätte. Wirklich seltsam. Es war gerade so, als ob das vergangene Jahr verkehrt herum, rückwärts abgelaufen wäre. Seltsam. „Ohi Ma', jetzt wirst auch du kindisch", sagte Lucrezia lachend und schloß sich im Badezimmer ein, um sich zu waschen und zu schminken. Costantino hörte die Stimmen der Mutter und der Schwester vom Bett aus. Er schloß die Augen, und im Halbschlaf vernahm er die schweren Schritte der Mutter, das Geräusch eines Besens, der über den Fußboden strich, und den Nachtigallenpfiff der Schwester. Vielleicht hatte die Mutter recht, dieses Jahr war wirklich so lang wie der Traum einer langen Nacht gewesen.

Zwei Stunden später erwachte er gutgelaunt: er hatte von Isabella geträumt. Er wartete, bis der Slip abschwoll, zog sich die Shorts an und begab sich zum Bad, das immer noch von Lucrezia besetzt war: „Herzogin, Frau Herzogin, wollt Ihr die Ferien da drinnen verbringen?" rief er laut, aber Lucrezia antwortete nicht. Und so begann er, Brotscheiben in den Kakao zu stippen, den ihm die Mutter hingestellt hatte. Der Vater und der Nani hatten sich schon in aller Frühe zum Castello del Piccolo begeben, um über die Verzögerungen, mit der die Bauarbeiten am Neubau verliefen, zu klagen, und vor allem über die nicht wieder gutzumachenden Schäden, die der heiße Wüstenwind verursacht hatte. *„Po po po*, was für ein Schaden, wieviel in den Wind geschossene Mühe, was für ein großer Schaden", kommentierte der Mericano bei der Rückkehr. „Es sieht alles wie auf kleiner Flamme geröstet aus. Wenn man es nicht mit eigenen Augen gesehen hat, kann man es kaum glauben. Aber vielleicht kann ja noch etwas gerettet werden", endete er hoffnungsvoll.

„Wenig. Sehr wenig", entgegnete der alte Schwiegervater mutlos.

In diesem Moment verließ Lucrezia das Badezimmer; sie trug einen Jeansrock, der die spitzen Knie unbedeckt ließ, und eine ärmellose rote Bluse. Sie ging anmutig auf nackten Fußspitzen und verneigte sich vor dem Bruder, wobei sie dieselben nachtblauen Haare wie früher zur Schau stellte: „Das Bad gehört ganz Euch, Herzog Costantino von Avati." Die Müdigkeit und die Falten, die die Reise und das Leben auf ihr Gesicht gezeichnet hatten, waren unter einem hellen, fast rosigen Make-up und einem perlrosa Lidschatten verschwunden. Auf ihren Lippen glänzte ein zarter Lippenstift, der die perfekte, volle Herzform ihres Mundes zur Geltung brachte. „Du siehst aus wie eine Glühbirne", sagte der Bruder, der sie genau beobachtet hatte. Und sie lächelte stolz.

Mit Costantinos Augen sahen sie später auch die Nachbarn und die Verwandten, die ins Haus kamen, um sie zu begrüßen. *„E bukur si drita"*, rühmte Zonja Elena die Tochter, als sie bemerkte, daß sie von allen mit den Augen aufgefressen wurde. „Ja, ein bißchen verrückt ist sie schon, meine Tochter, aber schön wie das Licht."

Abends saßen sie dort immer noch im Kreis, mit ihren Gesprächspartnern, die jede Stunde wechselten. Man wiederholte, daß es einem in Deutschland gut ginge, aber auch schlecht, eben beides zusammen. Schlecht wegen der großen Entfernung, das wisse man ja, und gut wegen der Arbeit, das wisse man auch. Außerdem sei Lucrezia dort wieder aufgelebt, sie verdiene gut in der Wäscherei und habe deutsche und italienische Freundinnen, mit denen sie samstags tanzen ginge. Und obwohl sie ein bißchen verrückt sei, wie alle jungen Leute von heute, sei sie doch *e bukur si drita*.

Angeleuchtet von dem vertikalen Licht der Glühbirne und dem horizontalen von Lucrezia, begann Giorgio Taruscio seinen Part zu rezitieren, als die Stühle im Zimmer leer blieben und die Familie Avati sich vollständig versammelt hatte.

Giorgio Taruscio war ein kleiner Mann um die sechzig, mit rötlichen Haaren und einem listigen Blick, der nur aus Zunge und Händen bestand. Er sprach mit beeindruckender Gewandtheit und zeichnete seine Worte und Auffassungen mit flinken Handbewegungen nach. Er rühmte sich, als der beste Olivenbaumschneider im Dorfe angesehen zu sein, dabei hätte er Rechtsanwalt werden können, wenn er die Möglichkeit gehabt hätte zu studieren. Er sei aber dennoch zufrieden, bemerkte er, weil er immer gute Nachrichten in die Häuser der ordentlichen Leute trüge.

Alle begriffen sofort, um welche Nachrichten es sich handelte, denn im Dorf war Giorgio Taruscio als unfehlbarer Heiratsvermittler bekannt.

„Für den Herrn Lehrer hatte ich eine junge Lehrerin aus der Kona ausgewählt, aber er ist ganz eingenommen von dem Fräulein Lucrezia. Nur deinetwegen ist er aus Afrika zurückgekommen, Lucrezia!“ Giorgio Taruscio nehme kein Blatt vor den Mund, wie er sagte. Er leierte die Vorzüge des Lehrers hinunter und bekräftigte diese durch ein leichtes

Schnalzen der Finger: „Er hat Geld, Bildung und Jugendfrische. Er ist ein wirklicher Herr, und hier in Hora wird er von allen geachtet. Ihr kennt ihn doch besser als ich. Ich habe lange darüber nachgedacht: der Herr Lehrer und Lucrezia waren ein perfektes Paar, und sie werden ein perfektes Paar sein, sie sind füreinander geschaffen! Ich bin absolut sicher, wenn sie nach hundert Jahren Eheglück sterben werden, dann werden sie wie die Verliebten aus dem alten Gesang wiederauferstehen: er als Zypresse, sie als weiße Rebe, um ihn geschlungen bis in alle Ewigkeit." Giorgio Taruscio lächelte wie ein Heiliger, atmete tief ein und schloß: „Das, was geschehen ist, ist geschehen. Heute abend bin ich gekommen, um ein Ja von Lucrezia zu hören, und die Hochzeit wird stattfinden."

Lucrezia erhob sich schlagartig. Die Blicke aller Anwesenden waren auf ihren Mund gerichtet, den ein rätselhaftes Lächeln umspielte. Langsam öffnete sie das Herz ihrer Lippen. Der Großvater und der Bruder hofften auf ein schönes, trockenes *jo*; die Mutter und der Vater befürchteten ein häßliches, ebenso trockenes *jo*. Und tatsächlich, Lucrezia sagte: „*Jo*. Nein, er muß persönlich herkommen und mich offiziell darum bitten."

Also war es doch ein Ja.

* * *

Shkoj një ditë mjegullore

Ein nebliger Tag war vergangen,
ein Tag voller Nebel und Traurigkeit,
selbst der Himmel schien zu weinen.
Dann wurde es Tag, und es kam ein Regen.
Auf dem Platz erhob sich ein lauter Schrei,
der traf und warf in Trauer
alle Herzen und Paläste.
Es war Lek Dukagjin.
Gegen die Stirn schlug er sich mit der einen Hand,
mit der anderen riß er sich die Haare aus.
„Erbebe, oh mein Arbërìa!
Eilt herbei, ihr Frauen und Männer,
eilt herbei, ihr armen Weiber und Soldaten,
eilt herbei und vergießt eure Schmerzenstränen!
Waisen seid ihr heut' geworden,
tot der Vater, der euch führte,
euch führte und beiseite stand.
Die Ehre der Mädchen,
die Freude in der Nachbarschaft,
der sie euch hütete, ist nicht mehr.
Der Vater und Herr von Arbërìa,
er ist heute früh verschieden:
Skanderbeg ist nicht mehr unter uns!"
Das hörten die Häuser und erbebten,
das hörten die Berge und barsten;
die Glocken der Kirchen hörten es
und läuteten von selbst aus Trauer.
Und der Himmel öffnete sich
für Skanderbeg den Unglückseligen
(Skanderbeg i pa fan).

Die Schluß-Vallja

Die langen Sommertage waren erfüllt von der klebrigen Hitze des Wüstenwinds, der durch das ganze Dorf wehte, auf dem weichen Asphalt einen Schleier aus Saharasand hinterließ und unzählige kleine Schmetterlinge mit sich brachte, die gegen die warmen Mauern der Häuser flatterten. Dies waren Tage, um ans Meer zu fahren, dachte Costantino, der es satt hatte, heiße Luft zu atmen, sobald er den Mund aufmachte, und in der kleinen, stickigen Küche zu sitzen, um Adressen auf die Hochzeitsanzeigen zu schreiben. Zu gerne wäre er jetzt mit Isabella am Strand von Tredici gewesen. Er hätte den ganzen Tag die Füße ins Meer gehalten, weil das Wasser auch den Geist erfrischt, und das hatte er nötig. Ab und zu musterte er die Familienangehörigen mit einem rätselhaften Blick, der sowohl Ärger als auch Mitleid hätte ausdrücken können, der aber niemandem auffiel. Sie hatten tausenderlei Dinge zu erledigen, und in den freien Augenblicken bemühten sie sich, sich selbst und die anderen davon zu überzeugen, daß „die häßlichen Dinge der Vergangenheit“ nie geschehen seien.

Nur Nani Lissandro heuchelte nicht; er blieb stumm und hielt sich abseits, und mit seinen durchsichtigen kleinen Augen verfolgte er die Nachtfalter, die vom Licht der Glühbirne angezogen wurden. Er antwortete nicht einmal, wenn er direkt ins Gespräch einbezogen wurde, und er zeigte sich auch nicht bewegt wie alle anderen, als der Lehrer sagte, daß er demjenigen verzeihen würde, der ihn verwundet habe. Er habe ihr nicht ins Gesicht geschaut, dieser Person, er sei im Dunkeln getroffen worden, aber er verzeihe ihr, und er wolle, daß man auch ihm verzeihe. Und dann bat er Lucrezia und die ganze Familie demütig um Verzeihung. Lucrezia betrachtete den zukünftigen Ehemann mit ihren schönen, geschminkten Augen, ohne eine Spur von Grau oder Groll; aber eine Minute später, ohne auch nur nach seiner Meinung zu fragen, setzte sie das Hochzeitsdatum auf den letzten Augustsonntag fest, wenn das Dorf noch voller Germanesen sein würde, die sie mit ihren Autos zum Restaurant am Meer begleiteten.

Am Feiertag von Ferragosto drang ein fröhlicher Kinderreim in die die Küche einhüllende Schwüle: *„Neja neja nga Picuta / u martua lalë Karmelluci / e mori cinë Llukrè / pu pu çuramè."* Es war die näselnde Stimme von Paolino, eingepfercht auf dem Treppenabsatz des Hauses zwischen Paketen, Päckchen, Koffern und den verschwitzten Eltern.

Orlandina, die im achten Monat schwanger war, schaukelte durch das Haus und wollte unbedingt helfen, aber schon bald war sie gezwungen, sich verschwitzt und kurzatmig im Sessel niederzulassen. Zuvorkommend wedelte ihr ihr Mann mit einem japanischen Fächer frische Luft zu, aber statt ihm zu danken, schalt sie ihn: „Immer läufst du einem zwischen den Füßen rum! Geh' raus, geh' in die Bar, geh' mit Papa oder mit wem du willst, aber sieh zu, daß du hier verschwindest!" Es endete damit, daß sie sich stritten, und er gab endlich zu, daß er von ihr nach Hora verschleppt worden war. Er hatte mit ihr in diesem Zustand nicht fahren wollen. „Welcher Teufel hat mich da nur geritten? Nach Afrika hast du mich geschleppt." Und sie warf ihm vor, daß er ein Bergbauer sei, der sich nicht um ihre Gesundheit sorge, sondern nur um die seiner Apfelbäume. Sie hörten erst auf zu streiten, wenn sie den Schatten des Mericano auf der Hausschwelle auftauchen sahen. Dabei machte er gar nichts Besonderes, der Mericano. Grüßte höflich, wischte sich den Schweiß ab und erinnerte daran, daß er noch ein paar Dutzend Olivenbäume vom Unkraut befreien müsse, ansonsten bestünde Gefahr, daß auch sein Olivenhain in Rauch aufginge. In diesen höllischen Tagen seien die Waldbrände nicht mehr zu zählen.

Paolino dagegen fürchtete weder den Schatten noch die brummige Stimme des Mericano. Er war ein Teufelchen von fünf Jahren geworden, das, wenn es gereizt wurde, alle nur möglichen Schimpfwörter auf Arbëresh brüllte und ständig in Bewegung war. Eine Stunde nach seiner Ankunft hatte er schon ein Dutzend Bonbonnieren aus Porzellan zerstört, Gondeln mit Liebespärchen, die friedlich in einem Karton lagen. Nach zwei Tagen Erdbeben wurde er deshalb dem Urgroßvater Lissandro anvertraut, damit man ihn erst einmal los war.

Paolino schien von dem alten Männchen mit dem Neugeborenengesicht magisch angezogen zu sein, und ohne Protest ließ er sich von ihm überall hinführen, zum Castello del Piccolo, zum Dorfplatz und zum Kriqi. Dann lauschte er mit offenem Mund den Geschichten von Frauen, Männern und Kindern, die über das Meer gekommen und dem Flug eines großen Adlers mit zwei Köpfen gefolgt waren, von einem Mann namens Skanderbeg, der so stark war, daß er mit einem Schwerthieb eine Eiche spalten konnte, die so hoch war wie der Palazzo von Don Morello, so daß seine Gegner schon zitterten, wenn sie nur seinen Namen hörten: Skanderbeg, *brr,* wie unheimlich. Der Nani zeigte ihm auch die Bronzebüste auf dem kleinen Platz vor dem Rathaus. *„E pra?* Und dann? *E pra?"* begann Paolino zu nörgeln, sobald sich der Nani eine Pause genehmigte.

„Und dann, eines morgens, kämpft Skanderbeg seine letzte Schlacht, die Schlacht gegen sein schwarzes Schicksal. Das ist ein Windschatten und hat kein Herz in der Brust und heißt Tod. Dein Leben ist zu Ende, sagt der Tod zu ihm. Aber Skanderbeg weint nicht, denn ein Mann weint nie, aber er wird traurig, weil er an die Zeiten denkt, die noch kommen werden, und an seinen Sohn, der noch so klein ist und schon ohne Vater, an Arbërìa, das Trauer tragen wird. Und dann..."

Als die Gästeliste nochmals kontrolliert wurde, bemerkte Costantino, daß der Name des Rhapsoden aus Corone fehlte. Es seien nur noch wenige Tage bis zur Hochzeit, deshalb müsse man zu ihm nach Hause gehen, ihn persönlich einladen und ihm die entsprechenden Entschuldigungen vorbringen, sagte der Herr Lehrer, was ihm die Zustimmung der gesamten Familie Avati, mit Ausnahme von Nani Lissandro, einbrachte. Der Alte schüttelte nur den Kopf. „Das ist alles zwecklos", sagte er. „Luca Rodotà, behüt uns Gott, ist tot."

„Tot?" fragten die anderen fast im Chor.

Da erzählte der Nani, daß er im Traum den Adler gesehen habe: „Ja den Adler mit zwei Köpfen aus den Legenden; der ist über eine schwarzgekleidete Menschenmenge geflogen, die aber tanzt, schmaust, lacht. Auch der Klang der *lahuta* ist zu hören gewesen, aber er fehlt. Der Adler fliegt und fliegt und fliegt, unermüdlich, und er hat die gleichen Augen wie Luca Rodotà, hellblau und leuchtend wie der Himmel nach dem Regen. Und deshalb ist Luca tot."

Costantino spürte, wie die in ihm schlummernden Angstbläschen in seinen Magen stachen. Aber der Mericano brach in ein gekünsteltes und überhebliches Lachen aus. „Was, Ta', jetzt im Alter fangt ihr an, an Träume zu glauben? Seid Ihr etwa ein Hexer geworden?" fragte er den Schwiegervater, immer noch lachend.

„Nein", antwortete der, ohne sich verwirren zu lassen. „Ich bin der alte Lissandro geblieben."

„Wie dem auch sei, man wird ihn trotzdem einladen müssen. Träume sind nicht unfehlbar", sagte der Herr Lehrer entschlossen.

Am nächsten Tag waren der Mericano, Costantino und der Lehrer gegen Mittag in Corone. Sie parkten den Mercedes auf dem Dorfplatz und bogen zu Fuß in eine stickige, dunkle Gasse ein. Das Haus des Rhapsoden war verschlossen. Sie klopften mehrmals, und endlich sperrte eine schwarzgekleidete Frau um die sechzig die kleine Eingangstür auf.

„Wir möchten zu Herrn Luca Rodotà", sagte der Lehrer. Die Frau ließ sie im Wohnzimmer Platz nehmen und erklärte unter lautlosen Schluchzern: „Mein Vater ist davongeflogen." Die drei Männer blickten sich verblüfft an, so als hätten sie den Traum des alten Lissandro völlig verdrängt, dann drückten sie ihr zum Zeichen der Anteilnahme die Hand.

„E si ka qënë? E kur?" fragte sie der Mericano mit ergriffener Stimme.

„Es ist vor drei Wochen geschehen. Wegen der da", antwortete die Frau und zeigte auf die *lahuta*, die an der Wand hing. „Ich bin sofort aus Stuttgart herbeigeeilt, aber mein Vater hat mich nicht einmal mehr wiedererkannt. Er ist vom Maulesel gestürzt, als er auf dem Weg nach Spixana war, um zu singen. Das heißt, eigentlich sind die jungen Flegel aus Corone schuld an seinem Sturz. Sie wollten ihm die *lahuta* entreißen, vom *duako*, wie heißt das auf Italienisch? Von der Satteltasche. Sie hatten ihn zu viert oder fünft umzingelt, und nacheinander reizten sie den wildgewordenen Maulesel, der sich wie ein Kreisel drehte. Jetzt sagen sie, daß sie nicht die Absicht hatten, ihn stürzen zu lassen, daß sie ihn gern hatten, den Zoti Luca, daß sie nur versuchen wollten, auf der *lahuta* zu spielen. Aber sie lachten und verulkten ihn. Laß sie uns doch spielen, los! Na mach schon, na mach schon, na mach schon! Mein Vater hat vor lauter Anstrengung, die *lahuta* zu beschützen, das Gleichgewicht verloren und ist mit dem Rückgrat auf die Steine gestürzt. Er ist unbeweglich liegengeblieben, mit aufgerissenen Augen. Mit seinen 92 Jahren hatte er noch große Lust zu leben. Und tatsächlich wollte die Seele seinen Körper einfach nicht verlassen. Elf Tage hat er im Sterben gelegen, weder *vdes* noch *rronj* gesagt, mit abwesendem Blick und Augen, die immer tiefer in den Höhlen lagen und immer heller wurden. Das leuchtende Hellblau, das der Himmel nach dem Regen annimmt."

Die Frau schluchzte jetzt deutlich hörbar. Aber das hinderte sie nicht daran, den Gästen kühles Bier anzubieten. Sie tranken schweigend und langsam. Schließlich traten sie in die Schwüle hinaus, und das Bier kam in Form von kleinen Schweißperlen wieder hervor.

Als sie auf dem Dorfplatz ankamen, fühlte Costantino, wie sein Kopf schlagartig leer und die Beine weich wurden wie Butter. Auf der Kühlerhaube des Mercedes kauerte ein Adler mit zwei Köpfen, der seine Krallen hin und her bewegte, so als ob er tanzte, um nicht auszurutschen.

„Mbe, ngë vjèn?" fragte ihn der Vater, der das Auto schon erreicht hatte.

„Aber seht ihr denn nichts?" erwiderte Costantino mit zitternder Stimme.

„Was soll es denn hier zu sehen geben?" fragte der Herr Lehrer und blickte sich um. Nachdem er festgestellt hatte, daß auf diesem Platz mit dem dampfenden Asphalt um zwei Uhr nachmittags nicht einmal ein Hund zu sehen war, öffnete er die Tür des Mercedes. In diesem Moment fuhr ein starker Windstoß in die Hemden der drei, schlug ihnen ins Gesicht und wirbelte ihre Haare durcheinander.

Der Adler mit zwei Köpfen war hinter den weißen Wolkenschwaden verschwunden, die den Himmel durchzogen.

Der Mericano bemerkte die frischen Kratzer auf der Kühlerhaube seines Mercedes und gab sofort den Kindern aus Corone die Schuld. Bevor er in den Wagen stieg, sagte er: „Sieh mal einer an, was es für Hurensöhne in diesem Dorf gibt."

Eine unwirkliche Ruhe lag schon in aller Herrgottsfrühe über dem Hause Avati. Alles war vorbereitet; bis zum glücklichen Ende würde es nur noch ungefähr zwanzig Stunden dauern. Das Haus war geputzt und aufgeräumt, die Krone aus Stühlen für die Gäste im großen Zimmer aufgestellt. Der Tisch mit den Spirituosen und Gläschen stand bereit, sowie ein großer Weidenkorb mit den Bonbonnieren und ein kleiner, leerer, in dem die Umschläge mit dem Geld gesammelt werden sollten. Die neuen Kleider hingen schön geordnet im Schrank, und das weiße Brautkleid war vorsichtig auf dem Bett ausgebreitet, bedeckt mit einer Plastikfolie, um es vor Fliegendreck zu schützen. Auch Paolino wirkte ruhig und geduldig; er spielte Karten mit Nani Lissandro, ausnahmsweise ohne laut zu lachen.

Zu Mittag und zum Abendbrot aßen sie belegte Brötchen, um die saubere und gut riechende Küche nicht wieder schmutzig zu machen. Lucrezia und der Herr Lehrer lehnten turtelnd am Geländer des Treppenabsatzes. Am nächsten Tag würden sie nach Rom abfahren, um dort die ersten Tage der Flitterwochen zu verbringen, danach sollte es mit dem Flugzeug in Richtung Mogadischu gehen.

In der Stille des großen, leeren Zimmers herrschte dichte Schwüle, die von Costantinos schneidenden Blicken in Scheiben zerlegt wurde. Wenn sie nicht zur Hochzeit kommt, schwöre ich, daß ich Schluß mache, dachte er und bezog sich damit offensichtlich auf Isabella, die sich nicht entschließen konnte, auf einen Tag am Meer zu verzichten, um an einer Hochzeit teilzunehmen, die heiß zu werden versprach. Auf jeden Fall hatte sie versprochen, mit ihren Eltern zu reden. In der letzten Zeit hatten sie sich nur einmal gesehen, und zwar am Meer, und bei dieser Gelegenheit hatte sich Isabella uneinsichtig gegenüber Costantinos Entschuldigungen gezeigt, der beteuerte, daß er sie nicht besuchen könne, weil zu Hause seine Hilfe gebraucht werde. Er dächte ja ständig an sie, aber... „Wo ein Wille ist, ist auch ein Weg“, hatte ihn Isabella gelangweilt unterbrochen und ihm weiter keine Beachtung mehr geschenkt. Sie war auf einer Luftmatratze aufs Wasser hinausgepaddelt und sonnte sich in Costantinos tiefen Blicken auf ihre hocherhobenen Brüste, die sich dreist von der Wasserfläche abhoben.

Am nächsten Tag, beim Tausch der Trauringe, seufzte Costantino. Er seufzte so tief, daß sich die Eltern und Orlandina nach ihm umdrehten; sie hatten feuchte Wangen, von Schweiß oder Tränen. Lucrezia dagegen war noch frisch und wirkte überhaupt nicht aufgeregt. Sie hatte ein den Umständen entsprechendes Lächeln aufgesetzt, und ihre Augen, die in einem hochmütigen Grün schimmerten, waren trocken. Als der Bruder sie küßte, spürte er ein Gefühl von Erleichterung, so als habe er sich von einer Last befreit. Nach ihm war Isabella an der Reihe. Sie war gegen Ende der Zeremonie gemeinsam mit den Eltern gekommen, deshalb entschuldigte sie sich für die Verspätung, und mit einem Augenzwinkern, sagte sie zur Braut: „Herzlichen Glückwunsch, Schwägerin.“ Dann küßte sie auch Costantino, wobei sie schelmisch seinen Mundwinkel streifte. Um ihn nicht in der erstickenden Menge der Gäste zu verlieren, nahm sie ihn bei der Hand und zog ihn in den Alfetta ihrer Eltern.

Der glänzende Mercedes des Mericano bog auf die Straße nach Marina ein, gefolgt von einer langen Wagenkolonne, die mit ihrem Hupen auf einer langen Wegstrecke das Gezirpe der Zikaden erstickte.

Vor dem Restaurant angekommen, stürzten alle Hals über Kopf hinein, was Isabellas Vater außerordentlich empörte. „Was für Bauerntölpel!“ rief er aus. „Sie werden nie lernen, sich zu benehmen!“

Und so kam es, daß die Familie von Isabella, die als letzte das Restaurant betreten hatte, an den Tisch des Brautpaares gebeten wurde, da kein anderer Platz mehr frei war. *„Eni, eni këtu,* nehmt bei uns Platz“, sagte Zonja Elena, vor Zufriedenheit strahlend.

Es gab zwei Menüs, eines mit Fleisch und eines mit Fisch, weil der Mericano es allen recht machen wollte, und sofern es der Magen erlaubte, konnte man auch beide bestellen. *„Hani e pini“*, sagte er immer wieder, während er mit grün leuchtenden Augen an den hundert gedeckten Tischen vorüberging, *„pini e hani*, auf das Wohl *të nuses e të profesorit!“*

Aber bereits nach dem Gang mit den drei verschiedenen Nudelsorten war Paolino hinaus, in Richtung Meer davongerannt, gefolgt von Nani Lissandro. Er schien verzückt von den Farben des Wassers: ein tiefes Blau, gescheckt von weißem Schaum und kleinen hellblauen Wellen. Es war das erste Mal, daß er das Meer aus solcher Nähe sah, und wer weiß, was er in diesem Moment fühlte. Bestimmt keine Angst vor dem Wasser, denn er rannte hinein, ohne sich die Schuhe und den feinen Festanzug auszuziehen. Dann ging er langsam dem Horizont entgegen.

Nani Lissandro, der sich angestrengt hinter ihm herschleppte und die Füße im Sand nachzog, rief völlig außer Atem: „Paolino, *eja këtu, nanì nanì!*“ Aber Paolino gehorchte nicht und watete weiter durchs Wasser.

Inzwischen rannte der Alte und schrie verzweifelt. Vor seinen Augen verschwamm alles im Nebel, und aus diesem Nebel tauchte Paolino auf. Er war völlig durchnäßt, Schuhe, Hose, Hemd, Jacke, bis hinauf zur Höhe des Herzens. „Du hast mir ganz schön Angst eingejagt!“ sagte der Nani mit gebrochener Stimme und preßte die Hände auf die Brust.

Ohne zu reden, gingen sie über den nassen Sand des Meeresufers und schauten sich dabei um. Der Strandabschnitt vor dem Restaurant war menschenleer, aber etwa fünfzig

Meter weiter rechts und links schwammen hunderte von grellfarbigen Sonnenschirmen sowie Frauen, Männer und halbnackte, lärmende Kinder in der Schwüle. Nach einer Weile begann Nani Lissandro mit den Händen seine Hüften zu drücken, um seine dürren und zitternden Beine dazu zu bringen, in die Knie zu gehen. Er wollte das Ufer küssen, wie er es schon so viele Male in der Vergangenheit getan hatte, zum ersten Mal im Alter von sechs Jahren, als er seinen Vater nachgeahmt hatte. „Aber das Alter ist ein verdammtes Aas!“ wiederholte er immer wieder, in der verdrehten Haltung eines hundertjährigen Olivenbaums. Dann gab er es auf, sich hinknien zu wollen, und bat den Enkel, der ihn vergnügt beobachtet hatte, ihm eine Handvoll Sand zu reichen. Das ließ Paolino sich nicht zweimal sagen: er grub die Hände in den Sand und hielt sie dem Großvater entgegen, gefüllt mit Sandkörnchen und kleinen, bunten Steinchen. Der Alte preßte die spitzen Knochen seines Gesichts in die Handflächen des Kindes und schloß mit einem völlig verzückten Gesichtsausdruck die Augen, so als ob der Sand äußerst wohlschmeckend wäre. Paolino betrachtete ihn mit verzauberten Riesenaugen, fast atemlos. Wahrscheinlich war dieser Kuß für ihn ein seltsames Spiel. Man durfte nicht sprechen, solange es andauerte. Aber sobald der Nani sein mit nassen Sandkörnchen gesprenkeltes Gesicht erhob, spielte Paolino auf seine Weise weiter: brüsk schleuderte er den Sand gegen den Alten und machte ihm sein neues Hemd schmutzig. *„Të kam zënë*, hab dich getroffen“, rief er und entfernte sich dabei ein paar Schritte vom Nani. So ging also das Spiel: Paolino wartete darauf, gefangen zu werden. „Oh, *bir putërje*, wenn ich dich kriege“, drohte der Nani und stürzte sich in eine unglaubliche Verfolgungsjagd, bei der er seine dürren Äste im Zeitlupentempo bewegte. Paolino konnte nicht mehr vor Lachen. Der Nani würde ihn bei dieser Geschwindigkeit nie und nimmer erwischen. So entschloß er sich, bei einem bunt angestrichenen Boot auf ihn zu warten. Als ihn der Nani erreichte — trotz Atemnot und tränennasser Augen vom vielen Lachen — schaffte er es, Paolino vom Boden hochzuheben und ihn im Kreis durch die Luft zu wirbeln. Wer weiß, in welcher Tiefe seines Körpers er diese ganze Kraft verborgen hielt! Schließlich lehnte er sich völlig erschöpft mit dem Rücken an das Boot und ließ sich auf den Sand gleiten. Paolino setzte sich neben ihn, stützte seine Ellbogen auf die Knie des Nani und hörte auf zu lachen.

Plötzlich waren regelrechte Gewehrsalven von Klick-Klicks zu hören, und die in Gedanken versunkenen Köpfe der beiden drehten sich in die Richtung, aus der das Geräusch kam. Es war der Fotograf, der wie verrückt Fotos vom Brautpaar und den Verwandten knipste, von Costantino, Isabella und ihren Eltern, sogar von Vittorio und Mario, die sich samt ihren Freundinnen im Umkreis befanden. Hunderte von Fotos, mit dem Meer und dem kleinen Hafen als Hintergrund, in der mörderischen Schwüle des Nachmittags.

„So, jetzt reicht's", sagte der Bräutigam. „Kehren wir zurück, die Torte muß serviert werden."

„Einen Augenblick noch", mischte sich der Mericano ein. „Machen wir noch ein letztes Foto mit allen gemeinsam im Kreis, so als ob wir eine *vallja* tanzten, so..." Vielleicht war der Mericano betrunken, oder vielleicht war er einfach glücklich. Er fühlte sich leicht, und mit Leichtigkeit bewegte er sich. Er stimmte als erster das *„Lojmë lojmë, vasha, vallen / Kostantini i vogëlith / vet tre ditë dhëndërrith"* an, zur größten Verwunderung der Kinder und der Ehefrau, die nur zu gut wußten, wie sehr er die alten Gesänge verachtete. Die anderen fielen ein, mit einem einfachen la-la-la, oder sie sangen die wenigen Verse mit, an die sie sich noch erinnerten: *„Te ku vete Zoti pjak? Vete të gramisi jetën."*

Von Nani Lissandros und Paolinos Standort aus wirkte

der Kreis vollendet, aber der Gesang drang als ein wirres Durcheinander von aus dem Takt geratenen Stimmen zu ihnen herüber.

Der Alte begann als erster wieder zu lachen; er lachte so laut, daß man ihn bis zur *vallja* hören konnte, und lachend sagte er: „Sie sehen aus wie blökende Schafe, wie Esel, die beim Dreschen in der Tenne iah schreien." Das Lachen von Paolino vibrierte durchdringend wie das Geschmetter einer Trompete. „Und dann?" wollte er auf Italienisch wissen. *„E pra?"* wiederholte er auf Arbëresh, da der Nani immer weiter lachte und ihm nicht antwortete.

„Sie wirken wie verstimmte Glocken..."

Der Nani hielt sich mit beiden Händen den Bauch vor Lachen, aber sein Lachen klang jetzt etwas gedämpfter. Seit Jahren hatte er nicht mehr mit so viel Genuß gelacht!

„Und dann? *E pra*?" beharrte Paolino.

„Sie sehen aus wie Geist..."

Dem Alten gelang es nicht mehr, seinen Satz zu beenden, und wahrscheinlich hörte er auch das Ende des Liedes nicht mehr: *„Hani e pini më se vini / se m'erdh Kostantini."* Auch die Auflösung der *vallja* bemerkte er nicht mehr. Seine Augen waren zu Glaskugeln von der Farbe des Meerwassers erstarrt. Sein eingesunkener Mund, ohne Lippen und ohne Zähne, sah aus wie eine kleine, kreisrunde Höhle, wie ein drittes dunkles Auge, starr wie die beiden anderen.

„Und dann?" rüttelte ihn ungeduldig Paolino. *„E pra?"*

Köln, 7. Mai 1988

Anmerkung des Verfassers

Ich habe mich an Costantino Avati gewandt, als mir nach der Beendigung des Romans die Idee gekommen war, mit Hilfe der Rhapsodien die durch die zahlreichen Unterbrechungen — die sich bei der Abfassung zwangsläufig ergeben haben — gerissene Kette der Erzählung wieder zusammenzuschmieden. Als guter Freund hat er mir Fotokopien aller von ihm gesammelten Rhapsodien geschickt, angefangen bei der berühmten von Girolamo De Rada bis zu den kostbaren des Popen Giuseppe Ferrari und von Antonio Scura, und weitere in Tirana, Sarajevo, Sofia und im ägyptischen Alexandria veröffentlichte, die ich nicht einmal durchgeblättert habe. Sehr nützlich sind mir außerdem weitere von Costantino überlassene Bücher gewesen, da ich dadurch die Möglichkeit hatte, die Authentizität des mündlich überlieferten „Materials" zu überprüfen, das in Hora kursiert bzw. kursierte, und um meine wacklige Orthographie des Arbëreshën zu korrigieren (die aber ohne die wertvolle Hilfe von Francesco Altimari dennoch ungenau geblieben wäre). Insbesondere möchte ich die wissenschaftlichen Untersuchungen von C. Candreva und C. Stamile hervorheben, die Bücher von Giuseppe Gangale, die Studien von Francesco Altimari und von Ernest Koliqi über den Skanderbeg-Mythos, sowohl in der Literatur als auch in der Volksepik der Arbëreshër, die von dem Popen Antonio Bellusci gesammelten und veröffentlichten ethnographischen Materialien, wie auch die von Delfina Rossano zusammengetragenen und vervielfältigten Texte.

Aus Zuneigung habe ich unter den vielen wunderschönen, teilweise sogar mit Varianten ausgestatteten Rhapsodien, die mir Costantino geschickt hat, die ersten von ihm transkribierten ausgewählt. Um ehrlich zu sein, *Vù spërvjeret Skandërbeku*, hatte er aus den *„Rapsodie di un poema albanese"* von De Rada abgeschrieben, das der Lehrer Carmelo Bevilacqua aus Neapel mitgebracht hatte. Von allen hatte ihm diese Geschichte am besten gefallen, die den Sieg Skanderbegs über den Verräter pries. Die anderen hatte er dagegen selbst gesammelt und sich dabei mit immer ärmeren oder mit unverständlichen Worten versehenen Fassungen zufriedengegeben, wie z.B. die Rhapsodie *Ish një jëmë shumë e mirë*, in Hora bekannt unter dem Titel *Kostantini i madh*. Da er kein Dichter war, wirkte die italienische Fassung außerdem Costantinos Meinung nach wie „eine sonderbare Erzählung poetischer Prosa, so ähnlich wie mein eigenes Leben“, so hat er mir gesagt. Sein Leben und das seiner Familie; eingebettet und verborgen in den Rhapsodien.

C.A.

Besenello, 10. Dezember 1990

Inhaltsverzeichnis